PARTY IN PARIJS

Jolanda Hazelhoff

Party in Parijs

Zomer &Keuning

ISBN 978 90 5977 525 1
NUR 301

Omslagontwerp: Julie Bergen
Omslagfoto: Tom Grill, Getty Images
© 2010 Uitgeverij Zomer & Keuning, Kampen

www.jolandahazelhoff.nl
www.nederlandsechicklit.nl

Proloog

'Duzzz uitgerekend jíj hebt geen date voor vanavond?' De getuige van de bruidegom priemt met zijn wijsvinger vlak voor het gezicht van Kittana Wallenburg. Zijn ogen staan een beetje scheel. Eigenlijk heeft ze zin om de inhoud van haar glas over zijn blauwe overhemd te gooien. Wel zonde van een heerlijke rode wijn. 'Jij bent toch die chick van dat datingbureau?' gaat meneer de getuige verder. De woorden rollen lallend uit zijn mond en ze deinst iets achteruit bij het ruiken van zijn drankadem. Als antwoord daarop wankelt hij dichter naar haar toe.

'Het is een relatiebemiddelingsbureau en ja, ik heb Tom en Ankie aan elkaar gekoppeld,' zegt Kittana. Haar blik dwaalt over de schouder van meneer de getuige naar de dansvloer waar het bruidspaar met elkaar danst terwijl ze elkaar verliefd in de ogen staren. Ze richt haar aandacht weer op de getuige. Was hij niet Toms beste vriend? Of zijn broer? Ze weet het niet meer zeker. Voor de tigste keer die avond baalt ze dat ze zonder date naar deze trouwerij is gekomen. Niet echt goede reclame als je een eigen relatiebemiddelingsbureau hebt. Daar komt bij dat het niet haar idee van een leuke tijd is, alleen naar een bruiloft gaan waar je behalve het bruidspaar niemand kent.

'Misschien kun je jezelf aan mij koppelen? Izzz dat geen goed idee?'

Kittana trotseert de drankwalm en buigt haar gezicht iets dichter naar hem toe. 'Eigenlijk,' zegt ze, 'lijkt me dat een heel, heel slecht idee.'

'Jammer,' is het commentaar.

Hoofdschuddend draait Kittana zich om en loopt naar de overkant van de feestzaal, waar ze haar halfvolle glas op een van de statafels neerzet. Zelf leunt ze er een beetje half tegenaan terwijl ze het feestgedruis in zich opneemt. De band speelt Bed of Roses van Bon Jovi, hét liedje van Tom en Ankie zoals ze inmiddels weet, en de dansvloer is volgestroomd. Wat een feest en wat een mensen, constateert ze. Tom en Ankie hebben werkelijk alles uit de kast getrokken. Het geluk straalt van ze af. Een gevoel van trots overspoelt Kittana. Zíj heeft deze twee mensen bij elkaar gebracht. De rest hebben ze natuurlijk zelf gedaan, maar zonder haar zouden ze hier nu niet hebben gestaan. Bij nader inzien was het helemaal geen slecht idee om op de uitnodiging in te gaan.

Er zoemt iets in haar handtas. Ze haalt haar pas aangeschafte iPhone eruit.

'Hé Jen,' zegt ze als ze opneemt.

'Even testen of je iPhone het doet. Ik dacht dat je het wel leuk zou vinden als ik je even belde. Hoe gaat het daar?' vraagt Jennifer.

'Behalve een zeer aanhankelijke, maar wel erg dronken getuige is alles hier oké. Wel veel klef gedoe. Ik denk dat ik zo maar ga.' Kittana neemt snel een slok van haar glas wijn.

'Kittana, die mensen zijn net getrouwd. Natuurlijk doen ze klef. Wacht maar tot jij gaat trouwen.'

'Dan zal er zich toch snel een gegadigde aan moeten bieden. Om eerlijk te zijn word ik er doodmoe van alleen naar dit soort gelegenheden te moeten gaan. Maandag is mijn vader jarig, moet ik ook de hele avond alleen door zien te komen.'

'Ik heb zwaar medelijden met je. Ik moet hangen. Ik spreek je snel!'

Kittana speelt nog even wat met de spelletjes op haar iPhone. Als twee vrouwen bij haar aan de tafel komen staan, drinkt ze snel haar glas leeg. Ze werpt een blik op haar horloge. Elf uur. Eigenlijk vindt ze dat wel een redelijk tijdstip om te vertrekken. Ze knikt de vrouwen toe en besluit het bruidspaar op te zoeken om afscheid te nemen.

In haar appartement is het donker. Ze laat de voordeur in het slot vallen en drukt snel de lampen in het kleine halletje aan. Dat is beter.

Ze trekt haar schoenen uit en wrijft over haar pijnlijke voetzolen. Waarom zitten hippe schoenen nooit lekker? In haar slaapkamer trekt ze haar rok en blouse uit, stroopt de panty's van haar benen en schiet haar joggingpak aan. Er bestaat niets beters dan thuiskomen na een lange dag om je dan fijn in je oude kloffie op de bank te nestelen. Een zak chips binnen handbereik, een Buffy-dvd in de dvd-speler en...

Nee hè!

In de hoek van haar slaapkamer, schuin boven haar bed, zit een spin. En niet zomaar een spin, nee, hij is minstens zo groot als haar vuist. Oké, haar duim dan. Hij is in ieder geval groot. Ze kan natuurlijk gewoon in de woonkamer gaan zitten, misschien dat dat beest dan verdwenen is als ze naar bed gaat. Maar de gedachte dat hij zich ergens zal verstoppen om in het donker weer tevoorschijn te komen, spreekt haar niet echt aan. Heeft iemand haar niet eens verteld dat spinnen in je mond kruipen tijdens je slaap?

Tijd voor drastische maatregelen. Ze heeft er een hekel aan om insecten dood te maken en meestal vindt ze wel een oplossing om ze uit het raam te gooien, maar deze spin is gewoon te groot. De gedachte alleen al, dat ze dicht bij dat beest in de buurt moet komen, jaagt rillingen over haar lichaam. Op zo'n moment zou een stoere man in huis wel van pas komen.

Ze haalt de stofzuiger uit haar logeerkamertje, dat eigenlijk dienst doet als opbergruimte annex inloopkast, en richt de slang op de spin. Hier heeft ze geen man voor nodig!

Ze drukt de stofzuiger aan en wendt haar hoofd af. Als ze weer kijkt, is de spin verdwenen.

1

De wekker is genadeloos de volgende morgen. Kittana slaat blindelings met haar arm naar haar nachtkastje in de hoop de snoozeknop te raken. Zonder succes. Ze opent één oog, richt haar hoofd iets op. Haar gedachten komen traag op gang. Het is zaterdagochtend, weet ze. Waar was ze mee bezig toen ze de avond ervoor haar wekker instelde op kwart voor tien? Ze drukt de snoozeknop in en zakt terug in haar hoofdkussen.

Zaterdagochtend! U2!

Meteen is ze klaarwakker. Ze schiet overeind en rent de slaapkamer uit. In de woonkamer drukt ze snel haar laptop aan. Er gebeurt niets. Waarom gebeurt er niets? Ze voelt het bloed naar haar wangen stijgen. Haar ogen vliegen naar de antieke wandklok. Tien minuten voor tien! Straks is ze te laat. Ze weet nog hoe moeilijk het was om kaarten voor het vorige concert van U2 te bemachtigen. Zo moeilijk dat het haar niet was gelukt. Dat gebeurt haar geen tweede keer.

Denk logisch na en houd je hoofd koel, spreekt ze zichzelf toe. Misschien is de accu leeg. Wanneer heeft ze haar laptop voor het laatst gebruikt? Donderdag nog, herinnert ze zich, toen ze aan het brainstormen was over de singlesactiviteiten die ze deze zomer wil organiseren.

Ze trekt de onderste lade van haar dressoir open en vist de oplader van de laptop eruit. Snel sluit ze de computer aan en ze drukt op hoop van zegen op de aan-knop. Met een vrolijk piepje komt het apparaat tot leven. Opgelucht laat ze zich op een van de leren eettafelstoelen zakken. Snel surft ze naar de website van ticketonline en stelt alles zo in, dat ze nog maar op een paar knoppen hoeft te drukken zodra het tien uur is en de voorverkoop officieel van start gaat. Ze staart naar het klokje rechtsonder in haar beeldscherm. De minuten gaan zo langzaam als je erop let, denkt ze. Dan springt het klokje op tien uur en met een paar muisklikken bestelt ze twee kaarten voor het concert.

Kittana's kleren plakken aan haar lijf. Haar witte blouse en zwarte broek zijn kleddernat. Ze voelen vies aan haar lichaam als ze aan het stuur draait om in te parkeren. Niet haar sterkste punt. De regen plenst uit de hemel en voor de zoveelste keer die ochtend kan ze zichzelf wel voor het hoofd slaan dat ze haar jas is vergeten. Toen ze die ochtend van haar appartement naar haar auto liep, overviel haar de regenbui die haar bijna meteen doorweekte en haar humeur tot het nulpunt deed dalen.

En nu zit ze dan kletsnat in haar Mini Cooper te wachten voor haar kantoor in de hoop dat het op zeer korte termijn iets droger wordt.

'Ik ga verhuizen naar Zuid-Spanje,' mompelt ze in zichzelf terwijl ze door de voorruit naar de lucht gluurt of het al lichter wordt. Voor zover ze kan inschatten, ziet het er daar niet naar uit. Ze besluit het erop te wagen. Haar tas doet dienst als paraplu als ze van haar Mini Cooper in draf naar haar kantoorpand loopt. Niet dat dat nog veel zin heeft, ze is toch al nat. Vlak voordat ze de voordeur openduwt en de trap op stormt, drukt ze met de afstandsbediening in de autosleutel haar Mini Cooper op slot.

Het eerste wat ze ziet als ze binnenkomt in haar kantoor is een huilende Marscha. Daar zit ze op te wachten: haar secretaresse die met rode oogjes zit te snuffen aan de balie. Anne hangt de liefhebbende collega uit en heeft een arm om haar heen geslagen.

'Goeiemorgen,' roept Kittana zo vrolijk mogelijk.

'Hoi,' zegt Marscha met haar meest zielige stemmetje. Kittana onderdrukt haar ergernis. Wat heeft dat kind nu weer? Ze moet de datum van het concert in haar agenda afblokken, dat moet ze doen in plaats van daar te zitten snuffen.

Kittana besluit geen aandacht aan haar te besteden en loopt door naar haar kantoor, de blik van Anne negerend. Ze laat zich vallen op haar bureaustoel en zet haar computer aan. Outlook openen, mailtjes checken – niets interessants –, agenda openen. Ze zoekt de bewuste concertdag op en typt met hoofdletters bovenaan 'GEEN AFSPRAKEN' en eronder in kleine letters 'concert U2'. Ze haalt de ontvangstbevestiging van de bestelde kaarten uit haar tas en kijkt er even naar. Ze heeft bedacht de ontvangstbevestiging in een cadeau-envelop te doen en het zo aan haar vader te geven. Snel maakt ze een taak aan in Outlook: *cadeau-envelop halen bij V&D* en stelt de herinnering in op drie uur 's middags.

Haar vader zal het geweldig vinden. Ze denkt hard na of ze qua muzieksmaak nog meer overeenkomsten hebben, maar ze kan er niet zo snel op komen.

Er wordt zachtjes op haar deur geklopt en Anne komt binnen. Met een zachte klik sluit ze de deur achter zich. Ze kijkt naar de grond en komt met kleine stapjes dichterbij. Kittana onderdrukt een zucht. Anne neemt haar baan als relatiebemiddelaar wel erg serieus. Misschien moet ze gewoon tegen haar zeggen dat ze niet in elke relatie hoeft te bemiddelen.

'Hoe is het?' vraagt Anne.

'Goed, beetje natgeregend. Wat is er met Marscha?'

Anne haalt haar schouders op. 'Misschien kun je even met haar gaan praten. Ze is een beetje overstuur.'

'Marscha moet gewoon eens aan haar werk gaan in plaats van altijd de aandacht naar zich toe te trekken.'

Misschien had ze dat beter niet kunnen zeggen, bedenkt ze. Anne kijkt haar aan alsof ze een of ander harteloos monster is.

Kittana draait met haar ogen. 'Maak je geen zorgen, ik ga zo wel even met haar praten.' Ze zal laten zien dat ze niet de beroerdste is.

Anne knikt en loopt haar kantoor uit.

Kittana leunt achterover in haar bureaustoel. Ze bekijkt haar agenda voor vandaag. Vanmiddag dus de aandeelhoudersvergadering, maar eerst heeft ze nog twee intakegesprekken staan. De ochtend staat afgeblokt voor het uitwerken van haar ideeën voor de te plannen singlesactiviteiten aankomende zomer. Voor de rest van de week ziet haar agenda er leeg uit, afgezien van een aantal intakegesprekken. Dat komt mooi uit, want ze moet nodig nadenken over de aanpak van de website en de reclamecampagne die ze wil gaan voeren. Het wordt tijd om het bedrijf weer eens goed onder de aandacht te brengen. Gelijk een puntje voor de agenda van de vergadering die middag.

Het valt haar op dat Marscha de post nog niet op haar bureau heeft gelegd. Dan moet ze zich wel erg ellendig voelen, aangezien ze de post altijd vóór negen uur klaar heeft liggen. Eerst maar eens even informeren wat er met haar aan de hand is. Misschien is er iemand overleden.

Ze loopt naar de receptie, waar Marscha net haar neus toeterend snuit in een zakdoekje. Waarom moet ze altijd alles zo overdreven doen, vraagt Kittana zich af.

'Waarom huil je?' vraagt ze.

Marscha schudt heftig haar hoofd. 'Ik huil niet.'

Kittana leunt tegen Marscha's bureau en bekijkt haar secretaresse eens goed. Het is een mooie meid met blonde krulletjes tot net over haar schouders. Haar kleren zijn netjes. Sexy zonder ordinair te zijn. Nog altijd vindt Kittana haar zeer representatief en ze zou niet graag iemand anders achter de balie zien. Daar komt bij dat Marscha goed is in haar werk.

'Heus, het gaat wel weer met me. Maak je geen zorgen.'

'Ik maak me ook geen zorgen. Ik dacht alleen dat je gehuild had. Is er iets ergs gebeurd?'

Marscha kijkt haar aan met een trillende bovenlip. 'Hij heeft het uitgemaakt,' snikt ze.

Dus dat is het. Haar secretaresse zit hier een beetje in háár tijd te janken om een vent. Kittana onderdrukt een diepe zucht en slaat haar armen over elkaar.

'Kop op, geen hand vol, maar een land vol,' zegt ze. 'Is er nog post?'

Als Kittana weer achter haar bureau zit, klettert de regen tegen de ramen achter haar. Ze heeft haar haar gefatsoeneerd en haar make-up bijgewerkt. Toen ze langs Marscha liep zat die nog steeds – of alweer – te snotteren. In ieder geval heeft ze nu wel haar post. Ze bladert vlug het kleine stapeltje door. Wat ingevulde intakeformulieren, een kaart. Hé, leuk. Een trouwkaart. Ze glimlacht bij het lezen van de namen. Tim en Joan. Die herinnert ze zich nog wel. Ze heeft ze vorig jaar zelf aan elkaar gekoppeld. Ze leunt achterover in haar stoel en parkeert haar voeten op haar bureau. Wat heeft ze toch een heerlijke baan. Ze moet niet vergeten hun een felicitatiekaartje te sturen. Nog zo'n avond als de avond ervoor kan ze op korte termijn niet aan. Ze heeft even haar buik vol van bruiloften en dronken getuigen die proberen haar te versieren.

Ze moet niet vergeten Tim en Joan te vragen of ze hun successtory op haar website mag vermelden. 'Wij vonden elkaar bij Perfect Match!'

Er steekt nog een grote kaart uit het stapeltje post. Een afbeelding van de Eiffeltoren glijdt door haar handen. Parijs. Ze is nog nooit in Parijs geweest. Ze neemt zich meteen voor om er binnenkort met Jennifer naartoe te gaan. Ze slaat de kaart open en leest de tekst aan de binnenkant. Misschien komt dat binnenkort wel héél binnenkort.

Ze trekt haar telefoon naar zich toe en toetst Jennifers nummer in.

'Hoi!' zegt ze als haar vriendin opneemt. 'Wat ben je aan het doen?'

'Op dit moment ben ik mij aan het inlezen voor een vergadering. Het is echt heel interessant. Ik vind het dan ook heel jammer dat je mij van m'n werk afleidt.'

'O. Dan hang ik op. Bel later wel weer.' Kittana heeft al bijna weer opgehangen als ze haar vriendin 'nee, nee,' hoort roepen door de hoorn.

'Ja, dat krijg je ervan als je zulke opmerkingen maakt,' zegt ze lachend terwijl ze de hoorn weer tegen haar oor drukt.

'Vertel,' zegt Jennifer.

'Heb je het weekend van vijf april al iets te doen?'

'Hmm, even denken. In april heb ik wel iets, even m'n agenda erbij.' Kittana hoort geblader op de achtergrond. Nee hè, nu heeft ze natuurlijk al wat.

'O, op vijf en zes april word ik verwacht op Texel. Ons jaarlijkse familieweekend.' Het enthousiasme spat er niet vanaf. 'Hoezo?'

'Ach,' zegt Kittana, haar schouders ophalend, 'ik heb een uitnodiging gekregen van het reclamebureau dat ik altijd inschakel, om een weekend naar Parijs te gaan. Ik mag een gast meenemen.'

'O, echt? Parijs lijkt me geweldig!'

'Dan zeg je dat familieweekend toch af? Je familie zie je een andere keer wel weer.'

'Dat kan ik niet maken,' zegt Jennifer met een benepen stemmetje.

'Ah Jen!'

'Nee, echt niet, ze rekenen op me. Iemand moet toch de bingogetallen opnoemen en ervoor zorgen dat we de weg niet kwijtraken tijdens onze spannende puzzeltochten? Het spijt me, ik kan echt niet. Hé, vraag anders je moeder! Sorry, ik moet gaan, ik kom te laat voor de vergadering.'

Kittana legt haar telefoon neer en staart naar de uitnodiging. Ze ziet zichzelf niet echt met haar moeder naar Parijs gaan. Ze zou natuurlijk alleen kunnen gaan. Beelden van de onlangs bijgewoonde bruiloft flitsen door haar gedachten. Ze kan alle keren dat ze zulke 'feestjes' alleen moest trotseren niet meer op twee handen tellen. Parijs loopt niet weg. Ze kan altijd een andere keer met Jennifer erheen gaan.

Kittana kijkt haar kantoor rond en haalt diep adem. Ze leunt achterover en vouwt haar handen achter haar hoofd. Ze weet nog goed dat ze hier voor het eerst binnenwandelde. Alles was toe aan een flinke verfbeurt, maar afgezien daarvan was het oude herenhuis goed onderhouden. Ze had het zelf willen schilderen, maar haar vader wilde er niets van weten. Het idee alleen al dat zijn dochter dat zelf zou moeten doen. Dat kon niet. Dus kwamen er schilders die de kale muren okergeel sausden. Een interieurontwerper kwam en bedacht de mooiste combinaties. Het enige wat ze in het kantoor helemaal zelf heeft uitgezocht, is het schilderij. Een Brood, natuurlijk, wat anders?

Ze is er gek op. De felle kleuren, de dikke zwarte lijnen. Als ze ernaar kijkt, overvalt haar nog altijd een rebels gevoel. Een gevoel dat ze altijd heel goed weet weg te stoppen, maar af en toe, als het heel erg druk is en ze het gevoel heeft te veel dingen tegelijk aan haar hoofd te hebben, kijkt ze even naar het schilderij, dat haar vertelt dat het oké is om even uit de band te springen.

Vervolgens doet ze dat natuurlijk niet. Daarvoor is ze veel te keurig opgevoed. Wat zou haar vader wel niet zeggen?

Haar blik dwaalt over haar beeldscherm. Wat staat er nog meer op het programma vandaag? Outlook herinnert haar eraan dat ze een cadeau-envelop moet halen bij de V&D. Met een ruk komt ze overeind en graait wat papieren bij elkaar. Shit. Ze heeft veel te weinig tijd genomen om de financiën van de afgelopen drie maanden door te nemen. Geweldig, komt ze ook nog eens onvoorbereid op de aandeelhoudersvergadering. Bovendien wil ze bij de V&D ook nog theeglazen kopen voor haar moeder.

Ze stormt haar kantoor uit. Marscha kijkt op vanachter de balie. Haar ogen zien er nog wat opgezwollen uit van het huilen, maar ze zijn niet meer zo rood.

'Ik moet rennen, anders kom ik te laat op de aandeelhoudersvergadering,' zegt Kittana als ze voorbij de balie loopt.

'O ja, de aandeelhoudersvergadering,' zegt Marscha. 'Doe je je ouders de groeten van me?' Ze zet haar liefste gezichtje op.

Kittana glimlacht net zo liefjes terug. Ze weet best dat het niet bepaald stoer is dat haar ouders de mede-aandeelhouders zijn van haar bedrijf. Het ligt dan ook op het puntje van haar tong om te zeggen: 'Doe je je vriendje de groetjes van me? O nee, dat hoeft niet meer', maar ze slikt de woorden op het laatste moment in. De Bond van het Goed Managen zou het waarschijnlijk afkeuren.

2

Als ze de deuren van de V&D openduwt, blijft ze staan omdat ze simpelweg niet verder kan. Een opstopping. Waar komen die mensen allemaal vandaan? Heeft iedereen soms bedacht dat ze een laatste boodschap bij V&D moeten doen? Al snel ziet ze wat de opstopping veroorzaakt. De roltrappen doen het niet. Het is net of iedereen ineens compleet vergeten is hoe ze moeten traplopen. Hoofdschuddend probeert ze zich een weg te banen door de groep mensen. Hier heeft ze geen tijd voor. Eerst maar eens op zoek naar theeglazen. Ze weet zich langs een vrouw met een paars hoedje te wurmen om koers te zetten naar de lift.

Ze gaat nooit met de lift. Ze heeft een hekel aan de lift.

Maar nood breekt wet. Als ze te laat bij haar ouders komt voor de aandeelhoudersvergadering kan ze een opmerking van haar vader verwachten en daar zit ze niet op te wachten.

Zodra de liftdeuren voor haar neus dichtglijden, weet ze weer waarom ze zo'n hekel aan liften heeft. Het is er klein – hoewel die van de V&D nog wel meevalt –, benauwd en complete vreemden staan veel te dicht bij haar.

Op de tweede verdieping stappen de meeste mensen uit. Het beklemmende gevoel op haar borst neemt iets af. Het knopje met een lichtgevende '2' erop op het paneel naast de deur flikkert. De lift komt langzaam in beweging. Nog één verdieping, dan kan ze dit stinkende hok verlaten.

Ze verliest bijna haar evenwicht als de lift een schokkende beweging maakt. Haar hart begint wild te bonken als de lampen flikkeren. Dan staat de lift stil en met een laatste flikkering van het tl-licht wordt het donker om haar heen.

Ze voelt haar adem in haar keel stokken, zweetdruppels vormen zich op haar voorhoofd en bovenlip. *Wat gebeurt er, wat gebeurt er!*

'Rustig maar,' zegt een stem naast haar. O nee, heeft ze dat hardop gezegd?

'Ja, dat zei je hardop.'

Er knippert iets voor haar ogen en dan kan ze weer zien. Het licht is niet zo fel als daarvoor, maar fel genoeg om de man die tegenover haar staat duidelijk te zien. Met een toenemend angstgevoel stelt ze vast dat ze de enigen zijn in de lift.

De man ziet er in ieder geval niet onaardig uit. Hij is lang en heeft een vriendelijke uitdrukking op zijn gezicht. Niet vriendelijk genoeg om haar gerust te stellen.

'Het komt wel goed. We zitten alleen maar even vast,' zegt de man.

Kittana voelt het zweet in straaltjes over haar rug stromen. Ze hoeft niet in de spiegel te kijken om te weten dat ze een knalrood hoofd heeft. Hoezo, het komt wel goed? Hoezo, we zitten alleen maar even vast?

Nu weet ze pas echt waarom ze een hekel heeft aan liften. Ze draait zich naar het paneel en begint wanhopig op alle knopjes te drukken. Ze drukt een rode knop in waarop een telefoonhoorn staat afgebeeld. Ze drukt haar oor tegen het metaal erboven waarin allemaal kleine gaatjes zitten, verwachtend een stem te horen die haar gerust zal stellen. Iemand van de hulpdiensten die haar vertelt dat alle beschikbare brandweerauto's zijn uitgerukt om haar zo snel mogelijk uit de lift te bevrijden.

Ze hoort niets.

'Hallo? Kan iemand ons helpen? De lift zit vast,' roept ze tegen de gaatjes. Vervolgens drukt ze haar oor ertegenaan. Ze hoort niets.

Haar ademhaling gaat steeds sneller. Straks gaat ze nog hyperventileren.

'Ik denk niet dat dat zoveel helpt,' zegt de man.

Kittana draait haar hoofd naar hem toe. O ja, ze is hier met nog iemand, dat is ook zo.

'Dat is volgens mij een luchtrooster,' merkt hij op.

Een luchtrooster? Wat bazelt die kerel toch allemaal?

'Ik moet hier weg. Ik kan hier niet blijven.' Met een wild gebaar trekt ze haar tas van haar schouder en zoekt naar haar iPhone. Waar is dat geval nou weer gebleven? O, daar. Ze grijpt de iPhone beet alsof die haar laatste houvast in de hele wereld is en toetst het alarmnummer in.

De stem die ze hoort lijkt van ver weg te komen. Als ze nu maar niet flauwvalt.

'Ik zit vast in de lift,' zegt ze. De stem lijkt van steeds verder weg te moeten komen en de woorden die haar oor bereiken, bevallen haar niet. 'Ja, maar het is ook een noodgeval,' zegt ze. 'Ik moet hier echt weg.'

Ze houdt het toestel van haar oor af en staart ernaar. Opgehangen.

'Dit is toch een noodgeval?' vraagt ze aan de man.

Hij lacht vriendelijk. 'Rustig maar, het komt wel goed.'

Ze laat haar iPhone in haar tas glijden en schudt wild met haar hoofd. Hoe kan ze nu rustig zijn als ze hier opgesloten zit? Was die lift de hele tijd al zo klein?

Door het raampje van de liftdeur ziet ze niets anders dan een zwarte muur. Ze voelt de rillingen over haar rug lopen en ze weet dat ze zich nu moet omdraaien, haar blik afwenden van die muur. Anders komt het zeker niet goed.

De man gaat dichter bij haar staan en haar eerste reactie is hem weg te duwen. Wat denkt hij wel niet?

Als hij haar handen vastpakt, laat ze het toe.

'Rustig maar. Haal eens diep adem. Wil je dat voor mij doen?' Hij praat langzaam tegen haar. Er hangt een soort kalmte om hem heen waar ze jaloers op is. Ze ziet hem diep inademen en als vanzelf doet ze mee. In... uit, in... uit.

'Doe je ogen maar dicht. Stel je nu eens voor dat je op een eiland bent. Je staat op het strand en je hoort het ruisen van de zee. De koele zee spoelt het zand van je voeten, een warme bries blaast het haar uit je gezicht.'

Ze ziet het voor zich. Een wit strand met palmbomen strekt zich voor haar uit. De zee is zo helder dat ze de visjes die erin zwemmen kan tellen. Het water is koel en ze moet de neiging weerstaan om er verder in te rennen. De grond onder haar voeten beweegt. Een aardbeving?

Ze opent haar ogen en kijkt in het gezicht van de man tegenover haar. Hij lacht vriendelijk en zijn bruine ogen kijken haar onderzoekend aan. Hij houdt nog steeds haar handen vast.

De lift is in beweging gekomen en met een zacht pling-geluid schuiven de liftdeuren open.

Zonder iets te zeggen maakt ze haar handen los uit die van hem, draait zich om en loopt de lift uit. Ze kijkt niet een keer achterom.

Kittana rijdt de lange oprijlaan op van het huis van haar ouders. Het valt haar op dat de berkenboompjes die vorig jaar door het hoveniersbedrijf zijn aangeplant, goed groeien. De zon schijnt op de witte villa en ze zwaait naar haar moeder, die voor het raam op de uitkijk staat. Zo laat is ze toch niet? Oké, het is een halfuurtje later geworden dan gepland, maar ze heeft een goed excuus.

Wat een gedoe in die lift. Ze snapt nog steeds niet dat ze zich zo heeft laten gaan. Wat zou die man van haar denken? Hoe kon ze zo dom doen? Ze krijgt er kromme tenen van als ze bedenkt hoe ze eruitgezien moet hebben met haar hoofd tegen die metalen plaat gedrukt, ondertussen een-een-twee aan het bellen. Ze haalt diep adem. Niet meer aan denken nu. Het zit er niet in dat ze die man snel weer tegen zal komen, dus wat maakt het uit? Niemand zal ooit weten hoe belachelijk ze zich heeft gedragen.

Ze parkeert haar Mini Cooper voor de garage met dubbele deuren en loopt naar de voordeur. Ze zoekt in haar tas naar haar sleutel, maar haar moeder is haar voor.

'Dag lieverd,' zegt ze terwijl ze de eikenhouten deur optrekt. 'Wat ben je laat. Je vader en ik wachten al een eeuwigheid.'

'Sorry, ik zat vast in de lift.' Ze spreekt de gedachte niet uit dat zij en haar moeder vroeger vaak een eeuwigheid op haar vader moesten wachten, omdat hij weer met zijn handen in andermans hersens zat te wroeten en daarom compleet vergat te bellen dat hij niet thuis zou komen om te eten. 'Het leven van een neurochirurg valt niet te plannen,' zei hij dan als haar moeder er iets van zei.

'Kindje, wat ben je laat,' zegt haar vader als ze de woonkamer binnenkomt. Zoals altijd struikelt ze bijna over het hoogpolige tapijt en wordt haar blik meteen getrokken naar het geschilderde portret van haar ouders boven de schouw. Het domineert de hele kamer en geeft haar een ongemakkelijk gevoel. Zelfs als ze vroeger het rijk alleen had, had ze nog het gevoel dat haar ouders haar in de gaten hielden.

'Het is toch geen stijl om te laat te komen op een aandeelhoudersvergadering.' Haar vader zet een vriendelijke glimlach op, maar ze hoort het misprijzen in zijn stem.

'Van harte gefeliciteerd met je verjaardag, pap,' zegt ze daarom vrolijk en ze zoent hem op zijn gladde wangen.

Haar vader neemt plaats in zijn luie stoel en Kittana gaat tegenover hem op de zwarte leren hoekbank zitten. Ze ritst haar tas open. Ze zoekt de felgekleurde feestenvelop die ze bij de V&D heeft gekocht. Ondanks de stress en schaamte was ze er toch nog in geslaagd zo'n ding te vinden.

Haar moeder zet drie mokken met thee op de glazen salontafel neer en gaat naast haar zitten. Het herinnert haar aan de theeglazen en samen met de rode envelop waarop staat 'van harte gefeliciteerd' pakt ze het doosje met de theeglazen uit haar tas.

'Alsjeblieft.'

Haar vader pakt de envelop van haar aan en glimlacht. Ze geeft de theeglazen aan haar moeder.

'Ach, kind toch. Dat had niet gehoeven.' Zal ze maar vertellen dat zij het was die twee theeglazen heeft laten vallen in plaats van Marja, hun huishoudster?

Ze doet haar mond al open om wat te zeggen als ze de stralende lach van haar vader op zijn gezicht ziet, maar hij is haar voor.

'U2! Heb je kaarten besteld voor U2? Daar heb ik nou altijd al naartoe gewild. Hoe wist je dat?'

Kittana haalt haar schouders op. 'Ach ja,' zegt ze.

Haar vader knikt zonder haar aan te kijken. 'En twee kaarten nog wel. Jammer dat je moeder daar niets aan vindt.'

'Eh, nou eigenlijk…' begint Kittana. Haar vader houdt zijn hand op om haar te onderbreken.

'Geen nood, ik weet nog wel iemand.' Hij pakt zijn mobiele telefoon uit het zakje van zijn overhemd en begint op de toetsen te drukken. Het piepgeluid doet zeer aan Kittana's oren en ze schuift heen en weer op de bank. Ze kijkt naar haar moeder, die net een slok van haar thee neemt. Zij ziet blijkbaar de paniek in haar ogen.

'George, ik denk dat Kittana…'

'Een momentje, lieve, ik ben aan het bellen.' Hij staat op

uit zijn stoel en loopt de kamer uit. 'Zeg Frits, kerel, heb je weleens van dat bandje U2 gehoord?' hoort Kittana hem zeggen terwijl hij de woonkamer uitloopt. Ze voelt de tranen achter haar ogen prikken en ze vraagt zich af hoe dit nu zo fout heeft kunnen lopen.

Haar moeder legt haar hand op haar arm. 'Je wilde met hem gaan, hè?' zegt ze.

Kittana knikt. Als ze iets wil zeggen, blijft haar stem in haar keel haperen.

'Zo, dat is dan geregeld. Frits wil graag mee. Wat een geweldig cadeau, liever. Dank je wel.' Haar vader loopt de woonkamer binnen en gaat achterover in zijn stoel zitten. Kittana concentreert zich op de zwart leren bekleding ervan en fabriceert een glimlach op haar gezicht.

'Ik wist wel dat je het mooi zou vinden,' zegt ze.

'Misschien is het nu tijd voor de vergadering,' stelt haar vader voor.

Ja, een goed idee. Dan hoeft ze tenminste niet meer te denken aan de teleurstelling die door haar lijf giert. Ze rommelt in haar tas op zoek naar de agenda die ze snel nog even in elkaar heeft geflanst. De meeste punten zijn standaard, dus veel werk was het niet.

Ze luistert naar haar vaders zware bromstem als ze de financiële stukken die de accountant heeft opgesteld doornemen. Ze moet bijna gniffelen in zichzelf. Elke keer hetzelfde liedje. 'Let op Alkmaar, dat is nog een zorgenkindje', 'Wat valt er allemaal precies onder kantoorkosten?', 'De omzet van Leeuwarden blijft iets achter'. En haar moeder die overal 'ja, ja' op zegt, terwijl ze telkens met haar hand door haar haar strijkt, waardoor haar flaporen zichtbaar worden.

'Ik heb ook plannen om de website aan een grondige metamorfose te onderwerpen,' zegt Kittana. 'En dat niet alleen, ik zou ook graag in overleg willen met reclamebureau C&C

over het opzetten van een reclamecampagne.'

Er verschijnt een diepe rimpel op het voorhoofd van haar vader. 'Ja, daar hebben we het in het begin van het jaar over gehad. Als het goed is, hebben we daar een budget voor opgesteld.'

Kittana knikt. 'Ik wil er nu ook snel mee beginnen. De zomer komt eraan en ik wil leuke singlesactiviteiten plannen. Het kan een heleboel nieuwe leden opleveren.'

Haar moeder knikt enthousiast. 'Ja, goed idee.'

'Ben je soms naar de kapper geweest?' vraagt Kittana aan haar. Ineens valt het haar op dat haar moeders haar anders zit dan anders.

Haar moeder lijkt op te leven bij de opmerking en strijkt met haar hand door haar haar.

'Ja, gisteren. Een beetje korter, een beetje blonder. Vind je het leuk?'

Kittana knikt. 'Maar niet steeds je haar achter je oren doen, hoor. Dan ziet iedereen je flaporen.' Ze richt zich tot haar vader. 'Volgende punt graag.' Ze wil er vaart achter zetten. Ze heeft het wel gehad met deze vergadering.

'En zijn er verder nog bijzonderheden?' vraagt haar vader. Kittana ziet op de agenda dat ze bij het wat-verder-ter-tafel-komt-punt zijn aanbeland en ze haalt opgelucht adem. Ze moet er wat voor overhebben met haar ouders als aandeelhouders in haar bedrijf. Niet dat ze klaagt, helemaal niet. Zonder hen had ze het natuurlijk nooit kunnen doen. Of liever gezegd, zonder hun financiële injectie had ze het nooit kunnen doen.

Zou ze hem nu wel of niet over Parijs vertellen? Hij zal erop staan dat ze gaat, dat weet ze zeker. Als ze het niet vertelt en hij komt er later achter, is ze ook nog niet jarig.

'Over C&C gesproken, ik heb een uitnodiging gekregen voor een bezoek aan hun nieuwe hoofdkantoor. In Parijs.'

Haar vader begint zijn pijp aan te steken, het absolute

teken dat de vergadering ten einde is gekomen.

'O, Parijs, wat romantisch. Daar zijn je vader en ik al vele malen geweest. Je bent vast helemaal in je nopjes dat je daarnaartoe gaat,' zegt haar moeder. Ze beweegt haar hand naar haar hoofd, waarschijnlijk om een pluk haar achter haar oor te duwen, maar bedenkt zich en laat haar arm slap naast zich op de bank vallen.

Kittana haalt haar schouders op. 'Ik dacht eigenlijk, ik bedoel, ik zat te denken dat...' Ze schraapt haar keel en kijkt naar haar vader. Waarom is het nou zo moeilijk om te zeggen dat ze er niet heen wil in haar eentje? 'Ik ga er niet heen.'

Haar vader onderbreekt het stoppen van zijn pijp. 'Hoezo, je gaat er niet heen? Kittana, ik denk dat het heel erg belangrijk is dat je er wel heen gaat. In het kader van het zelfstandig ondernemerschap kun je daar veel goede contacten opdoen. En het is een hele eer dat ze je uitnodigen, dat ze iets speciaals organiseren voor hun beste klanten. Daar komt bij dat je moeder en ik niet het eeuwige leven hebben. Dan moet je zelf de kar trekken.'

In gedachten telt ze tot tien. Ze voelt het bloed naar haar wangen stijgen. Hoe kan het toch dat ze bijna dertig is en dat haar ouders nog steeds haar leven bepalen?

'Goed, goed, ik ga er wel heen. Je hebt gelijk,' weet ze uit te brengen. Snel drinkt ze haar thee op en loopt de woonkamer uit. Ze mompelt iets over naar de wc gaan. Haar hakken tikken op de marmeren vloer in de hal. Steeds sneller. Ze loopt de wc binnen en doet het deksel van de bril naar beneden. Met een zucht gaat ze erop zitten. Ze haalt een paar keer diep adem. Zo, dat is beter. Even weg van die twee. Of liever gezegd, even weg van haar vader. Haar moeder is een lieve schat, altijd al geweest, maar haar vader...

Ze kan zich nog herinneren dat ze thuiskwam met haar schoolrapport. Ze moet een jaar of tien geweest zijn en ze had allemaal achten gehaald. Ze kon niet wachten om haar vader de cijfers onder zijn neus te duwen. Ze stelde zich voor hoe hij haar zou omhelzen, hoe hij haar op zou tillen en door de lucht zou zwieren en zeggen dat hij trots op haar was.

Toen ze thuiskwam, was haar vader er nog niet. Hij had een spoedoperatie en zou pas veel later thuis zijn. Dus wachtte ze. Ze kwam de hele avond niet van haar plek af. Haar hart klopte in haar keel en af en toe kriebelde er een spiertje boven haar linkeroog. Uiteindelijk kwam hij thuis. Moe ging hij op zijn stoel zitten en ze gaf hem haar rapport. Hij had naar de cijfers gestaard. Waarschijnlijk maar een paar tellen. Voor haar leek het een eeuwigheid.

Toen keek hij op. 'Mooie cijfers,' zei hij, 'maar als je chirurg wilt worden, zul je toch tienen moeten halen in plaats van achten.'

Wat een teleurstelling moet ze voor hem zijn. Die tienen heeft ze nooit gehaald. Chirurg is ze ook niet geworden.

'En hoe is het met mijn favoriete nichtje?'

'Tante Sophie!' Kittana neemt de twee luchtkusjes van haar tante in ontvangst.

'Gewoon Sophie, dat weet je nu toch wel?' Ze kijkt haar quasi-verontwaardigd aan. Natuurlijk weet Kittana dat wel, maar het blijft leuk om de blik in haar ogen te zien als ze de tien jaar jongere zus van haar moeder tante noemt.

Kittana geeft de man die met haar tante mee is gekomen een hand en hij stelt zich voor als Dave. Ze neemt zich voor de naam snel weer te vergeten, aangezien Sophie telkens als ze haar ziet een andere en niet te vergeten veel jongere man meeneemt om haar gezelschap te houden. Dave lijkt ook nog eens weg te zijn gelopen uit de nieuwste Davidoff-reclame. Hoe doet ze dat toch, vraagt Kittana zich af. Ze zou het graag willen weten, misschien kan ze er iets van opsteken.

'George, darling, van harte met je verjaardag. Hoe oud ben je nu geworden? Vijfenveertig?' Sophie kirt erover als ze

Kittana's vader trakteert op twee luchtkusjes en Kittana schiet in de lach bij het zien van zijn opgetrokken wenkbrauwen.

'Het feest kan beginnen, want Sophie is *here*,' zegt haar tante terwijl ze naast Kittana op de bank gaat zitten. Eindelijk zet ze haar zonnebril af en stopt deze in haar Louis Vuitton-handtas.

'Kom hier maar zitten, schat,' zegt ze tegen Dave terwijl ze op de vrije plaats naast haar op de bank klopt.

Kittana kan een glimlach niet onderdrukken. Misschien zit Sophie in een soort midlife-crisis. Haar man is een paar jaar geleden overleden en heeft haar een fortuin nagelaten. Sinds die tijd doet Sophie niets anders dan golfen en shoppen. Volgens Kittana's vader heeft ze last van pedofiele neigingen. Als ze een blik werpt op het jonge gezicht van Dave, schat ze hem inderdaad niet ouder dan een jaar of twintig, eenentwintig.

Kittana besluit haar moeder een handje te helpen in de keuken. Ze verwacht niet veel gasten, heeft ze haar al verteld. Alleen wat familie en de buren. Voor zover je de mensen die in het huis drie kilometer verderop wonen, buren kunt noemen.

Ze wandelt de keuken binnen en ziet haar moeder druk in de weer met gevulde eieren. Op een grote schaal heeft ze hapjes keurig gerangschikt. Meteen voelt Kittana zich te veel. In de keuken is haar moeder op haar best en ze heeft Kittana helemaal niet nodig.

Ze hijst zich desalniettemin op een van de krukken aan een uitloper van het keukenblad. Ze wrijft met haar vingers over het zwarte blad met daarin kleine metallic stukjes verwerkt. Vast een of andere dure interieurontwerper die verteld heeft dat het de laatste trend was.

'Hoe gaat het met het liefdadigheidsbal?' vraagt ze terwijl haar moeder haar best doet de vulling zo secuur mogelijk in de halve eieren te doen.

'Goed. Druk, maar heel goed.'

Zo lang als Kittana zich kan herinneren, is haar moeder druk met liefdadigheid. Elk jaar organiseert ze een groot diner met aansluitend een feest waarvan de opbrengst naar een goed doel gaat.

Kittana rekt zich uit om een van de pas gevulde eieren van de zilveren schaal te pakken. Haar moeder geeft haar een zachte tik over haar vingers. 'Afblijven,' zegt ze.

'Sorry hoor. Als ik je moet helpen, dan laat je het me maar weten.'

Haar moeder draait zich naar haar om en veegt een haarlok met de rug van haar hand uit haar gezicht.

'Lief aangeboden, maar je hebt het al druk genoeg met je eigen werk.' Ze veegt haar handen af aan haar keukenschort. 'Neem jij koffie mee voor Sophie? Ze kan vast wel een sterke kop gebruiken nu je haar alleen hebt gelaten met je vader.'

Kittana grinnikt terwijl ze koffie inschenkt en terugloopt naar de woonkamer.

Kittana vraagt zich af wat haar moeder precies verstaat onder 'niet veel gasten'. Vanaf haar plekje op de bank kijkt ze de kamer rond en vraagt zich af wie al die mensen zijn. Ze herkent een oom en tante en dan zijn er natuurlijk Sophie en Dave, de man die bij de schouw staat komt haar vaag bekend voor, maar dan houdt het ook wel op. Haar vader schijnt zich uitstekend te vermaken en Kittana vraagt zich telkens af hoe hij dat doet. Hij praat zo makkelijk met mensen. Misschien is dat ook niet zo verwonderlijk als je dertig jaar als neurochirurg hebt gewerkt. Misschien word je daardoor wel een topper in 'socializing'. Zie je wel, ze had gewoon chirurg moeten worden.

Als dat soort gedachtes haar hoofd gaan vullen, is het tijd voor wat sterkers dan appelsap. Ze staat op en loopt naar de keuken, waar ze uit de vitrinekast een van de kristallen wijnglazen pakt, en vult deze met een rode wijn.

'Als je toch bezig bent, doe mij er dan ook maar eentje,' hoort ze Sophie achter haar zeggen terwijl die haar lege glas naast dat van Kittana neerzet.

'Kun je Dave wel zo lang alleen laten?' vraagt Kittana, ondertussen Sophies glas bijvullend.

'Hij redt zich vast prima zonder mij. Hij staat niet bekend om zijn zwijgzaamheid, zoals sommigen onder ons.'

Kittana negeert de steek onder water. Soms kan haar tante een kreng eersteklas zijn.

Sophie pakt het glas van het keukenblad en neemt een slokje wijn. 'Eén ding kan ik wel van je vader zeggen: wat wijnen betreft heeft hij een uitstekende smaak.' Ze neemt nog een slokje en sluit genietend haar ogen. 'Hoe is het verder met jou?' vraagt ze als ze haar ogen weer opendoet. 'Je bent een beetje stil vanavond, is het niet?'

Kittana neemt een grote slok uit het glas en ziet Sophie met afgrijzen toekijken. Niet echt een beschaafde manier om wijn te drinken, lijkt ze te willen zeggen.

'Het gaat wel. Ik heb een uitnodiging gekregen om voor mijn werk naar Parijs te gaan.'

Sophies ogen lichten op. 'Maar dat is geweldig. Je bent er nog nooit geweest, toch?'

'Het is helemaal niet geweldig. Ik wil er niet heen, maar mijn vader vindt het natuurlijk een geweldig idee. Een uitstekende kans om te netwerken,' bauwt Kittana haar vader na.

'Zo erg is Parijs anders niet.'

'Nee, maar wel als je er in je eentje naartoe moet,' zegt Kittana. Ze heeft nog een bodempje wijn in haar glas en laat dit voorzichtig ronddraaien. 'Zeg eens eerlijk, Sophie, hoe doe jij dat? Je hebt op elk feestje een leuke jonge vent aan je arm.'

Sophie drinkt haar glas leeg en lacht een rij spierwitte tanden bloot. 'Gewoon een praatje maken. Het hebben van een flinke spaarpot is zeer aantrekkelijk voor die jonge mannen. Een beetje lef kan geen kwaad en zelfvertrouwen is onontbeerlijk.'

'Dat is alles?' vraagt Kittana. Ze heeft geen idee wat ze dan gedacht had, maar Sophie laat het wel heel makkelijk klinken.

'Ja, er is niets aan.' Ze drukt zich omhoog bij het aanrecht, schuift haar billen op het blad en slaat haar benen over elkaar. 'Maar heb jij dan niet een heel bestand vol met leuke mannen?'

'Wat bedoel je?'

'Je hebt toch een datingbureau? Leuke mannen genoeg die zich inschrijven, dacht ik zo.'

Kittana trekt een gezicht. 'Vaak is er een reden dat die mannen nog single zijn.' Ze vertelt maar niet over haar debacle van een paar jaar geleden. Behalve Jennifer weet helemaal niemand daarvan en dat wil ze graag zo houden. Als ze eraan terugdenkt, voelt ze het schaamrood op haar wangen branden.

Sophie maakt een geluidloze 'O' met haar mond. 'Ik geloof,' zegt ze dan, terwijl ze zich nog een glas wijn inschenkt, 'dat er voor iedereen een bijzonder iemand rondloopt. Van mijn bijzonder iemand moest ik helaas te vroeg afscheid nemen. Wie weet vind jij jouw bijzonder iemand wel in Parijs.'

Kittana haalt haar schouders op.

'Het heet niet voor niets de stad van de liefde,' zegt Sophie.

De woorden blijven de rest van de avond door Kittana's hoofd spoken. Ze ziet hoe haar vader af en toe een blik van verstandhouding wisselt met haar moeder, terwijl ze allebei met verschillende mensen gesprekken onderhouden. Het is een soort telepathie die ze wel vaker ziet bij stellen die al zo lang bij elkaar zijn. Een fase in een relatie die je alleen maar kunt bereiken als je elkaar door en door kent en open en eerlijk durft te zijn. Ze vraagt zich af of ze zelf ooit de mogelijkheid zal krijgen om zo'n relatie op te bouwen.

Het kirren van Sophie om Daves opmerkingen valt moeilijk te negeren en Kittana kan zich gemakkelijk voorstellen hoe die relatie eruitziet. Lang leve de lol en vrijheid, blijheid. Iets wat misschien ook wel te benijden is. Maar zelfs zoiets simpels als dat is op dit moment niet voor Kittana weggelegd. Ze zucht diep. Wie weet wat de stad van de liefde voor haar in petto heeft.

3

'En toen ben ik zo snel mogelijk die lift uitgerend,' besluit Kittana haar liftanekdote. Ze heeft het gedeelte waarin ze het luchtrooster aanzag voor een intercom verzwegen en het gedeelte waarin ze het alarmnummer belde heeft ze voor de zekerheid ook maar niet verteld.

Jennifer zit tegenover haar en haar schaterlach klinkt door het tapasrestaurant. Sommige mensen werpen een geïrriteerde blik in hun richting.

Kittana negeert de blikken en steekt een van de kleine hapjes, die de hele tafel in beslag nemen, in haar mond.

'Jij ook een stukje brood?' vraagt Jennifer.

Kittana schudt haar hoofd. 'Ik zit propvol. Ik snap niet waar jij dat allemaal laat en er dan ook nog eens niet van aankomt.' Ze kijkt toe hoe Jennifer nog een stukje afsnijdt en besmeert met een dikke laag kruidenboter.

'Was het een leuke man?' vraagt Jennifer terwijl ze een grote hap neemt.

'Weet je dat ik daar niet eens goed op heb gelet?'

Jennifer zet grote ogen op. 'Echt niet?'

'Het enige wat ik nog weet, is dat hij bruine ogen had en lang was. Het maakt ook niet uit hoe hij eruitzag. Hopelijk zie ik hem nooit weer. Ik schaam me dood.'

'Dat hoeft toch niet? Ik was ook in paniek geraakt, hoor. Jakkes, vastzitten in de lift.' Ze heeft het brood op en doopt nu een stukje calamaris in knoflooksaus.

Daar twijfelt Kittana geen moment aan. Jennifer kan heel rustig zijn en stressbestendig, maar ze heeft ook een andere kant. Een warrige en drukke kant. Het is juist die kant van haar die ervoor zorgt dat ze dingen soms verkeerd aanpakt. Het is een kant die ze vaak goed weet te verbergen, maar die af en toe de kop opsteekt. Kittana houdt van die onverwachte trekken in het karakter van haar beste vriendin. Het geeft haar het gevoel dat ze zelf ook niet perfect hoeft te zijn en dat ze zich niet anders voor hoeft te doen dan ze is.

'Wat voor toetje wil jij?' vraagt Jennifer.

Een toetje? Ze lijkt wel niet goed.

'Hoe doe jij dat toch? Ik kan geen hap meer door mijn keel krijgen.'

'Veel oefenen.'

'Als ik veel oefen, ben ik binnen de kortste keren net Dik Trom.'

Jennifers lach weerklinkt door het restaurant. Twee mannen die een tafeltje verderop zitten kijken geamuseerd hun kant op. Kittana lacht en knikt kort naar ze. Jennifer ziet het en draait terloops haar hoofd in de richting van de mannen.

'Nee, da's niks,' zegt ze terwijl ze haar neus rimpelt.

Het is ook geen wonder dat Jennifer geen man in haar leven heeft. Kittana kent niemand die zo kieskeurig is als zij.

'Ik neem wel een kinderijsje. Daar heb ik nog wel een gaatje voor,' zegt Kittana.

Als ze Jennifers appartement binnenkomen, begroet Tijger hen enthousiast. Hij trakteert Jennifer op de meest enthousiaste begroeting, waarschijnlijk omdat hij wat lekkers verwacht. De kat volgt haar naar de keuken en Kittana gaat op de zwarte stoffen bank in de woonkamer zitten. Ze doet haar schoenen uit en trekt haar voeten onder zich op de bank, zakt dan achterover in de overvloed aan felgekleurde kussentjes, waardoor de stof van de bank bijna niet meer zichtbaar is.

'Nog een wijntje?' roept Jennifer vanuit de keuken.

'Heerlijk!' zegt ze, ondertussen blij dat ze op de fiets is gekomen.

'Zo,' zegt Jennifer. Ze zet twee glazen wijn op tafel. Onder haar arm heeft ze een zak chips geklemd, die ze met een scheurend geluid opentrekt als ze gaat zitten.

'Snelle spijsvertering,' zegt ze met haar mond vol.

Tijger springt luid miauwend tussen hen in op de bank en nestelt zich tegen Jennifers been. Als ze hem achter zijn oren kriebelt, begint hij te spinnen.

'En heb je je familie al verteld dat je niet meegaat naar het familieweekend?' zegt Kittana.

Jennifers mond houdt op met kauwen. Er verschijnt medelijden in haar blik. 'Als het kon, ging ik echt heel graag met je mee naar Parijs. Maar ik kan het niet maken om niet naar dat familieweekend te gaan. Het is een jaar geleden gepland.'

Kittana zucht diep. 'Ik kon het toch proberen? Het ziet ernaar uit dat ik me alleen moet vermaken in Parijs.' Ze trekt een zuur gezicht. 'Het is gewoon zo vervelend dat ik altijd alleen naar dat soort dingen moet. Ik ben daar zo ontzettend flauw van.'

'Zoek dan een leuke vent in dat bestand van je. Knappe mannen voor het uitzoeken.'

Kittana ziet de treiterige blik in Jennifers ogen. 'Volgens mij weten we allebei hoe dat in het verleden is uitgepakt, of niet soms? Dus herinner me er alsjeblieft niet steeds aan.'

Jennifer gniffelt. 'Sorry, maar dat was gewoon echt een giller. Wat een flapdrol was die John. Maar je kunt je natuurlijk altijd nog ziekmelden dat weekend en lekker thuis in bed blijven,' zegt ze.

'En liegen tegen mijn vader? De grote neurochirurg? Ik dacht het niet. Vroeger dacht ik altijd dat hij het kon ruiken als ik stond te liegen.'

'Dus daarom was jij altijd zo braaf,' zegt Jennifer en stopt een handvol chips in haar mond.

'Braaf? Ik? Hoe kom je daar nou bij? Weet je nog die keer dat we bij meneer Hendriks zo'n scheetkussen op zijn stoel hadden gelegd?' zegt Kittana.

'We? Ik meen me te herinneren dat ík dat heb gedaan en dat ík degene was die daarvoor het schoolplein moest aanvegen.'

Kittana zoekt haar herinneringen af naar een ander voorval om te bewijzen dat ze echt niet zo braaf was als Jennifer zegt.

'Het geeft niets, hoor. Jij was degene die me op het rechte pad hield. Zonder jou was ik waarschijnlijk niet verder gekomen dan ijscoverkoper of zoiets. Over vroeger gesproken, ik heb iets leuks.' Ze staat op en loopt de kamer uit.

Als ze weer terugkomt, heeft ze een vel papier in haar hand. 'Weet je nog, die excursie in havo 4 naar Londen?'

Bij Kittana begint langzaam iets te dagen en ze knikt.

'Die lange, saaie avonden in het hotel. Weet je nog wat we toen deden?'

'O, Jen, heb je dat nog bewaard? Laat snel zien.' Ze rukt het beduimelde stuk papier bijna uit haar handen. Haar ogen glijden over de woorden en ze voelt een lachbui opkomen.

Mister Right
1. *heeft het uiterlijk van een fotomodel;*
2. *is waanzinnig in bed;*
3. *heeft een topbaan;*
4. *is eerlijk, maar tactisch;*
5. *is betrouwbaar;*
6. *is attent;*
7. *is geen moederskindje, maar heeft wel respect voor zijn moeder.*

Respect voor moeder betekent respect voor vrouwen, betekent respect voor mij;

8. *is heel lief, op een stoere manier;*
9. *heeft gevoel voor humor;*
10. *durft over zijn gevoelens te praten, zonder een slijmbal te zijn.*

Kittana kan zich de excursie naar Londen nog goed herinneren, ook al is het inmiddels meer dan tien jaar geleden. Na een hele dag rondlopen in de stad met de verplichte bezoeken aan musea, Buckingham Palace, St. Paul's Cathedral en Big Ben, lagen ze 's avonds uitgeteld in hun bed op de hotelkamer die niet groter was dan een veredeld Dixi-toilet. Er was ruimte voor twee bedden en een kast en dat was het. Ze waren nog zo jong, terwijl ze zich op dat moment al vreselijk volwassen voelden. Jennifer was begonnen over de man van haar dromen. Terwijl Kittana niet verder kwam dan Brad Pitt of Keanu Reeves, had Jennifer een gedetailleerde beschrijving in haar hoofd van haar Mister Right. Het eindresultaat werd al snel door haar op een velletje papier gekrabbeld, terwijl Kittana hier en daar wat aanvullingen gaf en suggesties deed.

'O,' lacht Kittana, 'wat waren we naïef.'

'Hoezo?' Jennifer is inmiddels weer naast Kittana gaan zitten en kijkt haar aan.

'Jennifer, kom op. Je gelooft toch niet echt dat zo'n man bestaat.'

'Tuurlijk wel,' zegt ze en ze kruist haar armen voor haar borst. 'Er komt een dag, dan zal ik hem ontmoeten. Gewoon ergens in de supermarkt. Ik ben mijn boodschappen aan het doen en per ongeluk laat ik een pak melk vallen. Op zíjn voeten natuurlijk. En daar staat hij dan. Mijn Mister Right.'

'Dat geloof je toch niet, Jennifer. Hoeveel wijn heb je eigenlijk al op?'

'Kittana, als je niet in de liefde gelooft, hoe moet het je dan ooit overkomen?'

Kittana schudt haar hoofd. 'Maar hoe zit dat dan met Alexander, Edward en Jasper? Als jij gelooft dat er maar één ware voor je rondloopt, hoe verklaar je je vorige relaties dan? Ik weet nog heel goed hoe verliefd jij was.' Ze herinnert zich het gezwijmel van haar beste vriendin maar al te goed en al die drie liefdes liepen op niets uit.

'De zoektocht naar Mister Right levert vaak erg veel Mister Wrongs op. En daar komt bij, ik hoef toch niet als een monnik te leven? Dat neemt niet weg dat ik in de liefde blijf geloven. In de ware liefde, wel te verstaan.' Daar neemt Jennifer een grote slok wijn op.

'Ik geloof ook wel in de liefde,' zegt Kittana. 'Maar ik red me ook best zonder. En trouwens, jij keurt de meeste mannen al af voordat je überhaupt met ze hebt gepraat.' Kittana's hand vindt de zak chips en ze vist er een handjevol uit. Meer uit gewoonte dan omdat ze trek heeft, stopt ze wat chips in haar mond.

'Dat doe ik niet.'

'O nee, en die mannen vanavond dan in het restaurant? Die waren best leuk.'

'Die waren bejaard!'

Kittana probeert zich de twee mannen voor de geest te halen. Zo oud waren ze niet geweest. Of had ze gewoon niet goed gekeken? Of kwam het omdat ze al zo lang geen man meer in haar leven had gehad, dat iedere man haar wel aantrekkelijk voorkwam?

'We mogen best kritisch zijn, Kittana. Wij zijn twee aantrekkelijke vrouwen, we hebben allebei een goede baan. Moet je zien wat we een man allemaal te bieden hebben. Een beetje kritisch zijn heeft nog nooit iemand kwaad gedaan.'

Misschien heeft ze gelijk. Maar je kunt ook te kritisch zijn en Kittana voelt er niets voor om op haar zestigste nog steeds alleen te zijn.

Kittana denkt er serieus over na een kat uit het asiel te halen als ze 's avonds haar donkere appartement binnenwandelt. Dan wacht er tenminste iemand op haar als ze thuiskomt. Ze doet snel wat lampjes aan, controleert of haar slaapkamer nog enge-spin-vrij is – wat gelukkig zo is – en knielt dan voor haar dres-soir. Ze opent een van de deurtjes en ze laat haar wijsvinger langs de dvd-boxen glijden. Waar heeft ze zin in? De laatste aflevering van seizoen drie? Waarin Buffy afscheid moet nemen van haar grote liefde? Of toch maar die aflevering in het eerste seizoen, wanneer Buffy erachter komt dat de myste-rieuze Angel een vampier is?

Kittana twijfelt. Haar wijsvinger stokt, glijdt dan terug naar het begin van de rij. Seizoen één wordt het.

Ze stopt de dvd in de dvd-speler, sluit de gordijnen en steekt hier en daar wat waxinelichtjes aan, terwijl de herken-ningsmelodie van *Buffy, the Vampire Slayer* begint. Ze kruipt op de bank, gaat comfortabel zitten en vraagt zich af wat Marscha of Anne ervan zouden vinden als ze wisten dat hun baas verslaafd is aan een televisieserie die draait om een meisje van zestien jaar dat is uitverkoren om vampiers dood te maken om vervolgens zelf hopeloos verliefd te worden op een van hen.

En Jennifer, wat zou zij ervan zeggen? Kittana heeft het zelfs niet aan haar beste vriendin verteld. Ze zou het waar-schijnlijk niet begrijpen. Aan de andere kant, iemand die een lijstje heeft met onmogelijke criteria waar haar ideale man aan moet voldoen en vervolgens ook serieus gelooft dat ze die man tegen zal komen...

Wat is er eigenlijk mis met Buffy? Na een dag hard werken kan ze wel een beetje ontspanning gebruiken. En toevallig krijgt ze dat door naar Buffy te kijken.

Ondanks dat besluit ze voorlopig haar verslaving nog maar even voor zich te houden.

Haar antieke wandklok slaat twaalf keer als ze eindelijk haar bed opzoekt. Ze gaat op haar rug liggen en staart in het donker naar het plafond. Het ziet ernaar uit dat ze binnenkort echt alleen naar Parijs gaat. Voor de eerste keer in haar leven naar de stad van de liefde en dan is ze alleen. Alleen het nieuwe hoofdkantoor bezoeken, alleen in het hotel. Ze krijgt een knoop in haar maag bij de gedachte alleen al. Zou ze dan toch stiekem haar bestand checken of er een leuke man voor haar in zit? Een perfecte match? Ze schudt de gedachte van zich af. Nee, zo wanhopig is ze niet. Dat geintje heeft haar de vorige keer flink wat ergernis opgeleverd. Dat was eens, maar nooit weer. En hij leek zo leuk.

Vanaf het eerste moment dat John haar kantoor binnenstapte, voelde ze zich tot hem aangetrokken. Ze was bezig een plekje te zoeken voor haar Brood. De verf op de muren was amper droog en ze runde de tent nog in haar eentje. Eén vestiging had ze en ze wist toen nog niet dat het binnen een paar jaar zou groeien naar tien vestigingen in het hele land.

John had geen afspraak, maar liep toevallig langs en besloot binnen te stappen. Hij was nogal impulsief, vertelde hij, toen ze eenmaal aan haar vergadertafel zaten onder het genot van een kop koffie. Impulsief is goed, dacht ze bij zichzelf. Ze zou zich graag een keer door deze man laten verrassen. De gedachte was zo snel in haar hoofd opgedoken dat ze zich bijna in haar koffie verslikte. John had haar bezorgd aangekeken en gevraagd of het ging. Impulsief en zorgzaam. Twee pluspunten voor John.

Anderhalf uur later was het intakeformulier dat ze samen met John in wilde vullen nog steeds leeg. Ze was erachter gekomen dat hij lesgaf aan groep vijf van een basisschool vlak buiten de stad, dat hij sinds twee maanden single was en meteen weer in het zadel wilde springen. Hij was sportief, had hij verteld. Als in vier-keer-in-de-week-naar-de-sportschool-sportief. Toen hij dat vertelde, kon Kittana niet anders dan haar ogen over zijn bovenlichaam laten dwalen terwijl ze in gedachten haar handen over zijn ontblote borstkas liet glijden. Hij hield van sportieve vrouwen. Dat kwam mooi uit, want Kittana was sportief. Af en toe dan. Als ze zich zat had gegeten aan witte chocolade en haar schuldgevoel haar ertoe bewoog zestig sit-ups te doen.

'Dit schiet niet echt op,' verzuchtte Kittana terwijl ze met het formulier voor zijn gezicht wapperde. John schudde zijn hoofd en keek haar aan met een broeierige blik. Kittana voelde haar hart bonzen. De woorden lagen op het puntje van haar tong en ze wist dat ze ze ging uitspreken. Toch aarzelde ze.

Het is moreel niet verantwoord, Kittana, sprak het stemmetje in haar hoofd haar streng toe.

'Het is maar een idee, maar je zou nog heel even kunnen wachten met inschrijven.'

John leunde iets naar haar toe. 'En waarom zou ik dat doen?'

Kittana haalde haar schouders op. 'Je zou bijvoorbeeld nog even kunnen wachten, omdat je mij dan mee uit kunt vragen.' Ze durfde hem niet goed in de ogen te kijken toen de woorden uit haar mond rolden.

'Dat kan. Misschien is het wel een goed idee.'

Eindelijk keek ze hem aan. Zijn ogen waren lichtbruin met daarin kleine gouden spikkeltjes. Kittana vond ze prachtig. 'Leuk,' wist ze uit te brengen.

Ze spraken af voor de avond erna. Stipt om zeven uur stond John voor haar deur. Toen ze opendeed, liet hij een keurende blik over haar lichaam glijden. Ze voelde zich meteen ongemakkelijk. Zou hij het spijkerrokje met daaronder haar zwarte legging en laarzen niet leuk vinden? Of was er iets mis met het shirtje dat ze erop droeg?

'Ik denk niet dat je helemaal passend gekleed bent voor onze date,' was het eerste wat hij tegen haar zei.

O, dus dat was het. Op haar vraag wat ze dan gingen doen,

wilde hij geen antwoord geven. Wel wilde hij kwijt dat ze gewoon lekker zittende kleren aan moest doen, bij voorkeur een broek. Zo gezegd, zo gedaan en niet veel later zat ze bij John in de auto op weg naar een avondje vol mysterie. Waar zou hij haar mee naartoe nemen? Waar zouden ze gaan eten? Hij leek haar op het eerste gezicht een romantisch type.

Het kwam haar dan ook raar voor toen hij het parkeerterrein van het in- en outdoor sportcentrum opreed dat zich op het industrieterrein van de stad bevond. Ze wist dat hij sportief was – nog een pluspunt –, maar hij was toch niet van plan om haar tijdens hun eerste afspraakje de longen uit haar lijf te laten rennen? Of iets nog ergers. Te erg om te bedenken wat het precies kon zijn.

Een halfuur later had ze zich door John in een eng tuigje laten hijsen en stond ze, vastgeklikt en gehaakt aan allerlei kabels, onder aan een klimwand. Misschien was dit een goed moment om een spontane aanval van hoogtevrees te verzinnen?

'In welk parallel universum dacht jij dat ik dit een leuk idee voor een date zou vinden?' beet ze hem toe, terwijl hij rustig de wand begon te beklimmen. Haar maag rommelde. Ze had gedacht dat hij haar eerst wel mee uit eten zou nemen. Ze stond op het punt om hem dat ook nog naar zijn hoofd te slingeren, maar toen ze aan zijn gezicht zag dat hij dacht dat ze een grapje maakte, hield ze zich stil. Ze zou hem een lol doen en het gewoon proberen. Wie weet, misschien vond ze het nog leuk ook.

Ze vond het dus niet leuk. Haar armen en vingers deden pijn, het zweet gutste over haar gezicht en ze wist zeker dat ze een kop als een tomaat had. Niet echt aantrekkelijk. Het allerergste was dat John haar het nakijken gaf. Ze klemde haar kaken op elkaar terwijl ze naar zijn inspanningen een paar meter boven haar bleef kijken. Sinds hij aan de wand was begonnen, had hij nog niet eenmaal naar haar omgekeken, laat staan dat hij had gevraagd hoe het met haar ging. Niet erg zorgzaam blijkbaar. Een minpunt.

Boven haar klonk gejuich. John had de top bereikt. En dat moest iedereen blijkbaar weten. Kittana kreeg er de rillingen van. Rillingen van irritatie wel te verstaan. Snel klom ze verder en ze nam zich voor hem te negeren wanneer hij haar zou passeren als hij zich naar beneden liet zakken. Dat voornemen was nergens voor nodig. Hij keek niet eens naar haar. Hij was al druk bezig om de instructeurs onder aan de klimwand te vertellen hoe geweldig hij het gedaan had.

Kittana's maag rommelde opnieuw. Zoveel inspanning op een lege maag kon nooit goed zijn. De top van die stomme bergwand kon haar gestolen worden. Het liefst wilde ze naar beneden, en wel zo snel mogelijk.

'Ik denk dat het nu wel tijd wordt voor een hapje eten,' zei Kittana toen ze eenmaal weer met beide benen op de grond stond en John met moeite bij het groepje instructeurs kon wegloodsen. 'Kunnen we hier ook wat krijgen, denk je? Ik verhonger bijna.'

'Je bedoelt: je hebt trek.'

'*Whatever*, ik moet gewoon wat te eten hebben.' Ging die eikel haar nog de les lezen ook. Weer een minpunt.

In de kantine bestelde John voor haar een gehaktbal met mayonaise. Die ze uiteindelijk zelf moest betalen, omdat hij geen kleingeld had en hij in de kantine niet met zijn pinpas kon betalen.

Kittana voelde haar ergernis groeien. Ze prikte met haar plastic vork in de gehaktbal, zich ondertussen voorstellend dat het Johns bal was waar ze in zat te prikken. Die gedachte wekte automatisch een lachbui op en ze beet op haar wang om die te onderdrukken. Ze keek op naar John, die tegenover haar zat, en bekeek hoe hij een stukje patat naar binnen werkte. De avond was nog niet voorbij, besloot ze. Hij had nog tijd om het goed te maken.

'En nu?' vroeg ze toen ze weer buiten stonden.

'Zullen we nog even wat gaan drinken bij Molly?'

'Wie is Molly?'

John grinnikte. 'Molly Malones. Mijn stamkroeg.'

Iets drinken in de kroeg. Met harde muziek, veel drank en veel mensen. De ideale plek om je date beter te leren kennen.

'Tuurlijk, doen we.'

Waar Kittana niet goed bij stil had gestaan was het feit dat Molly Malones Johns stamkroeg was. Dat kwartje viel pas toen ze eenmaal binnen was en John praktisch iedereen leek te kennen. Voor ze uiteindelijk bij de bar waren aanbeland, had hij zeker al vijf mensen aangesproken. Als een echte heer had hij haar aan helemaal niemand voorgesteld en Kittana had er als wormvormig aanhangsel bij gestaan.

'Even naar het toilet,' mompelde ze tegen John toen ze eindelijk bij de bar waren aanbeland en John iets te drinken voor haar had besteld. Ze betwijfelde of hij haar had gehoord.

Op weg naar de wc bedacht ze zich dat zij waarschijnlijk de drankjes zou moeten betalen omdat hij nog steeds geen kleingeld op zak had en ze niet dacht dat hij in het café zou kunnen pinnen. Een echte heer, die John. Hoeveel minpunten had hij eigenlijk al gescoord die avond? In de toiletruimte deed ze het rustig aan. Ze nam uitgebreid de tijd om haar make-up bij te werken, haar haar te borstelen, zichzelf te bestuderen – ze zag er nog steeds goed uit, al zei ze het zelf – voordat ze besloot dat het tijd was om terug te keren naar John. Misschien was het tijd voor een hevige migraineaanval. Deze date was niet meer te redden.

In de tijd die ze op het toilet had doorgebracht, was het nog drukker geworden in de kroeg. Ze speurde de ruimte af met haar ogen, op zoek naar John. Ze zag hem staan aan de hoek van de bar. Hij had zijn rug naar haar toe gedraaid en hij leek een stoer verhaal te vertellen aan het groepje jongens waar hij bij stond, gezien de heftige armgebaren die hij maakte.

Langzaam bewoog ze zich tussen de mensen door, totdat ze dichtbij genoeg was om hem op zijn schouder te tikken. Op dat moment was net het liedje dat door de luidsprekers schalde afgelopen en ving ze wat woorden van John op.

'... chickie van het datingbureau wilde met me uit.'

De beat van het volgende nummer dreunde alweer door de luidsprekers, maar Kittana liet zich daardoor niet uit het veld slaan. Ze stond vlak achter John en ze probeerde zo goed en zo kwaad als het ging te horen wat hij allemaal uitkraamde.

'John, jij ouwe rukker, je hebt het weer goed voor elkaar, hoor,' riep een van de jongens tegen hem. Dat kon ze duidelijk verstaan.

'Tja, wat zal ik zeggen? Het is net als fietsen, daten verleer je blijkbaar niet. Zo'n datingbureau heb ik dus niet nodig. Als zelfs dat chickie zich gelijk al voor mijn voeten werpt...'

Zijn woorden verstond ze luid en duidelijk. Een pijnlijke band spande zich om haar hoofd. De migraineaanval hoefde ze niet meer te faken. Het liefst had ze hem waar al zijn vrienden bij waren eens flink op zijn nummer gezet. Maar ze deed het niet. In plaats daarvan draaide ze zich om en zocht haar weg naar buiten. Daar belde ze een taxi voor zichzelf die haar een kwartier later oppikte.

Kittana draait zich op haar zij en trekt het dekbed strak om zich heen. Wat een vreselijke avond was dat. En John had zo leuk geleken. Nu, een paar jaar later, bedenkt ze dat John zichzelf waarschijnlijk had wijsgemaakt dat hij weer wilde daten. Misschien om een leegte op te vullen, wie weet. Die avond zag ze alleen maar een arrogante en vervelende jongeman. Ze had diep vanbinnen graag zijn gezicht willen zien toen hij erachter kwam dat ze verdwenen was. Ze had in ieder geval nooit meer iets van hem gehoord, maar wel een erg wijze les geleerd. Nooit, maar dan ook nooit daten met iemand die bij haar bureau staat ingeschreven. Of iemand die van plan is zich bij haar bureau in te schrijven.

4

Kittana kijkt naar de chaos op haar bureau. Ontwerpen voor de nieuwe website, gespreksnotities van het overleg met Sylvia van reclamebureau C&C, inschrijfformulieren, een stapel ingekomen post die erop wacht afgehandeld te worden. Ze trekt haar lange haar in een strakke staart op haar hoofd en knoopt er een elastiekje om. Dat voelt beter. Ze pakt de telefoon en toetst Marscha's interne nummer.

'Ja,' zegt haar secretaresse met zachte stem.

'Wil je me wel een kop koffie brengen? Ik kom om in het werk.'

'Is goed. Denk je om je afspraak met Sylvia? Ze zou hier om vier uur zijn.'

'Ja, ja, ik weet het, maar bedankt voor de reminder.'

Kittana legt de hoorn neer en duwt een ontsnapte streng haar achter haar oor. Ze neemt de opzet voor de nieuwe website nog eens door. Het ziet er allemaal mooi uit. Een hele verbetering met wat ze nu online heeft staan. De rode kleuren spreken haar aan en de teksten lezen vlot en zijn overzichtelijk. Ja, Sylvia heeft goed haar best gedaan, dat moet ze haar nageven.

Ze kijkt op als ze een zachte klop op de deur hoort, waarna Marscha met een dampende mok koffie binnenkomt. Ze kijkt nog steeds niet helemaal vrolijk uit haar ogen, maar Kittana heeft het idee dat het alweer een stuk beter gaat met haar. Het is haar de afgelopen week in ieder geval gelukt om niet steeds het gesprek op haar verbroken relatie uit te laten komen. Ze zet de koffie op een van de weinige lege plekken op Kittana's bureau en loopt dan het kantoor uit. Voorzichtig trekt ze de deur achter zich dicht.

Kittana legt alle papieren die met de nieuwe website te maken hebben op een stapel. Ze trekt de ingekomen post naar zich toe en neemt die door. Niet veel bijzonderheden. Ze neemt een slok van haar koffie. Eigenlijk is ze wel toe aan een korte pauze. Ze pakt haar iPhone van haar bureau en belt Jennifer.

'Hé, Jen,' zegt ze, nog voordat haar vriendin een woord uit kan brengen. 'Heb je het druk?'

'Valt mee. Jij?'

'Ja, maar ik gun mezelf nu even een korte pauze. Hoe is het?'

'Goed. Vergeet je trouwens niet mijn *party* volgende week?' Ze spreekt het woord party bijna fluisterend uit.

'Natuurlijk vergeet ik die niet. Hoe zou ik die spannende tupperwareparty van je kunnen vergeten? Wanneer is het ook alweer?' Niet dat het zoveel uitmaakt, bedenkt ze, aangezien haar sociale leven niet zoveel voorstelt.

'Volgende week vrijdag. Je moet wel komen, hoor. Het wordt erg leuk.' Ze grinnikt luid op die typische Jennifer-manier van haar, een beetje half lachend, half knorrend. Iets waardoor Kittana altijd meteen in de lach schiet.

'Wat is dat toch met die tupperwareparty van je? Iedere keer als je erover begint, doe je er zo lacherig over.'

'O, doe ik dat? Het is gewoon zo'n party. Niets bijzonders. Lekker oubollig. Je weet wel.'

'Goed dan, ik geloof je. Ik heb zo een afspraak met Sylvia

over de reclamecampagne en de website.'

'Sylvia Kremer?'

'De enige echte.'

'Leuk, doe haar de groeten. Is ze nog steeds zo jaloersmakend mooi?' Kittana hoort de afgunstige klank in Jennifers stem.

'Ik wou dat ik kon zeggen dat ze in die tien jaar dat jij haar niet gezien hebt tonnetje rond is geworden. En dat haar borsten zijn gekrompen tot twee erwtjes op een plankje en dat haar blonde haren in vette slierten om haar hoofd hangen, maar dat is niet zo.'

'Sommige vrouwen hebben ook al het geluk in de wereld,' knarsetandt Jennifer. 'Ik kan er nog steeds niet bij dat iemand zo mooi kan zijn en ook nog eens echt aardig is. Toen we nog op school zaten, probeerde ik altijd een hekel aan haar te hebben, maar dat lukte me gewoon niet.' Kittana grinnikt bij de herinnering aan Sylvia, die haar examenjaar over moest doen en bij de vakken Duits en Economie bij haar en Jennifer in de klas zat. Ze was zo'n meisje dat alle stemmen deed verstommen als ze het klaslokaal binnenkwam. Lang blond haar dat als fijne zijde over haar schouders viel, een stem die klonk als een klokje en een figuur waar zelfs Barbie jaloers op zou zijn. Kittana en Jennifer hadden alleen daarom al een hekel aan haar, jaloerse krengen als ze waren. Toen bleek dat ze gewoon een leuke, vlotte meid was die net zo onzeker over haar uiterlijk was als zij in die periode, konden ze al snel goed met haar overweg.

'Ik weet het. Ze werkt nog steeds bij reclamebureau C&C en ik moet zeggen dat ze haar werk goed doet. Ik heb haar twee weken geleden ook gezien en als ik zie wat ze allemaal al op papier heeft gezet en wat voor werk ze heeft verricht...'

'Typisch Sylvia, die levert geen half werk. Sorry Kit, maar ik moet hangen. Doe Sylvia de groeten. Ik bel je snel.'

Kittana klikt het gesprek weg en legt haar mobiel weer op

haar bureau. Ze leunt achterover in haar stoel en drinkt haar koffie op. Het was puur toeval dat ze Sylvia tegenkwam bij C&C toen ze haar bedrijf net begonnen was. En nu heeft ze Sylvia weer benaderd voor het opzetten van de campagne en het vernieuwen van de website.

Het schelle geluid van de vaste telefoon vult het kantoor.

'Zeg het eens, Marscha,' zegt Kittana als ze opneemt.

'Sylvia is er.'

'Laat maar doorlopen.'

Kittana heeft nog een laatste slok koffie in haar mok zitten, dus neemt ze haar mok mee als ze aan de vergadertafel gaat zitten. Ze zorgt ervoor dat alle informatie over de website en de reclamecampagne in een keurige stapel voor haar ligt.

Als de deur opengaat, laat Kittana haar blik even over het vrouwspersoon glijden. Ze kan er niets aan doen, maar zoals altijd als ze Sylvia ziet, steekt het groene monster zijn kop op. Eén seconde maar, dan is het weg. Sylvia loopt verder en geeft Kittana drie luchtzoenen.

'Hoe is het, meid?' vraagt ze als ze plaatsneemt.

'Goed. Ik ben erg blij met de opzet voor de website. En hoe gaat het met jou?'

'Goed. Druk, maar wel goed. Ik zit in de projectgroep om het bezoek aan het hoofdkantoor in Parijs te realiseren en dat is best wel druk. Maar erg leuk. Jij komt toch wel?'

'Ja, natuurlijk kom ik. Ik zou het niet willen missen.' Ze zit onzin uit te kramen. Ze kan het uitstapje missen als kiespijn. In haar eentje naar de stad van de liefde. Wie bedenkt zoiets?

'Mooi zo.' Ze strijkt met haar hand door haar haar, dat meteen perfect in model terugvalt. Ze rimpelt haar kleine neus, waar natuurlijk geen onzuiverheid op te bekennen valt, en opent haar tas. Ze haalt er een map uit, een pen en haar mobiel. 'Sorry, ik verwacht een belangrijk telefoontje.

Vind je het heel erg?'

Kittana schudt haar hoofd. Ze heeft zin om haar iPhone te pakken en ook prominent voor zich neer te leggen, maar doet het niet.

'Zo, je vindt de opzet voor de website goed?' vraagt Sylvia.

'Ja. Ik heb nog wel wat wijzigingen in de tekst.' Ze rommelt in haar stapel tot ze de pagina's gevonden heeft en overhandigt ze aan Sylvia.

'Oké, ik neem het mee en dan passen we dat aan. Zullen we het even over de reclamecampagne hebben?'

Kittana vraagt zich af hoe het komt dat Sylvia meteen het gesprek weet te beheersen. Door de jaren heen lijkt ze alleen maar zekerder van zichzelf te zijn geworden. Haar hele houding straalt zelfvertrouwen uit. Ze zit rechtop, haar borsten vooruit, haar make-up zit perfect op haar gezicht en de blik in haar ogen zegt dat ze voor niets en niemand bang is.

'Wil je ook eerst een kop koffie?' Kittana wacht het antwoord niet af, maar loopt naar de deur. Ze trekt hem een klein stukje open, steekt haar hoofd om de hoek en vraagt Marscha om twee koffie.

'Zo,' zegt ze in een poging het gesprek over te nemen, 'waar waren we gebleven? O ja, de reclamecampagne. We hebben het er de vorige keer kort over gehad. Heb je al iets op papier gezet?'

Sylvia knijpt haar ogen tot spleetjes alsof ze precies in de gaten heeft wat er aan de hand is. Ze glimlacht haar kaarsrechte en spierwitte tanden bloot. Zou deze vrouw dan geen enkele onvolkomenheid hebben?

Marscha komt binnen met de koffie en Kittana en Sylvia zwijgen tot ze vertrokken is en de deur achter zich heeft dichtgetrokken.

'Eigenlijk,' zegt Sylvia, 'heb ik een heel leuk idee.' Ze gaat achterover zitten en neemt een paar slokken van haar koffie. 'Ik begrijp dat je wilt adverteren. Wat dacht je van grote posters in de stad? Op abri's, bussen, dat soort dingen.'

'Lijkt me goed.' Kittana volgt Sylvia's voorbeeld en nipt van haar koffie. Het is haar eigenlijk nog veel te heet.

'Ik zit er eigenlijk aan te denken om jou in te zetten. Als model, zeg maar.'

Wat? Kittana spuugt bijna de koffie uit over de vergadertafel. Ze houdt zich nog net op tijd in. Het zou zonde zijn van het kersenhouten tafelblad.

'Neem je me nu in de maling?' vraagt ze.

Sylvia zet grote ogen op. 'Jou in de maling nemen? Ik zou niet durven.' Om haar woorden kracht bij te zetten legt ze haar hand op haar borst. 'Ik meen het serieus. Zoiets doet het altijd erg goed. We kunnen er een heel mooi verhaal van maken. Jij moet dat alleen wel willen.'

'Ik ben totaal niet fotogeniek,' mompelt Kittana.

'Mens, doe niet zo gek. Je ziet er prachtig uit. En daar gaat het uiteindelijk niet om. Jij bent dit bedrijf. Jij hebt het met bloed, zweet en tranen opgebouwd. Je moet mensen een reden geven om voor jouw bureau te kiezen. De persoonlijke aanpak, in plaats van koud achter een beeldscherm wat vragen intypen. Die kant wil ik eigenlijk op.'

Kittana ademt diep in en laat de woorden op zich inwerken. Zij als model? Haar hoofd op posters, levensgroot, in de stad? Een irritant deuntje onderbreekt haar gedachten en Sylvia reikt naar haar mobiel. 'Sorry,' zegt ze terwijl ze opneemt en zich half omdraait.

Kittana drinkt haar koffie op. Ze kan haast niet wachten om dit aan Jennifer te vertellen. Het idee op zich, de persoonlijke aanpak en zo, spreekt haar zeker aan. Maar om nu zelf met haar hoofd op posters terecht te komen?

'En hij heet Thom?' Sylvia praat zacht, maar de opgewonden trilling in haar stem ontgaat Kittana niet. 'Alles erop en eraan? Mooi. Heerlijk. Ja, natuurlijk kom ik vanavond meteen langs. Wat dacht jij?' Ze beëindigt het gesprek en drukt ook meteen haar mobiel uit.

'Ik ben er weer helemaal bij.'

'Alles goed?' vraagt Kittana.

Er verschijnt een brede glimlach op Sylvia's gezicht. 'Dat was mijn broer. Hij is net vader geworden! Het is een jongetje en hij heet Thom,' ratelt ze. En op dat moment weet Kittana weer precies waarom ze vroeger vriendschap heeft gesloten met Sylvia. Onder dat masker van perfectie schuilde en schuilt nog steeds een gewone en aardige meid.

'Gefeliciteerd. Wat een leuk nieuws. Wil je er niet meteen naartoe dan?'

Sylvia schudt haar hoofd. 'Nee, vanavond is vroeg genoeg.' Ze zwijgt. Haar ogen, die twee seconden geleden nog op juichstemming stonden, worden dof. Ze neemt een slok van haar koffie. De stilte hangt een beetje ongemakkelijk tussen hen in.

'Het is echt zo'n vreselijk cliché, maar ik kan er gewoon niet bij dat mijn jongere broertje mij in alles drie stappen voor is. Hij is getrouwd, heeft een goede baan, een eigen huis en nu dan ook een kindje.' Ze zucht diep. 'Ik mag dan een geweldige baan hebben en een leuk huis, maar voor de rest...'

En dit is dan het moment waarop Kittana haar op moet beuren. Ze heeft alleen geen idee hoe. Wat haar betreft heeft Sylvia alles goed voor elkaar én is ze ook nog eens een schoonheid eersteklas. Ze moet mannen in tientallen om haar vinger kunnen winden.

'Ik moet ook niet zo zeuren. Is niet erg professioneel, hè?'

Kittana haalt haar schouders op. 'Behalve professioneel is onze relatie toch ook vriendschappelijk?'

Sylvia knikt lachend met haar hoofd. 'Je hebt gelijk. Laten we eens wat afspreken. Buiten het werk, bedoel ik dan. Dat is alweer veel te lang geleden.'

'Goed plan. Houd je toevallig ook van tupperware?'

Het zijn de momenten waarop Kittana het meeste werk kan verzetten. Alleen op kantoor, na werktijd. Buiten schemert het en de zachte stem van Bruce Springsteen klinkt door de geluidsboxen van haar computer. Ze staart voor zich uit en fantaseert stiekem over de fotoshoot die binnenkort zal plaatsvinden. Ze ziet zichzelf al staan voor een groot grijs scherm, mooie kleren aan, perfect opgemaakt. Een knappe fotograaf die haar aanwijzingen geeft en de hemel in prijst omdat ze het zo goed doet. Misschien moet ze het maar doen. Er gewoon voor gaan.

'Wat vind jij, Herman?' Ze kijkt naar het Brood-schilderij.

Het zachte geluid van de zoemer doorbreekt Kittana's gedachten. Ze rekt zich eens goed uit en staat op uit haar bureaustoel. Ze loopt de smalle trap af naar beneden en kijkt door het kijkgaatje. Een groot mannelijk hoofd met een baseballcap op vult het zicht. Hij heeft een vierkante doos in zijn handen. Fijn, de pizza is er. Alsof haar maag er op dat moment aan wordt herinnerd dat ze honger heeft, begint deze te knorren. Ze trekt de voordeur open en kijkt recht in de ogen van de pizzabezorger.

Wow!

De pizzabezorger trekt zijn wenkbrauwen op en neemt met zijn vrije hand zijn baseballcap van zijn hoofd.

'Wow?' vraagt hij.

Zei ze dat hardop? Daar moet ze echt mee ophouden. In de lift van de V&D overkwam haar dat ook al.

'Euh, nee, ik zei "o". Als in "o, mijn pizza is er",' stamelt ze. De jongen neemt haar van top tot teen in zich op met zijn helderblauwe ogen. Onder zijn baseballcap is een volle bos donkerbruin haar vandaan gekomen. Hij lijkt volledig mis-plaatst hier, op de stoep voor haar kantoor. Ze zou hem eer-der verwachten op een billboard aan de kant van de snelweg waar hij het nieuwste model boxershort van Calvin Klein showt.

Hij lacht – witte tanden, recht naast elkaar – en overhandigt haar de pizza. 'Dat wordt dan negenenhalve euro.'

'Och, shit, m'n portemonnee ligt nog boven. Ik haal 'm even.' Ze draait zich om en loopt de trap op. 'Je mag wel even verder komen,' zegt ze over haar schouder. De woorden van Sophie spoken door haar hoofd. Iets over lef, zelfvertrouwen en een praatje maken.

Ze heeft geen idee of de jongen haar gehoord heeft. Dan valt de voordeur in het slot. Achter haar klinken voetstappen op de trap.

Het dichtvallen van de deur klinkt definitief. Haar ogen zoeken de nooduitgang. Wie weet wat voor vent het is. Straks is het een of andere *weirdo*. Waarom moet ze ook altijd naar anderen luisteren en kan ze niet gewoon zichzelf blijven?

Ze loopt naar haar kantoor en haalt haar portemonnee uit haar tas, die achter haar bureau staat. Als ze zich weer omdraait staat de jongen achter haar. Hij kijkt goedkeurend om zich heen.

'Mooi kantoor heb je, Kittana Wallenburg.' Zijn ogen blijven hangen bij haar bureau.

'Hoe weet jij…?' Maar dan herinnert ze zich het naambordje dat ze afgelopen Sinterklaas van Marscha en Anne heeft gekregen. Haar naam staat erop. Daaronder de titel C.E.O. Er had ook nog een of ander stom gedichtje bij gezeten dat ze zich niet meer kan herinneren. Marscha en Anne hadden in ieder geval erg veel lol gehad om hun cadeautje. Kittana had haar schouders opgehaald en het naambordje voor op haar bureau gezet. Ze weet nog steeds niet wat C.E.O. precies betekent.

'Ach ja,' zegt ze dan. Ze wrijft met haar handpalmen over haar wangen. Even staan ze zwijgend tegenover elkaar, de jongen met een lichte twinkeling in het helderblauw van zijn ogen.

Maak een praatje, hoort Kittana de stem van Sophie zeggen in haar hoofd.

'Hoeveel zei je ook alweer dat de pizza kostte?' Poeh, poeh, is me dat even een geweldig gespreksonderwerp.

'Negenenhalve euro,' zegt hij. 'Hé, is dat een echte Brood?'

Kittana knikt.

'Wow,' zegt hij en kijkt haar met een schuine blik aan, richt dan zijn aandacht weer op het schilderij. Hij zet de pizzadoos neer op de vergadertafel. Kittana vist een briefje van tien en een van vijf uit haar portemonnee en gaat naast hem staan.

'Hou je van kunst?' vraagt ze. Ze gaat dichter bij hem staan dan ze normaal gesproken zou doen bij een vreemde en probeert onopvallend zijn gezicht te bestuderen. Hoe oud zou hij zijn? Een jaar of twintig?

'Mwah.' Hij haalt zijn schouders op. 'Maar Herman Brood is cool.'

Kittana vraagt zich af wat er zo cool is aan een man die zijn leven voornamelijk spuitend en zuipend doorbracht voordat hij besloot er een einde aan te maken. Wat een verspilling van talent.

'Ja, heel cool,' zegt ze.

Een beetje lef is onontbeerlijk, fluistert Sophie haar toe.

'Weet je, ik ben hier zo klaar. Heb je zin om nog ergens iets te gaan drinken?' vraagt ze. Zodra de woorden haar mond verlaten, heeft ze spijt. Wat haalt ze zich nu in haar hoofd? Denkt ze echt dat zo'n jonge god tijd heeft om met haar iets te gaan drinken? En wat te denken van zin?

Hij lijkt als in slow motion te bewegen. Zijn hoofd draait haar kant op, zijn ogen boren zich in de hare, zijn lippen komen van elkaar. Dan gaat alles weer in gewone snelheid verder als hij zijn schouders ophaalt. 'Ik weet het niet, ik ben pas laat vrij.'

Geweldig, Kittana, daar sta je dan met je mond vol tanden. En bedankt, tante Sophie!

'Oké, het maakt niet uit. Alsjeblieft, dit is voor de pizza. Laat de rest maar zitten. Ik ga weer verder, je vindt de uitgang wel, hè, de groeten.' Ze draait zich van hem weg en loopt naar haar bureau. Als ze op haar bureaustoel zit, loopt hij de deur uit. Een bekende Amerikaanse uitspraak dringt zich aan haar op.

I hate to see you go, but I love watching you leave.

O, vreselijk afgezaagd, maar hoe toepasselijk. Pizzajongen heeft een strakke lichtblauwe spijkerbroek aan met een kont die erom vraagt geknepen te worden. Haar blik blijft eraan plakken en de wildste gedachtes spoken door haar hoofd.

'Wallenburg, zei je, hè?' Pizzajongen heeft zich in een flits omgedraaid en het kan niet anders dan dat hij haar gefixeerde blik op zijn achterwerk heeft gezien. Ze kijkt in de helderblauwe ogen en ziet weer die twinkeling. Een twinkeling die zegt: 'Hé, dame, betrapt!' Ze voelt dat ze een kleur krijgt tot in haar haarwortels.

'Ja,' zegt ze, niet begrijpend waarom haar achternaam van enig belang is.

'Van George Wallenburg, de neurochirurg?'

'Ken jij mijn vader?' vraagt ze.

'Schatje, ik bedenk opeens dat ik vanavond niet zo lang hoef te werken. Ik trakteer je op een drankje. Ik pik je hier op. Tot straks.'

Voordat Kittana antwoord kan geven, is hij haar kantoor uit gelopen en ziet ze hem langs de balie verdwijnen, via de trap naar beneden.

5

Voor de tiende keer controleert Kittana in de spiegel van het toilet of ze echt geen verdwaalde stukjes pizza meer tussen haar tanden heeft zitten. Niets is zo verschrikkelijk als een date waarbij je aan het einde van de avond erachter komt dat er een groot stuk broccoli tussen je voortanden klem zit. En maar lachen om al zijn grapjes. En hij maar teruglachen.

De gedachte alleen al bezorgt haar rillingen.

Net als ze zich ervan heeft verzekerd dat er niets tussen haar tanden zit, gaat de zoemer van de voordeur. Ze pakt snel haar tas, drukt haar computer uit, sluit alles af en rent naar beneden. Alarm erop en daar staat hij dan. De vleesgeworden natte droom van elke vrouw.

De vleesgeworden natte droom van elke vrouw staat op haar stoep met zijn scootertje aan de hand.

Verwacht hij nou echt dat zij... achterop... Hij klopt uitnodigend met zijn hand op de achterste helft van het zitgedeelte.

'We kunnen ook met mijn auto gaan,' oppert Kittana.

Pizzajongen schudt resoluut zijn hoofd. 'Parkeren in de binnenstad is een crime, dat weet je toch?'

Duidelijk een jongen die geen nee als antwoord accepteert.

Oké dan. Ze zal haar rokje opstropen, haar benen over het zadel gooien en zich vastklampen aan deze jonge god.

'Hoe heet je eigenlijk?' vraagt ze als ze eenmaal achterop zit.

'Jack,' zegt hij, terwijl hij de scooter start. 'Jack Cole.'

Hij neemt haar mee naar een van de kleinere cafeetjes in de binnenstad. Ze is er zelf nog nooit geweest. Van binnen ziet het er leuk uit. Zachtgeel gesausde muren, stoelen en tafeltjes geschilderd in alle kleuren van de regenboog. Het ademt sfeer. Strak maar toch gezellig. Het is er niet druk en Kittana is er blij om. Op de achtergrond speelt jazzmuziek, hard genoeg om te horen, zacht genoeg om een normaal gesprek met elkaar te kunnen voeren.

Jack zoekt een tafeltje uit, ergens achterin. Kittana trekt haar jas uit, gooit deze over de stoel en gaat tegenover Jack zitten.

'Nou, laat me niet langer in spanning. Hoe ken je mijn vader?' is het eerste wat ze wil weten.

Hij lacht ondeugend. Heerlijk. Ze heeft het gevoel dat ze hem wel op kan vreten. Bij wijze van spreken dan.

'Geduld is een schone zaak. Vertel mij eerst maar eens wat je wilt drinken, schone dame.'

Schone dame klinkt in ieder geval een stuk beter dan schatje, denkt ze.

'Ik wil wel graag een appelsap.'

'Een appelsap? Niets sterkers?'

Ze schudt haar hoofd. Het lijkt haar beter nuchter te blijven. Niet dat ze ooit dronken is geweest. Aangeschoten? Ja. Maar echt o-help-ik-zet-mezelf-voor-lul-maar-dat-maakt-niet-uit-want-de-volgende-dag-weet-ik-er-toch-niets-meer-van-dronken? Nee.

Hoe dan ook, geen drank voor haar vanavond. Hij gunt haar voor de tweede keer die avond uitzicht op zijn achterwerk als hij naar de bar loopt om te bestellen. Kittana haalt diep adem en wrijft met haar handen over haar wangen. Is het nu zo warm of ligt het aan haar?

'Alsjeblieft, appelsap voor jou, een biertje voor mij,' zegt Jack als hij hun drankjes op de tafel zet en weer plaatsneemt tegenover Kittana.

'Dank je. Nou, Jack Cole, houd me niet langer in spanning. Waar ken je mijn vader van?'

Hij neemt een slok van zijn bier, knijpt zijn ogen tot spleetjes. 'Jij denkt dat ik je op deze manier in spanning houd? Laat me je één ding vertellen, jongedame, dit is nog niets.' Hij pakt haar hand vast. 'Wacht maar tot ik je echt in spanning laat wachten.'

Ze voelt zich nog warmer worden onder zijn blik en wendt haar hoofd af. Wat overkomt haar in vredesnaam?

'Om heel eerlijk te zijn, ik ken je vader niet echt. Niet persoonlijk althans. Ik heb veel artikelen van hem gelezen en ik bewonder hem enorm. Ik studeer zelf medicijnen en ik hoop ooit net zo'n goede neurochirurg te worden als hij.'

'Dus je studeert nog? Hoe oud ben jij eigenlijk, als ik vragen mag?'

'Kittana.' De klank van haar naam op zijn lippen brengt een aangename sensatie in haar teweeg. 'Jij mag alles. Quid pro quo, Kittana. Hoe is het om een beroemd neurochirurg als vader te hebben?'

Kittana verslikt zich bijna in haar appelsap. Hikkend zet ze haar glas voor zich op tafel. 'Afgezien van het feit dat hij er bijna nooit was en niets ooit goed genoeg is? Helemaal geweldig.' Ze steekt haar duim op. 'En jij? Ik bedoel, je hebt een Engelse naam.'

'Mijn vader is Amerikaan. Tijdens een vakantie heeft hij mijn moeder in Nederland ontmoet en hij besloot hier te blijven. En ik ben het resultaat. Niet slecht, hè?'

Kittana kijkt naar de blik op zijn gezicht en vraagt zich af hoe serieus hij zichzelf neemt. Dan lacht hij.

'Grapje,' zegt hij.

Maar ze heeft niet de indruk dat hij grapjes over zijn uiterlijk maakt. Door haar werk heeft ze veel mensenkennis opgedaan en dit is een jongen die precies weet wat hij wil en zich zeer bewust is van zichzelf.

'Medicijnen dus. Ik had eerder gedacht dat je fotomodel was of zoiets.'

'Je bent niet de enige die dat denkt,' zegt hij.

Als een andere man zo'n opmerking zou maken, zou Kittana meteen om een teiltje gevraagd hebben. Maar Jack Cole, met zijn uitstraling alsof alles op de wereld één grote grap is en hij het middelpunt van het hele gebeuren, komt ermee weg. Ze kan zich voorstellen dat vrouwen bij bosjes voor hem vallen.

'Met je zelfvertrouwen is in ieder geval niets mis,' zegt ze.

Hij grijnst, en drinkt zijn glas leeg. Dan valt haar het schilderij op dat achter Jack aan de muur hangt. Een afbeelding van de Eiffeltoren. Kittana was het al bijna weer vergeten. Parijs. Nog twee weken, dan is het zover. Dan moet ze alleen naar de stad van de liefde.

'Waar denk je aan?' vraagt Jack.

'Ik denk eraan dat ik via mijn werk een uitnodiging heb gekregen om naar Parijs te gaan en dat mijn vader, de grote neurochirurg, heeft bepaald dat ik erheen moet gaan. De uitnodiging is plus gast. Maar ik heb geen gast. En daar baal ik van.'

'Hé, schatje, geen punt. Dan ben ik toch gewoon je plus gast.'

'Ja, tuurlijk, jij gaat echt met een vrouw die je net een uurtje kent een weekend naar Parijs om dan ook nog eens de charmante vriend uit te hangen om indruk te maken op haar zakenrelaties.'

'Daar ben ik de beste in.' Hij knijpt zachtjes in haar hand

en buigt zich over de tafel naar haar toe. In zijn ogen leest ze dat hij het nog serieus meent ook.

'Dat geloof ik graag,' zegt ze. 'Nu weet ik nog steeds niet hoe oud je bent.' Jack glimlacht, maar gaat er verder niet op in.

Als Jack op zijn scooter de singels over scheurt ziet Kittana in een flits op de grote klok aan een van de gevels van de kantoorpanden dat het bijna middernacht is. Ze klemt haar armen iets steviger om Jacks middel en snuift zijn geur op. Hij ruikt naar goedkope aftershave, bier en rook en om de een of andere reden kan Kittana op dat moment niets bedenken wat lekkerder ruikt dan dat.

Hij stopt voor het kantoor en Kittana stapt af. 'Dank je wel. Ik heb een hele leuke avond gehad,' zegt ze. Tot haar verbazing meent ze het nog ook. Wie had gedacht dat zo'n jong en arrogant broekie haar zo'n leuke tijd kon bezorgen. Zijzelf in ieder geval niet.

'Ik ook. Ik heb je mobiele nummer, dus ik bel je nog wel om de details te horen,' zegt Jack terwijl hij naar haar knipoogt.

'Details?'

'Over Parijs, schatje.' Hij kijkt haar aan met een blik van 'snap dat dan'.

Kittana knikt, maar vraagt zich tegelijkertijd af of ze hem goed verstaan heeft. Nadat het onderwerp Parijs even ter sprake was gekomen in het begin van de avond, hebben ze het er niet meer over gehad.

'Ik laat snel wat van me horen,' zegt Jack voordat hij – te hard – wegrijdt.

Ja, ja, natuurlijk, denkt Kittana als ze naar haar auto loopt. Ze drukt op de sleutel en de sloten klikken open. Ze laat zich achter het stuur glijden. Als ze in de achteruitkijkspiegel kijkt, ziet ze de enorme glimlach op haar gezicht. Ook al hoort ze niets meer van deze Jack Cole, deze avond neemt niemand haar meer af. Nadat ze in het jazzcafeetje een poosje hadden gekletst over van alles en nog wat, nam Jack haar mee naar The Palace. Voordat ze naar binnen gingen, vroeg ze zich wanhopig af of ze niet veel te oud was voor een discotheek. Jack verzekerde haar dat ze er geen dag ouder uitzag dan achttien. Het leek of hij het meende. Binnengekomen leek Jack iedereen te kennen. Van de uitsmijters tot de dj. Hij stelde haar voor aan wat studiegenoten van hem en negeerde de langbenige, blonde stoten die om zijn aandacht bedelden. De muziek stond te hard om een normaal gesprek te voeren, dus trok Jack haar de dansvloer op.

Het was heerlijk, denkt Kittana als ze de motor van haar Mini start. Door Jacks aandacht en broeierige blikken voelde ze zich sexy en begeerd. Ook al was het voor hem misschien allemaal maar een geintje, een lolletje tussendoor. Misschien vond hij het wel wat hebben om te flirten met de dochter van de 'grote' George Wallenburg. Kittana grinnikt. Als hij haar vader in het echt zou ontmoeten, zou hij waarschijnlijk zeer teleurgesteld zijn.

Ze trapt het gaspedaal in en rijdt de straat uit. Waarschijnlijk zou dat er nooit van komen. Ondanks Jacks mooie praatjes verwacht ze niet dat ze nog iets van hem zal horen. Zeg nou zelf, wat moet zo'n jong studentje nu met haar?

Als ze voor haar appartement nog een parkeerplaats weet te vinden en de Mini stilzet, zoemt er iets in haar handtas. Tijdens het loopje naar haar woning graait ze haar iPhone uit haar tas en ziet ze dat ze een sms'je heeft van een onbekend nummer.

Hierbij alvast mijn telefoonnummer.
Sms me nog even de juiste data aub.
Gr. Jack.

Kittana opent met haar vrije hand de deur van haar appartement terwijl ze ondertussen al druk bezig is met een antwoord op zijn berichtje. Ze laat haar tas op het kastje in de hal staan en loopt zonder op te kijken naar de woonkamer om daar neer te ploffen op de bank. Ze kan amper geloven dat hij het echt serieus meende.

Het is in het weekend van 5 en 6 april. Leuk dat je meegaat, sms't ze. Hoe zal ze afsluiten? Ook met 'gr'? Klinkt altijd zo grommerig. Wat dan? Groetjes? Te brugklasachtig. Ze besluit gewoon haar naam onder aan de sms te zetten en verder niets.

Ze twijfelt even voordat ze het berichtje daadwerkelijk verstuurt. Is het goed zo? Moet ze er nog meer in zetten? Moet ze voorstellen nog weer iets af te spreken? Bestaat er niet een of ander boekje waarin staat hoe ze nu moet handelen? Ze zou Jennifer kunnen bellen. Haar oog valt op haar wandklok. Halfeen. Dat is veel te laat. Niet te veel meer over nadenken, gewoon verzenden, besluit ze. Dat doet ze dan maar. Haar hart bonst in haar borstkas en als ze later, voordat ze naar bed gaat, in de spiegel kijkt, ziet ze dat haar wangen knalrood zijn van opwinding.

De volgende ochtend ziet ze op haar mobiel dat Jack haar terug heeft gesms't.

Niet stiekem met iemand anders gaan, hè? leest ze. Tijdens het wegwerken van haar ontbijt aan de keukentafel sms't ze terug. *Ik zou niet durven.* Als ze naar haar werk rijdt, werpt ze af en toe een blik op haar iPhone. Maar het icoontje voor een nieuw ontvangen sms blijft uit.

6

'Ik ga misschien toch niet alleen naar Parijs.' Kittana staat naast Jennifer in haar kleine keuken gemalen koffie in het koffiezetapparaat te scheppen.

'Niet? Hoe heb je dat zo snel voor elkaar gekregen? En waarom hoor ik dat nu pas?' vraagt Jennifer.

'Nu pas? Ik ben hier net,' zegt Kittana, terwijl ze op hetzelfde moment beseft dat Jennifer wel degelijk gelijk heeft. Het is inmiddels al een week geleden dat ze Jack ontmoette en om de een of andere reden heeft ze er nog niets over verteld. Stiekem is ze bang dat als ze het aan iemand vertelt, ze het *jinxt*. Een avond geleden ontving ze nog een berichtje van Jack. Hij wilde weten hoe het met haar was en of ze al aan het pakken was, waarop zij reageerde dat dat misschien een beetje te vroeg was en dat alles goed met haar ging. Twee tellen later had haar mobiel weer getrild. Jack sms'te dat hij binnenkort met haar wilde afspreken om de details door te nemen, waarop zij terug sms'te dat ze hem zou bellen. Iets wat ze nog niet gedaan heeft. Er is natuurlijk ook zoiets als te gretig overkomen.

'Zo makkelijk kom je er niet vanaf, meid. Met wie ga je naar Parijs? Ken ik hem? Nieuwe lover?' ratelt Jennifer.

'Straks, als iedereen weg is. Dan hoor je alles. En voor ik het vergeet, ik heb Sylvia ook uitgenodigd,' gaat Kittana over op een ander onderwerp. Ze kijkt op de klok. Over een half-uur zal de kleine woonkamer van Jennifer vol zitten met een stel kakelende vrouwen die de nieuwste handigheidjes van mevrouw Tupperware zullen bestuderen. Geweldig. Echt iets waar ze zich op verheugt.

'O.'

Kittana werpt een blik opzij. 'Wat nou, o? Hoe meer mensen, hoe meer er besteed wordt en des te meer gastvrouwcadeaus voor jou. Zo werkt dat toch, of niet?'

Jennifer pakt koffiekopjes uit de keukenkast en stalt deze uit op het aanrecht.

'Ja, zo werkt dat inderdaad. Maar Sylvia denkt dus dat het een tupperwareparty is?'

Kittana legt het koffieschepje aan de kant en pakt de koffiekan uit het apparaat om er koud water in te laten stromen.

'Het is toch ook een tupperwareparty?'

'Ja, ja. Natuurlijk.' Jennifer staart als gebiologeerd naar de koffiekopjes en plukt met haar wijsvinger een denkbeeldig pluisje van haar trui. 'Wat zou het anders moeten zijn?'

Kittana doet de kraan uit en bestudeert Jennifers gezicht van opzij. 'Jennifer!' zegt ze.

Eindelijk kijkt Jennifer haar kant op. 'Wat?' zegt ze. Haar stem klinkt verongelijkt. Kittana houdt haar blik vast. De gedachte bekruipt haar dat er helemaal geen tupperwareparty is vanavond. Ze laat bijna de koffiekan uit haar handen glijden als een schel geluid aangeeft dat er iemand voor de deur staat.

'Dat is denk ik de tupperwaremevrouw,' zegt Jennifer. En bij het uitspreken van het woord tupperwaremevrouw kijkt ze Kittana met een blik aan die verraadt dat wie er ook voor de deur staat allesbehalve een mevrouw van de tupperware is. Voordat Kittana nog iets kan zeggen, draait ze zich om en loopt naar de voordeur.

Kittana besluit zich niets van het geheimzinnige gedoe aan te trekken. Ze zal het vanzelf wel zien. Ze giet het water vanuit de koffiekan in het koffiezetapparaat en spitst haar oren als ze vrouwenstemmen dichterbij hoort komen. Oké, nu wil ze het weten ook! Ze laat het koffiezetapparaat voor wat het is en loopt de keuken uit.

Bij Jennifer in de woonkamer staat een blonde vrouw in een strakke spijkerbroek met daarop een blauwe coltrui. Ze heeft een lach op haar gezicht en zet net een grote stoffen tas op de grond naast de eettafel neer.

'Joke, dit is mijn vriendin Kittana. Ze helpt me alvast even met de voorbereidingen,' zegt Jennifer. Kittana stapt op Joke af en steekt haar hand uit.

'Dus jij bent de tupperwaremevrouw?' vraagt ze.

Joke trekt haar wenkbrauwen op en kijkt van Kittana naar Jennifer en weer terug. 'Als je voor een tupperwareparty komt, dan ben of ik of jij aan het verkeerde adres,' zegt Joke.

'Jullie zitten allebei helemaal goed,' zegt Jennifer. 'Kittana, help je me nog even in de keuken? Dan kan Joke alles installeren.' Jennifer wacht het antwoord niet af en sleept haar aan haar arm mee de keuken in.

'Wie is dat?' vraagt Kittana meteen. 'En kom nu niet aan met dat tupperwareverhaal. Wat is er aan de hand? Vanwaar die geheimzinnigheid?'

Jennifer haalt haar schouders op. 'Als je had geweten wat voor party ik vanavond geef, had je waarschijnlijk niet willen komen.'

'Straks ga je me nog vertellen dat die vrouw allemaal vibrators in die tas heeft en dat ze ons allerlei seksspeeltjes aan wil smeren. Net als die vrouwen op de huishoudbeurs waar we toen waren. Waar jij toen nog zo lang mee bent blijven praten toen ik er allang flauw van was en naar huis wilde.'

Jennifer lacht haar liefste glimlach naar Kittana.

'O nee. Je gaat me toch niet vertellen dat ik het bij het juiste eind heb, hè?'

Jennifer knikt.

'Heb je je op die huishoudbeurs soms zo'n party aan laten smeren?'

Weer een kort hoofdknikje.

Even weet Kittana niet wat ze moet zeggen. Dan schiet ze in de lach. 'En iedereen die vanavond komt, denkt dat het een tupperwareparty is?'

Jennifer haalt haar schouders op. 'Behalve Sophie denkt iedereen dat, ja.'

'Jij bent echt gestoord!' is het enige wat Kittana weet uit te brengen.

'Ik zal Joke maar even inlichten, dan kan ze het spelletje meespelen, voordat iedereen komt.'

'Goed. Ik zal alvast de cake aansnijden,' zegt Kittana. Als Jennifer de keuken uit wil lopen, schiet haar ineens iets te binnen. 'Heb je mijn moeder ook uitgenodigd?'

Weer verschijnt er een *smile* van oor tot oor op Jennifers gezicht. 'Ja,' zegt ze voordat ze de keuken verlaat.

Dit belooft een leuke avond te worden, denkt Kittana.

Kittana's moeder, haar tante Sophie, Sylvia, Jennifers moeder, zus en schoonzus en Jennifers buurvrouw van wie Kittana altijd vergeet hoe ze heet, zijn allemaal bekomen van de schrik en bekijken met lacherige interesse de speeltjes, of de *erotic toys* zoals Joke ze noemt, die uitgestald staan op een mooi velours doek op Jennifers eettafel.

Kittana kijkt haar ogen uit. Ook al is ze dan al geruime tijd single, het is nooit in haar opgekomen om dat soort speelgoed aan te schaffen. Een diepe zucht ontsnapt haar bij het zien van een groot plastic geval met allerlei tentakels. Voor ze goed en wel beseft wat ze doet, heeft ze het apparaat van de tafel gepakt om het eens van dichtbij te bestuderen.

'Mooi, hè?' zegt Joke, die achter haar opduikt. 'Dat is een Tarzan. Of ben je ermee bekend?'

Van schrik legt Kittana Tarzan terug op zijn kleedje. 'Nee, ik ben er absoluut niet mee bekend,' zegt ze. 'Heeft-ie trouwens ook een Jane?' vraagt ze dan.

Joke kijkt alsof ze probeert te peilen of Kittana een grapje maakt of niet. Voordat ze antwoord kan geven, is Sophie haar voor. Ze raakt de vibrator aan. 'Me Tarzan,' zegt ze. Ze verplaatst haar vinger en prikt in Kittana's bovenarm. 'You Jane.'

'Dat heb je goed verwoord,' zegt Joke.

Kittana vangt de blik van haar moeder, die met een glimlachje op haar gezicht aan de overkant van de tafel staat.

'Zie je er nog wat leuks bij, mam?' vraagt ze. Ze probeert haar stem zo serieus mogelijk te laten klinken.

'Ach lieverd, dat hebben je vader en ik toch helemaal niet nodig.'

Kittana trekt een gezicht. 'Ik wil het niet weten,' mompelt ze.

'Dames,' Joke verheft haar stem een beetje, 'als jullie nog vragen hebben over een bepaalde vibrator, neem die dan mee naar je plaats, dan zal ik uitleg geven. Ik zal sowieso van een aantal dingen uitleggen wat het is en hoe je het kunt gebruiken.'

Kittana grist een kleine, roze vibrator van de tafel en loopt snel naar haar plek op de bank. Ze legt het geval op haar schoot neer en wrijft over haar wangen. Ze gloeien. Dit is ook helemaal niets voor haar. Wat moet ze met dat spul? Typisch iets voor Jennifer om zich zoiets te laten aansmeren en dan aan niemand te vertellen hoe het precies zit.

Sophie ploft naast haar op de bank. 'Nog geslaagd in je poging om een date te vinden voor Parijs?'

Kittana haalt haar schouders op. 'Misschien wel, misschien niet. En jij? Nog dates gescoord op de kleuterschool?'

Sophie glimlacht liefjes naar haar. 'Ik heb tenminste dates.

Dat kan ik van jou niet zeggen.'

Kittana is even vergeten hoe venijnig Sophie soms uit de hoek kan komen. Veel te lange tenen heeft die tante van haar.

De lange blonde haren van Sylvia zwiepen bijna in haar gezicht als ze aan de andere kant van haar gaat zitten.

'Leuk, zo'n tupperwareparty,' zegt ze.

'Wat je zegt. Hoe is het trouwens met je neefje?'

'Alles helemaal goed. Kijk, ik heb foto's. Vreselijk, hè? Ik had ook nooit van mezelf gedacht dat ik daarmee op zak zou gaan lopen, maar het is echt zo'n lief jochie.' Ze buigt zich voorover en rommelt wat in haar handtas.

O help, denkt Kittana, wat heb ik nu weer gevraagd? Gelukkig duwt Sylvia haar maar één foto onder de neus van het baby'tje met ragfijne blonde haartjes op zijn hoofd en een wipneusje. Die wipneus moet van de moeder zijn, aangezien Sylvia's broer bijna net zo'n perfect uiterlijk heeft als Sylvia zelf.

'Mooi kindje,' zegt Kittana.

'Ja, hè? Leuk trouwens dat je me uitnodigde. Erg leuk om ook Jennifer weer te zien.' Ze stopt de foto weer in haar tas. 'Laat eens zien, wat heb jij voor leuks uitgezocht?'

Kittana schuifelt wat ongemakkelijk heen en weer als ze laat zien wat ze heeft gepakt van de tafel. Voordat ze goed kan bekijken wat Sylvia op haar schoot heeft liggen, vraagt Joke de aandacht van de groep. Kittana probeert zo aandachtig mogelijk te luisteren. Het kost haar moeite om niet te giechelen als een puber bij het horen van het woord vibrator en Jokes uitgebreide uitleg van de mogelijkheden van een aantal van die dingen die uitgestald liggen op Jennifers tafel. Bovendien voelt ze zich verplicht om zo'n geval aan te schaffen. Wat moet ze daar in vredesnaam mee doen?

'En, ben je blij met je aanwinst?' vraagt Sylvia haar.

'Ach,' begint Kittana. Ze kan het nu ook rustig zeggen. Iedereen behalve zij en Sylvia is vertrokken. 'Niet verder vertellen, hoor, maar ik vind die dingen echt helemaal niets.'

'Je moet het gewoon eens proberen. Geloof me, het is de moeite waard.'

'Hmm. Ik geef de voorkeur aan een echte man, denk ik. Ik heb alleen maar wat gekocht om Jennifer een plezier te doen.' Ze denkt aan het apparaat dat ze heeft gekocht. Ze is eigenlijk van plan om het ding achter in haar kast te stoppen en het daar voor onbepaalde tijd te laten liggen.

Jennifer loopt de kamer in en vult de schalen bij met chips en borrelnootjes. 'Zo, dat is beter. Jullie waren toch nog niet van plan om naar huis te gaan?'

Sylvia en Kittana schudden allebei hun hoofd. Jennifer knikt voldaan en graait in de schaal met chips. 'Wat vonden jullie ervan?'

'Een beetje… onverwacht,' zegt Kittana. 'Bijzonder ook om mijn moeder met seksspeeltjes in de weer te zien.' Ze pakt een handjevol borrelnoten. 'Dat kwam er niet helemaal uit zoals ik het bedoelde,' zegt ze als ze de ingehouden lach op de gezichten van Sylvia en Jennifer ziet.

'Dus we gaan straks feesten in Parijs?' vraagt Kittana om van onderwerp te veranderen. 'Hoe gaat het met de voorbereidingen?'

Sylvia knikt. 'Het gaat de goede kant op. Bijna alle relaties die zijn uitgenodigd, hebben aangegeven mee te gaan.'

Kittana verbaast zich er voor de zoveelste maal die avond over hoe zacht Sylvia's stem klinkt en hoe soepel haar haar over haar schouders valt. Sommige mensen bezitten een natuurlijke schoonheid en Sylvia is zo iemand. Jaloersmakend gewoon. Vooral omdat Kittana zelf iedere morgen een halfuur kwijt is om haar gezicht zodanig met make-up te bewerken dat het nog ergens op lijkt. Om over haar donkerbruine, lange haar dat in slierten langs haar gezicht valt nog maar te zwijgen. Dat neemt niet weg dat ze in het algemeen tevreden is met zichzelf, maar het is moeilijk om niet onzeker te worden als ze naast iemand als Sylvia zit.

'Kittana verheugt zich er heel erg op, hè Kit,' zegt Jennifer terwijl ze een veelbetekenende blik haar kant op werpt.

'O,' zegt Sylvia, 'vertel.'

'Nou,' begint Kittana, 'ik ben natuurlijk nog nooit in Parijs geweest, dus daarom alleen al.'

Jennifer begint luid te kuchen terwijl ze tussendoor net verstaanbaar zegt: 'Ze heeft een date.'

'Jennifer!'

'Een date? Hoe heb je dat voor elkaar gekregen?'

Kittana staart haar een ogenblik aan. Misschien is ze dan niet zo beeldschoon als Sylvia Kremer, maar dat betekent nog niet dat ze een melaatse is.

'Bij mij komt af en toe niet alles op de juiste manier eruit,' zegt Sylvia snel als ze Kittana's gezicht ziet.

Kittana maakt met haar hand een afwerend gebaar. 'Laat zitten, ik snap wat je bedoelt.' Ze gaat achterover zitten en slaat haar benen over elkaar. 'Maar zoals het nu lijkt, heb ik iemand gevonden die graag mee wil naar Parijs. En ik moet zeggen, hij is erg leuk.'

'Mister Right?' vraagt Jennifer meteen. Ze buigt zich over de tafel wat dichter naar Kittana toe en heeft een gretige blik in haar ogen.

'Geen idee, ik ken hem nog maar net.'

'Hoe, waar en wanneer?' vraagt Jennifer.

Kittana vertelt over pizzabezorger Jack Cole en zijn scooter.

'En nu verwacht hij dus dat ik hem bel om iets af te spreken,' besluit Kittana haar verhaal. 'En dat ga ik ook zeer binnenkort doen.'

'Waarom nu niet?' vraagt Jennifer. '*There is no time like the present.*'

Kittana schudt nadrukkelijk haar hoofd. 'Morgenochtend meteen. Als ik alleen ben. Jullie maken me veel te zenuwachtig.'

'Dat begrijp ik best, hoor,' klinkt Sylvia's zachte stem. Ze legt een hand op Kittana's arm. 'Twee giebelende meiden op de achtergrond, dat lijkt me nu net iets waar een man op af zou knappen.'

'Jij begrijpt me tenminste,' zegt Kittana.

Sylvia glimlacht, drinkt haar wijnglas leeg en staat op. 'Het was erg gezellig, dames, maar ik moet gaan.'

Jennifer staat ook op. 'Ik zal je even uitlaten. Het was erg leuk om je na al die tijd weer eens te zien.'

Sylvia knikt. 'Vond ik ook. Moeten we zeker vaker doen.'

'Wat?' zegt Kittana. 'Weer zo'n vibratorfeestje? Ik heb nu al genoeg gehad voor de rest van mijn leven.'

Jennifer werpt haar een quasi-vernietigende blik toe en loopt met Sylvia naar de deur.

'Doei, Syl, ik zie je wel in Parijs,' roept Kittana haar na.

*

Op Gare du Nord is het druk. Kittana legt haar hand wat steviger om haar schoudertas. Ze heeft geen zin om haar weekend gelijk al te laten bederven door een stelletje zakkenrollers.

'Zo, wat een drukte.' Jack staat naast haar op het overdekte perron waar de Thalys net is aangekomen. Hij heeft een weekendtas over zijn schouder hangen en trekt haar rode Samsonite-koffertje achter zich aan. 'Ik hoop dat jij je beter voorbereid hebt dan ik, want ik heb geen idee waar ik heen moet,' zegt hij.

Kittana schudt haar hoofd. Mooi is dat. Ze kijkt om zich heen en ziet een roltrap.

'Laten we eerst maar eens een rustiger plekje opzoeken. Lijkt me veiliger.'

Ze loopt op de roltrap af en laat zich een verdieping omhoog leiden.

'Kunnen we niet eerst even naar buiten? Even een frisse

neus halen?' Hij wijst op het bordje met *sortie* en eigenlijk vindt Kittana het wel een goed idee. Ze heeft net zo'n zes uur in de trein gezeten en merkt dat haar stijve spieren haar dankbaar zijn nu ze eindelijk echt weer in beweging komen. En daar komt bij: ze is in Parijs! Ze kan niet wachten om naar buiten te gaan. Zou ze de Eiffeltoren ook kunnen zien?

Nee dus, constateert ze teleurgesteld als ze eenmaal voor het beroemde Gare du Nord staat. Mensen lopen af en aan. Veel toeristen. Veel zakenlui, strak in het pak. Het station ziet er op het eerste gezicht niet zo spectaculair uit, maar als ze een stukje verder lopen, kan ze het gebouw in zijn geheel goed aanschouwen. En het stelt haar niet teleur. Het belooft nog wat voor de rest van de stad.

Ze is in Parijs! Ze is echt in Parijs. Ze onderdrukt de neiging een rondedansje te maken. In plaats daarvan werpt ze een blik op haar horloge.

'We moeten opschieten. We worden om één uur bij ons hotel opgepikt door een bus van C&C,' zegt ze.

'C&C?' vraagt Jack terwijl hij een sigaret opsteekt.

'Het reclamebureau dat ons heeft uitgenodigd.'

'O, ja.' Aan zijn blik te zien, zegt het hem niet zoveel. Kittana hoopt niet dat hij denkt dat hij op de hotelkamer ook kan roken. Dan gaat hij maar op het balkon staan. Als dat er is tenminste. Het herinnert haar eraan dat ze vannacht samen in één bed zullen slapen. Ze haalt diep adem en probeert haar hart tot rust te manen. Ze heeft hem iets beter leren kennen, hij is kortgeleden bij haar thuis geweest. Ze ziet hem nog staan voor haar deur. Strakke spijkerbroek met daarop een zwart sweatshirt, haren nat van de regen.

Jack was zijn charmante zelf geweest en hoewel haar vader het belangrijkste gespreksonderwerp was geweest, had ze een leuke avond gehad. Ondanks dat realiseert ze zich goed dat ze hem amper kent en dat ze twee dagen en een nacht met hem opgescheept zit. Bij het denken aan die nacht, krijgt ze het spontaan warm.

Ze staan op de hoek van een straat en Kittana haalt een metrokaart uit haar tas die ze van internet heeft uitgeprint. Ze zoekt uit welke lijn ze het beste kunnen nemen. Vanonder haar oogwimpers kijkt ze naar Jack, die ongeïnteresseerd om zich heen staat te kijken. Wat een cultuurbarbaar is het eigenlijk. De vraag of ze er goed aan heeft gedaan om met een vreemde een weekendje naar Parijs te gaan, bekruipt haar. Het beeld van haarzelf, alleen in deze geweldige stad, doemt op voor haar ogen. Ja, ze heeft hier zeker weten goed aan gedaan. Het is voor één weekend. Wat kan er nu misgaan?

'Wauw!' Kittana duwt haar koffer in een hoek van de kamer en kijkt de kamer rond. 'C&C is zeker niet gierig geweest,' zegt ze.

Jack gooit zijn weekendtas op het tweepersoonsbed waar een roomkleurige sprei op ligt. Hij fluit goedkeurend tussen zijn tanden. De kamer is ruim en naast het tweepersoonsbed staat een donkerbruine kledingkast. De gordijnen hangen in draperieën voor de ramen. En, ziet Kittana tot haar grote opluchting, er is een balkon. Ze aarzelt niet en gooit de balkondeuren open. De Arc de Triomphe straalt haar tegemoet.

'Jack, moet je kijken!' Hij komt naast haar staan en knikt. Hij heeft haar al verteld dat het ook zijn eerste keer in Parijs is. Ze heeft alleen het gevoel dat hij niet zo enthousiast is als zij. Binnenvetter, denkt ze.

'Heb jij ook zo'n honger?' vraagt ze.

Hij kijkt over zijn schouder naar het bed en gaapt. Zelfs dat ziet er sexy uit bij hem, vindt ze.

'Nee, nee, nee, ik weet wat jij denkt en er komt niets van in. 's Avonds een vent, 's ochtends ook een vent. Moet je maar niet naar die studentenfeestjes van je gaan.' Ze geeft hem een por in zijn zij. Hij grijpt ernaar met zijn hand en kijkt haar met een gekwelde blik aan.

'Ik zal jou nog eens wat vertellen,' zegt hij. Kittana gniffelt. Onderweg heeft hij haar uitgebreid verteld over het studentenfeestje van de avond ervoor. Het bier vloeide rijkelijk en mooie vrouwen in overvloed. Naar die laatste had hij alleen maar gekeken natuurlijk, verzekerde hij haar.

'Watje,' zegt ze. 'Kom op, we gaan een restaurantje opzoeken. Dan zijn we hier om één uur weer.'

Keus genoeg aan restaurantjes. Ze loopt met Jack over de Champs-Elysées en bestudeert de menu's die staan opgesteld bij de terrassen. Uiteindelijk zien ze een gezellig terrasje en bestellen ze daar een pizza. In de zon is het warm. Kittana trekt haar leren jasje uit en stroopt de mouwen van haar shirtje omhoog. Heerlijk zo. De zomer komt er weer aan en daar kan ze zich nu al op verheugen. De dagen worden langer, het weer wordt warmer. Weg met de winterjassen en dikke truien. Het is tijd om de rokjes en T-shirtjes uit haar kast te halen als ze weer thuis is. En aangezien ze nu in Parijs is, kan een beetje shoppen geen kwaad. Maar misschien denkt Jack daar heel anders over.

'En hoe bevalt Parijs tot nu toe?' vraagt ze.

'Tot nu toe is alles wat ik heb gezien erg mooi,' zegt hij, waarbij zijn blauwe ogen zich in de hare boren. De dubbele betekenis ontgaat haar niet en ze wrijft zachtjes over haar wangen. Hij ziet het, leunt naar voren en pakt haar arm. 'Niet doen,' zegt hij. 'Ik vind het leuk als je bloost.'

Ze rolt met haar ogen en voelt zich nog warmer worden. Wat is hij leuk, zeg. Ze legt haar handen op tafel en lacht naar hem.

Als de bus van C&C hen oppikt, zoekt Jack een plekje uit achterin. Langzaam stroomt de bus vol. Kittana let er niet op. Jack heeft haar bij het raam laten zitten en ze kijkt naar buiten. Parijs. Ze snapt niet waarom ze hier nooit eerder heen is gegaan. Ze neemt zich voor dat het in ieder geval niet de laatste keer zal zijn.

'Dus nu gaan we naar C&C?' vraagt Jack.

'Ja, nu mogen we hun nieuwe hoofdkantoor bewonderen. Wij en nog een dozijn andere zakenrelaties,' zegt ze.

'En wat voor zaken doe jij precies met ze dan?'

'Ze regelen eigenlijk van alles voor mij. Reclame, marketing, dat soort dingen. Van het begin af aan al. Mijn vader kende weer iemand die weer iemand kende die in de directie zat. Zo ben ik met hen in contact gekomen. Een oud-klasgenootje van mij is mijn contactpersoon. Puur toeval dat zij daar werkt. Ik zal je straks even aan haar voorstellen.'

Jack knikt. 'Toch leuk dat ze zoiets organiseren,' zegt hij.

'Dat is het zeker,' zegt Kittana en geeft hem een knipoog. O, wat vreselijk fout van haar. Hoeveel jonger is hij dan zij? Hij wilde het haar niet vertellen, tot ze hem uiteindelijk zijn identiteitsbewijs wist te ontfutselen. Het valt haar nog mee. Hij is vierentwintig, zij negenentwintig. Moet kunnen. Jennifer had hem al gekscherend haar boytoy genoemd.

De bus komt langzaam in beweging om zich in het drukke verkeer van Parijs te voegen. Boven de Arc de Triomphe hangt een blauwe lucht, de zon schittert fel. Kittana hoopt dat het weer het hele weekend zo blijft.

'We bevinden ons momenteel in de *creative section* van het gebouw. Het hart van het bedrijf. Hier worden verschillende campagnes bedacht voor grote namen...' De rest van het verhaal gaat verloren voor Kittana. Ze staat in het nieuwe hoofdkantoor van C&C, een hypermodern gebouw, een architectonisch hoogstandje volgens Sylvia. Kittana verbaast zich er telkens weer over hoe goed ze alles weet te brengen en de aandacht van haar publiek weet vast te houden.

Het gebouw is inderdaad mooi. Helemaal van glas, tien verdiepingen hoog. Nadeel is dat zodra de zon schijnt, de airco op volle toeren moet draaien om het pand enigszins koel te houden.

Kittana kijkt om zich heen naar de strakke inrichting. Veel wit – Jan des Bouvrie zou het geweldig vinden –, grote bureaus, flatscreens aan de muren. Allemaal heel mooi, maar voor geen goud zou ze in zo'n sfeerloos gebeuren willen werken. Nee, ze geeft de voorkeur aan haar statige herenhuis. Dat ademt tenminste sfeer.

Sylvia is uitgepraat. Ze vangt Kittana's blik en zwaait naar haar. Haar lippen mimen 'ik kom zo bij je'. Vervolgens loopt ze naar een man toe die een beetje afzijdig staat van de rest van de groep. Ze geeft hem een hand. Ook al ziet Kittana de man alleen van de zijkant, de schrik slaat haar om het hart.

Ze kent die man.

Ze doet haar ogen dicht en probeert zich te verbergen achter Jacks brede schouders. Sylvia laat de hand van de man los en wijst in haar richting. Hij kijkt Kittana recht aan, maar zijn ogen verraden niet dat hij haar herkent. Tot overmaat van ramp komt Sylvia met de man op haar af lopen. Waarom doet ze dat nu weer? Kittana probeert haar wanhopig met haar ogen te seinen dat ze weg moet gaan.

'Is er iets?' vraagt Jack, die over zijn schouder naar haar kijkt. 'Verberg je je voor iemand?'

'Nee, hoezo?' vraagt ze zo normaal mogelijk.

'Hoi Kittana, wat ontzettend leuk om je te zien.' Sylvia steekt haar hand uit en Kittana pakt hem aarzelend aan. Ze ontwijkt de blik van de man.

'Mag ik je voorstellen aan Julian Vermeer? Hij is behalve een zakenrelatie ook een goede vriend van me.'

Kittana bijt op haar lip. Er is geen ontkomen meer aan. Ze pakt de uitgestoken hand van de man en kijkt hem recht in zijn gezicht aan. Bruine ogen, stevige handen. Geen twijfel mogelijk. Het is de man uit de lift. De man die getuige was van haar paniekaanval in de V&D. De man van wie ze had gedacht dat ze hem nooit meer zou hoeven zien.

7

'Kittana Wallenburg,' weet ze uit haar mond te persen. Herken me niet, smeekt ze in gedachten. Ze wil zijn hand loslaten, maar hij blijft vasthouden. Ze slikt en krijgt het warm. Ze probeert zijn blik te lezen, maar het is onmogelijk om er iets uit op te maken.

'Julian,' zegt hij uiteindelijk. 'Leuk je te ontmoeten.' Hij knipoogt naar haar. Kittana krijgt het nog warmer. En ze weet dat hij weet dat zíj het is: dat overdreven en domme mens uit de lift bij de V&D.

'Zou je ons nog voorstellen aan je charmante gezelschap?' vraagt Sylvia. Julian laat Kittana's hand los en ze herinnert zich dat ze hier inderdaad niet alleen is. Dat brengt haar bij het volgende probleem. Hoe gaat ze Jack voorstellen? Als háár vriend? Als een vriend? Als...

Jack lost het probleem op door Sylvia en Julian de hand te schudden en zijn naam te zeggen zonder verdere uitleg. Kittana ziet de goedkeurende blik van Sylvia en kan een gevoel van trots niet onderdrukken.

'Kom, ik zal jullie de rest van het gebouw laten zien,' zegt Sylvia. 'Dames en heren, mag ik even uw aandacht? Als u mij wilt volgen naar de eerste verdieping? We zullen gebruikmaken van de lift, die u een prachtig uitzicht over Parijs biedt.'

Zei ze nu lift? Kittana kijkt een ogenblik naar de groep mensen om haar heen. Moet ze in de lift met al die mensen? Ze voelt het zweet in haar handen staan en kijkt naar Jack. Hij komt al in beweging en volgt Sylvia, samen met de rest van de groep. Kittana's benen komen niet in beweging, alsof ze een eigen leven leiden en hebben besloten te staken.

'Sylvia!' zegt Julian. Op dat moment valt het Kittana op dat hij nog steeds naast haar staat.

'Ik heb het niet zo op liften,' zegt hij.

Er verschijnt een glimlach op Sylvia's gezicht. 'Die deur door, daar is het trappenhuis,' wijst ze. 'Ik zie je wel weer op de eerste verdieping. Je weet niet wat je mist!'

'Zo, ook weer opgelost,' zegt hij tegen Kittana.

Eindelijk heeft ze de gelegenheid hem wat beter te bekijken. Hij heeft zwart haar dat in een kort kapsel geknipt is. Hij is twee koppen groter dan zij en zijn krijtstreeppak doet hem nog langer lijken dan hij al is.

'Wat zeg je ervan? Of durf je ook niet met de trap?' vraagt hij dan.

Ze ziet nog net de laatste persoon van de groep de afdeling verlaten. Heeft Jack niet eens in de gaten gehad dat ze niet meer bij hem liep?

'Een trap kan ik nog wel aan, denk ik.' Samen lopen ze naar de deur vlak naast de uitgang van de afdeling. Het ziet eruit als een nooduitgang. Een lichte deur met een aluminium hendel bevestigd over de breedte van de deur. Julian geeft er een zwieper aan en hij springt open. 'Na u,' zegt hij.

'Zeg maar "je", hoor,' zegt ze als ze in het trappenhuis staat.

'Één ding moet je me toch uitleggen. Waarom ben je toen in de lift gestapt als je claustrofobisch bent?'

Kittana zucht diep. Haalt haar schouders op. 'Ik weet het niet. Zo vaak ga ik niet met de lift, ik kan me ook niet herinneren ooit zo'n paniekaanval in een lift te hebben gehad. Het was er gewoon te druk en te warm.'

Julian haalt ook zijn schouders op. 'Als je maar weet dat je mijn dag weer goed hebt gemaakt toen.'

'Ja, je hebt je zeker rot gelachen,' zegt ze terwijl ze de trap oploopt.

Julian glimlacht en kijkt naar de grond. Hij heeft een mooie glimlach, vindt Kittana.

'Volgens mij moeten we hierheen,' zegt Julian als ze boven aan de trap voor een deur staan. Hij duwt hem open en ze wandelen de afdeling op. Sylvia's stem schalt door de ruimte. Zelfs als ze hard praat, klinkt het nog als een klokje, vindt Kittana. Ook deze afdeling is omringd door glas en het uitzicht op Parijs is mooi.

'Niet gek, dat uitzicht,' zegt Kittana.

'Je bent zeker nog niet op de Eiffeltoren geweest, of wel?' vraagt Julian.

'Nee. Is dat nog mooier?'

'Dat van jou wel, dat van mij valt nog te betwijfelen,' zegt hij voordat ze zich weer bij de groep voegen.

Kittana denkt erover na terwijl ze naast Jack gaat staan. Hij staart gebiologeerd naar Sylvia en Kittana vraagt zich af of hij haar überhaupt gemist heeft. Wat bedoelde Julian met die opmerking? Ach, wat maakt het ook uit. Ze wil zich het hoofd er niet eens over breken. Ze is allang blij dat hij heeft geregeld dat ze niet met de lift hoeft. Hoeveel verdiepingen heeft dit gebouw? Sylvia heeft het wel verteld.

Ze kijkt op haar horloge. Het vermoeden bekruipt haar dat dit weleens lang kon gaan duren. En dat terwijl ze niet kan wachten om de stad te gaan verkennen. Nog maar even geduld hebben dan.

Kittana laat zich voorzichtig achterover in het warme badwater zakken. Dat is pas heerlijk. Wat een middag, zeg. Het pand was, in modern opzicht, mooi, maar na verdieping nummer zoveel had ze het eigenlijk wel gehad. En ze was niet de enige. Sylvia merkte dat haar publiek inkakte en op een gegeven moment maakte ze een einde aan de rondleiding. Nu heeft ze nog een klein uurtje voor ze verwacht worden in de congresruimte van het hotel voor het diner en daarna volgt een lezing over C&C. Zeer interessant.

Ze besluit niet te laat naar bed te gaan, want morgen wil ze meer van de stad zien. De Arc de Triomphe is vlakbij, dus die kan ze zeker bekijken. En verder natuurlijk de Eiffeltoren. Ze zitten aan de Champs-Elysées, dus misschien kan ze shoppen. Alhoewel het natuurlijk zondag is morgen. Zouden de winkels dan wel open zijn?

Ze knijpt wat shampoo uit de fles in haar handpalm en begint haar haren in te zepen. Hoe zou het vanavond gaan? De gedachte om met Jack in één bed te liggen veroorzaakt zenuwachtige kriebels in haar buik en ze duwt haar daarom meteen weg.

Ze spoelt de shampoo uit haar haren en gaat achteroverliggen met een washandje in haar nek. Wat een ongelofelijke flop dat ze die man uit de lift tegenkwam. Aardig is hij in ieder geval wel. Ze hoort nog zijn stem in haar hoofd. De manier waarop hij tegen Sylvia zei dat híj liever niet met de lift wilde. Ja, een heel aardige man, die Julian Vermeer. Al is ze er niet helemaal uit wat hij bedoelde met zijn opmerking over het uitzicht.

Ze werpt een blik op haar horloge, dat ze op de rand van de wastafel heeft neergelegd. Oké, opschieten nu. Nog snel even haar benen aan een grondige ontharingsbeurt onderwerpen en dan zal ze het warme badwater moeten verlaten, wil ze op tijd komen.

Ze heeft haar benen, oksels en bikinilijn grondig onthaard. Haar make-up zit goed, haar haar is perfect in model geföhnd, ze heeft een zwarte rok tot vlak boven de knie aangetrokken met een zwart truitje waar haar decolleté goed in uitkomt. Ze hoopt dat ze in ieder geval een verheerlijkte blik aan Jack kan ontlokken. Ze gooit de deur van de badkamer open en loopt zo casual mogelijk de hotelkamer in.

Er brandt één lampje dat niet heel veel licht geeft, dus knipt ze de grote lamp aan. Alleen maar om te zien dat Jack languit op bed ligt. Zijn armen en benen gespreid, uit zijn mond en neus komt een rochelend gesnurk. Ze heeft zo'n vermoeden dat ze die verheerlijkte blik wel kan vergeten.

Ze loopt om het bed heen en maakt aanstalten om hem wakker te schudden. Dan bedenkt ze zich. Straks wordt hij er vreselijk chagrijnig van als ze hem stoort in zijn slaap. Ze draait zich om en wil weglopen.

Ja, dag. Ze heeft hem niet voor niets meegenomen hiernaartoe. Hij zou haar vergezellen en deze dag is nog niet afgelopen. Resoluut buigt ze zich naar hem toe en schudt voorzichtig aan zijn schouder. Geen reactie.

Hmm, hij ligt er wel heel aantrekkelijk bij zo. Haar hand lijkt een eigen leven te leiden als ze hem uitstrekt en over zijn borstkas laat glijden. Door de dunne stof van zijn poloshirt heen voelt ze de bolling van zijn spieren. Helemaal niets mis mee. Helemaal nie...

'Wat doe je?'

Als door een wesp gestoken trekt ze haar hand terug. Jacks bruine ogen kijken haar onderzoekend aan.

'Ik dacht dat je sliep. We moeten opschieten, anders komen we te laat.' Ze weet niet hoe snel ze zich uit de voeten moet maken.

'Zat jij mij nou net te bevoelen?' Jack komt overeind en gaat aan het voeteneinde van het bed zitten.

'Hoe kom je daar nou bij? Heb je zeker gedroomd,' zegt Kittana terwijl ze over haar wangen wrijft. Ze ziet de twinkeling in zijn ogen en beseft dat hij het niet erg vindt. In feite lijkt hij het wel amusant te vinden.

'Nee, dat heb ik niet gedroomd.'

'Ach, nou. Ja, schiet nu maar gewoon op, oké? Ik wil niet te laat komen.'

Jack staat op en loopt langs haar heen naar de badkamer. Als de deur achter hem dichtvalt, laat ze zich met een plof op het bed vallen. Hoe kon ze nou zo stom zijn? Wat moet hij wel niet van haar denken? Ze schudt haar hoofd en zakt in elkaar op het bed.

'O, en trouwens,' zegt Jack terwijl hij de badkamerdeur een klein stukje openduwt, 'je ziet er geweldig uit.'

Meteen gaat ze rechtop zitten. 'Dank je,' zegt ze. Ze wrijft over haar wangen.

Samen met Jack staat ze in de lobby te kijken waar ze precies moeten zijn, als ze haar naam hoort. Sylvia loopt op hen af. 'Volg mij maar, jullie zijn mooi op tijd. De zaal is die kant op.' Even later loopt Kittana naast Jack de zaal binnen. Ze gunt zichzelf een paar seconden de tijd om om zich heen te kijken en de omgeving in zich op te nemen. Haar hakken zakken bijna weg in de hoogpolige, dieprode vloerbedekking. Aan het plafond hangen kroonluchters. Ze telt minstens tien ronde tafels. Obers, keurig gekleed in smokings, wandelen rond met dienbladen. Eén ober biedt haar een glas champagne aan, dat Kittana dankbaar aanneemt.

'Wat gaan we hier ook alweer doen?' fluistert Jack in haar oor.

'We gaan eerst dineren en daarna krijgen we een of andere lezing,' fluistert ze terug.

Ze ziet zijn gezicht betrekken. 'Een lezing?'

'Ja, leuk toch?' Ze vindt er zelf ook niets aan, maar dat gaat ze niet aan Jack toegeven.

'Kunnen we niet eerder weg? Nog even genieten van het Parijse nachtleven?'

Kittana schudt haar hoofd. 'Nee, Jack, dat kan ik niet maken.' Voor ze de kans krijgt nog meer te zeggen, vraagt Sylvia hun haar te volgen. Ze begeleidt hen naar een tafel vooraan in de zaal, waar ze hen voorstelt aan Ans, een kleine vrouw met een stevig figuur, en Johan, een man met grijze haren en een bierbuik. Hij geeft Kittana een klamme hand en ze moet de neiging onderdrukken om haar hand aan haar rok af te vegen.

'Kom jij bij ons aan tafel zitten?' vraagt Kittana aan Sylvia.

'Nee, ik niet. Maar mijn collega Ben wel.' Ze trekt de man die langsloopt in het voorbijgaan aan zijn jasje en hij blijft staan. Kittana stelt zich voor. Hij geeft haar een stevige hand, iets wat ze niet had verwacht van deze man, die even groot is als zij en een brilletje met ronde glazen draagt dat de onze-kere blik in zijn ogen niet kan verhullen. Het zou haar niets verbazen als Ben iedere avond stipt op tijd naar bed gaat, geen alcohol drinkt en qua werk iets doet met cijfertjes.

'Ben zit aan jullie tafel, ik zit daar.' Ze wijst naar een tafel in het midden van de zaal. 'Ik spreek je straks. Veel plezier.'

Kittana drinkt haar glas champagne leeg en gaat aan tafel zitten. Jack volgt haar voorbeeld en neemt naast haar plaats. Op de vrije plaats naast Jack laat Ben zich zakken. Hij frut-selt wat aan zijn stropdas en kijkt ongemakkelijk om zich heen.

'Is deze stoel nog vrij?'

Kittana kijkt op. Julian staat naast haar.

'Volgens mij wel,' zegt ze.

Hij glimlacht naar haar. 'Dat komt dan mooi uit,' zegt hij terwijl hij de stoel naar achteren schuift en plaatsneemt, zich ondertussen voorstellend aan Ans en Johan.

Ans en Johan blijken een vrolijk stel te zijn. Johan maakt om de haverklap opmerkingen waarom Ans compleet dubbel ligt van het lachen. Haar harde lach schalt af en toe door de zaal, waarop Julian zijn wenkbrauwen optrekt naar Kittana.

In zijn ogen ziet ze een geamuseerde blik. Als ze naar Jack kijkt, ziet ze hem overdreven gapen zonder zijn hand voor zijn mond te houden. Ze geeft hem een stomp in zijn zij. Gelukkig zien Ans en Johan het niet. Of ze doen alsof ze het niet zien. Ben is een beetje stilletjes en kijkt voor zich uit. Als Kittana zijn blik volgt, ziet ze dat hij gebiologeerd naar Sylvia staart.

De lach van Ans begint haar een beetje te irriteren, maar als Julian zich samenzweerderig naar haar toe buigt, zijn hand vouwt tot een halfgesloten vuist, deze naar zijn gezicht brengt en dan schommelende bewegingen maakt, kan ze een glimlach niet onderdrukken. *Hebben ze een glaasje te veel op?* lijken zijn ogen Kittana te vragen. Ze kan niet geloven dat hij dat deed en haar blik flitst in de richting van Ans en Johan. Ze hebben het te druk met lol maken met elkaar.

Kittana schiet hoofdschuddend in de lach. Jack is druk bezig een stokbroodje te besmeren met kruidenboter en het grapje ontgaat hem. Hij kijkt om zich heen naar een ober.

'Kittana,' zegt hij. 'Hoe vraag je in het Frans wanneer we nou eindelijk eens kunnen eten? Ik heb honger.'

Kittana haalt haar schouders op. 'Geen idee. Mijn Frans is niet zo goed.' Ze verzwijgt de achten die ze voor het vak haalde in haar eindexamenjaar van de havo en probeert de plaatsvervangende schaamte die ze voelt te negeren.

'Hé Jack, je moet het eens in het Engels proberen. Misschien verstaan ze dat,' stelt Julian voor.

'Denk je?' Jack kijkt hem onnozel aan en Kittana hoopt dat ze in de toekomst nooit door hem geopereerd hoeft te worden als hij uiteindelijk arts is.

'Ik denk dat je het niet meer hoeft te vragen,' zegt ze als ze twee obers op hun tafel af ziet lopen. Ze krijgen soep geserveerd. Een heerlijke bouillabaisse die er goed in valt bij Kittana. Voor het hoofdgerecht kan ze kiezen tussen vis of vlees. Kittana kiest voor vis en niet veel later zet een ober haar een bord voor met allemaal verschillende soorten. Gamba's, garnalen, zalm, tongfilet. Niet verkeerd.

Onder het eten passeren verschillende gespreksonderwerpen de revue. Ans en Johan hebben een keten van restaurants in België en hebben om die reden veelvuldig gebruikgemaakt van C&C.

'Vandaar de...' fluistert Julian in haar oor, ondertussen de schommelende beweging met de kom van zijn hand makend.

Kittana rolt met haar ogen, maar voelt een glimlach op haar gezicht verschijnen. Ze vraagt zich af waarom hij alleen is. Zou hij single zijn? Als dat zo is, lijkt hij er in ieder geval geen problemen mee te hebben. Hij babbelt er vrolijk op los over van alles en nog wat. Ze merkt dat ze er zelfs een beetje jaloers op is. Kon zij dat maar. Gewoon een eind weg kletsen over koetjes en kalfjes met complete vreemden.

Bijvoorbeeld vanmiddag. Er was een aantal verdiepingen in het hoofdkantoor van C&C en Julian liep telkens met haar mee de trap op. Hij kletste over van alles en nog wat – ze zou nu niet eens meer weten wat hij precies allemaal had gezegd – en het gaf een gemakkelijk gevoel. Alsof ze hem al jaren kende. Ze begrijpt nu dat het zijn manier van doen is. Hij praat makkelijk met mensen. Punt.

'Maar Ben, vertel eens, wat doe jij precies bij C&C?' vraagt Julian.

Ben kijkt ietwat verschrikt op. 'Sorry?' zegt hij.

'Je werkt toch bij C&C?' Ben knikt. 'Wat is je functie?'

'Accountant,' zegt Ben, terwijl hij zijn hoofd meteen weer wegdraait. Ha! Ben is accountant. Kittana had dus gelijk voor zover het zijn werk betreft. Ze leunt achterover in haar stoel en geniet van het gevoel dat ze altijd krijgt als ze gelijk heeft.

Ben richt zijn aandacht op de tafel waar Sylvia aan zit. In zijn ogen verschijnt een dromerige blik. Kittana krijgt bijna medelijden met hem. Hij heeft overduidelijk een *crush* op haar en hij lijkt Kittana niet echt het type waar Sylvia op valt.

In ieder geval qua uiterlijk dan. Misschien past hij qua inner-
lijk wel heel goed bij Sylvia. Haar koppelinstinct begint
meteen overuren te maken. Zou zij niet iets kunnen doen?

Als ze het hoofdgerecht op heeft en de obers de lege borden van tafel halen, zegt Jack op fluistertoon tegen haar dat
het tijd is om aan zijn nicotineverslaving toe te geven en hij
verlaat de tafel. Julian voert een heel gesprek met Ans en
Johan over hun bedrijfsvoering, iets wat Kittana op dat
moment totaal niet interesseert, en zonder te aarzelen schuift
ze op de lege stoel naast Ben.

'Hoelang werk je al bij C&C?' vraagt ze.

Ben draait zijn hoofd naar haar toe. 'Tien jaar. Hoezo?'

Kittana haalt haar schouders op. 'Je werkt dus al lang
samen met Sylvia, of niet?' Bij het horen van haar naam ziet
ze zijn ogen oplichten. Die heeft het echt zwaar te pakken,
denkt Kittana.

Ben knikt. Hij zucht diep. 'Al vijf jaar nu.'

'Dat is al een hele tijd. Was je meteen al verliefd op haar?'

Ben kijkt haar een ogenblik zwijgend aan. 'Hoe kom je
daarbij? En waar bemoei je je eigenlijk mee?'

De blik in zijn ogen verandert op slag. Van dromerig verliefd naar betrapt en achterdochtig. Kittana kijkt vlug om
zich heen voor hulp. Hoe redt ze zich hier nu weer uit? Zij
ook en haar *social skills*.

'Sorry,' zegt ze na enkele ogenblikken. 'Sorry, het gaat me
niets aan.'

Dan pakt ze haar tas en plukt haar portemonnee eruit. Ze
haalt haar visitekaartje uit een van de vakjes. 'Sylvia is een
vriendin van me. Als je ooit mijn hulp denkt nodig te hebben,
bel me dan gewoon eens. Misschien is het overbodig te zeggen, maar ik weet wat ik doe.'

Er verschijnt een diepe rimpel op Bens voorhoofd. Hij
kijkt van het kaartje dat ze tussen haar duim en wijsvinger
geklemd houdt naar haar gezicht en weer terug, alsof hij

probeert te peilen of ze het echt meent, of dat het een zoveelste en vervelend geintje is dat iemand hem probeert te flik-
ken. Zonder iets te zeggen pakt hij uiteindelijk het kaartje
van haar aan en draait dan zijn hoofd weg. Kittana ademt
rustig door haar neus uit, schuift weer een stoel op en probeert de draad van het gesprek tussen Julian, Ans en Johan op
te pikken.

Na het dessert, een frambozenbavarois met vanille-ijs, leunt
Jack achterover. Hij wrijft over zijn buik, grijpt dan naar zijn
hoofd.

'Jack, gaat het?' vraagt Kittana.

'Ja. Nee, eigenlijk niet. M'n hoofd.' Hij wrijft met zijn wijs-
vingers over zijn slapen. 'Migraine, heb ik wel vaker last van.'

Toevallig dat het net komt opzetten vlak voor de lezing,
denkt Kittana. Een gedachte waar ze meteen spijt van heeft
als ze ziet hoe zijn gezicht is vertrokken van pijn.

'Wil je een aspirientje? Heb ik wel bij me, hoor.' Ze pakt
haar tas al van de stoelleuning.

'Nee, nee. Ik moet even gaan liggen in een donkere kamer.
Dan is het zo over.'

Ze kan een gevoel van teleurstelling niet onderdrukken.
Blijkbaar is dat van haar gezicht af te lezen, want Jack staat
op, buigt zich naar haar toe en kust haar voorzichtig op haar
wang. 'Sorry schatje, ik maak het goed met je, oké?'

Hij maakt het goed met haar! O, help, kan zij niet ook
hoofdpijn veinzen en met hem mee gaan? Ze weet het antwoord al. Ze kan het niet maken om nu weg te gaan. C&C
doet zoveel moeite om mensen uit te nodigen en het hun
naar de zin te maken.

Waarom moet ze ook altijd zo degelijk zijn? Waarom kan
ze niet gewoon overal schijt aan hebben? Ook daar weet ze
het antwoord op. Ze kan zichzelf nu eenmaal niet veranderen, hoe graag ze dat soms ook zou willen.

Ze kijkt Jack na als hij tussen de mensen door de zaal uit loopt. De bewonderende blikken van de vrouwen lijken langs hem heen te glijden. Hij heeft natuurlijk ook knallende koppijn, de lieverd. Dan valt hem dat soort dingen natuurlijk niet op.

'Houdt je vriend niet van lezingen?' vraagt Julian haar als de lichten worden gedimd.

'Hij heeft hoofdpijn,' zegt ze.

Vóór alle tafels in de zaal plaatsen twee mannen in pak een spreekgestoelte. Een van hen neemt erachter plaats. Hij zet een microfoon in de daarvoor bedoelde standaard en begint te praten. Kittana schuift haar stoel iets meer naast Julian om het beter te kunnen zien.

'Jij hebt er zin in,' zegt Julian met een toon in zijn stem alsof hij onder de indruk is.

'Nou en of. Laat die lezing maar komen.'

De man heeft een grijze baard en de kale plek op zijn kruin glimt als een biljartbal in de spotlight die op hem gericht is. Hij heeft zijn uiterlijk niet mee, besluit Kittana. Als het nou een lust voor het oog was, zou het de avond een stuk interessanter maken.

De man stelt zich voor, maar Kittana besluit de naam heel snel weer te vergeten. Haar hoofd is op heel andere plekken. Ze stelt zich voor hoe Jack naar de hotelkamer loopt, zich langzaam uitkleedt en dan onder het dekbed kruipt. Ze heeft er heel wat voor over om op dit moment naast hem te kruipen. De gedachte alleen al jaagt haar hart op hol.

Ze hoort geklap om zich heen en ze gaat rechter zitten. Is het afgelopen? De lichten worden feller en de man verlaat het spreekgestoelte. Ja, het is echt afgelopen. Ze kijkt op haar horloge. Een halfuurtje maar. Dat valt mee.

Sylvia loopt naar voren en dankt allen voor hun aanwezigheid. Iedereen is van harte welkom om nog een drankje te blijven drinken, C&C biedt het aan. Nog meer algemeenheden, maar Kittana weet niet hoe snel ze weg moet komen.

'Hé, Kittana,' zegt Julian als ze naast haar stoel staat en haar tas over haar schouder gooit. 'Je drinkt toch nog wel een drankje met me?'

Ze schudt haar hoofd. 'Ik moet echt even bij Jack kijken. Met die migraine en zo. Ik spreek je morgen vast nog wel. Doei.' Ze wil afscheid nemen van Ans en Johan, maar zij staan even verderop met een groep mensen te praten. Daar gaat ze zich dus niet inmengen en ze haast zich naar de uitgang. Snel neemt ze afscheid van Sylvia en bedankt haar voor alles. Daarna stuift ze de trap van het hotel op om naar haar kamer te gaan.

Heel voorzichtig opent ze de deur en ze loopt op haar tenen naar binnen. Ze sluit de deur achter zich en leunt ertegenaan om haar schoenen uit te trekken. Ze vervolgt haar weg op blote voeten. Een golf van zenuwen spoelt door haar onderbuik. Ze aarzelt even, maar knipt dan het nachtlampje aan. Haar blik glijdt over het bed. Leeg. Maar Jack had toch hoofdpijn? Zou er iets met hem gebeurd zijn op weg naar de hotelkamer? Zie je wel, ze had hem niet alleen weg moeten laten gaan. Wat is ze af en toe toch ook een domme doos.

Dan schiet haar de opmerking te binnen die hij maakte over het Parijse nachtleven.

Migraine? Ammehoela!

Mooi is dat. Ze laat zich op het bed zakken. Haar schoenen vallen op de witte plavuizen. Ze plant haar ellebogen op haar knieën en laat haar kin rusten in haar handpalmen. Dit is in de verste verte niet hoe ze zich haar nacht met Jack Cole had voorgesteld.

8

Ze valt alleen in slaap. De gedachte om terug te gaan naar de congreszaal en met Julian een drankje te drinken is nog in haar opgekomen, maar ze besloot niet te gaan. Voor hetzelfde geld was Julian al weg en dan stond ze daar helemaal alleen.

's Nachts wordt ze wakker van gestommel. Tenminste, ze neemt aan dat het nacht is. Het is in ieder geval nog donker. Er ploft iemand naast haar op het bed, kruipt dicht tegen haar aan. Ze voelt een kleffe zoen op haar wang en de geur van sigaretten en drank baant zich een weg in haar neus. Ze blijft doodstil liggen.

Na wat gemompel en gebrom kruipt Jack terug naar zijn eigen helft van het bed en trekt de dekens over zich heen. Niet veel later hoort ze hem snurken.

Als haar ogen opengaan, is het licht. Ze graait naar haar horloge op het nachtkastje. Gelukkig, het is nog maar acht uur. Even was ze bang dat ze de hele ochtend had geslapen. Dat zou zonde zijn. Ze draait zich om naar Jack. Hij ligt op zijn zij met zijn rug naar haar toe. Zijn lichaam beweegt een klein beetje bij elke ademhaling. Ze kruipt onder de dekens naar hem toe en voelt dat hij al zijn kleren nog aanheeft. Ze snuift een zurige geur op. Niet echt aantrekkelijk.

'Jack?' fluistert ze. Geen reactie. Dat ga je toch niet menen! Gisteravond liet hij haar stikken en nu zal hij haar vandaag ook nog eens alleen op pad laten gaan?

In één beweging gooit ze de dekens van zich af. Met veel kabaal stampt ze in de kamer rond, gooit de deur van de badkamer open en weer dicht, ondertussen Jack nauwlettend in de gaten houdend. Ziet ze al beweging? Afgezien van zijn rustige ademhaling gebeurt er weinig in dat bed.

Met een diepe zucht trekt ze de deur van de badkamer open en stapt naar binnen. Een warm bad zal haar goeddoen. Misschien wordt Jack ondertussen wel wakker. Ze staart naar het schuim, dat zich vermeerdert naarmate het bad volloopt met water. Ze slingert een been over de rand en steekt haar teen in het water. Om hem vervolgens meteen weer terug te trekken. Veel te heet. Ze draait wat aan de koude kraan om de temperatuur aan te passen. Als alles helemaal naar wens is, laat ze zich in het water zakken. Ze neemt zich voor niet te lang te blijven zitten, want Parijs wacht op haar. Ze ziet zichzelf al lopen. Flaneren over de Champs-Elysées, een kop koffie drinken op de Eiffeltoren, een nieuwe designerhandtas aanschaffen. Als ze vindt dat ze lang genoeg heeft liggen weken, stapt ze uit de badkuip.

Ze knoopt een van de dikke badhanddoeken om haar hoofd en een andere om haar lichaam. Op blote voeten loopt ze de badkamer uit. De geur van rook en drank die in de hotelkamer hangt, bezorgt haar een wee gevoel in haar maag. Ze loopt naar het raam, vlak naast Jacks kant van het bed, en wriemelt daar net zo lang aan totdat ze het open kan doen. Een frisse ochtendwind waait in haar gezicht.

Jack heeft inmiddels wel bewogen, ziet ze. Hij ligt niet langer op zijn zij, maar op zijn rug. Zijn ogen zijn nog steeds dicht en tot overmaat van ramp is het snurken ook weer begonnen.

'Jack?' probeert ze nog. Het antwoord is een luide snurk. Het heeft geen zin. Het ziet ernaar uit dat ze Parijs alleen moet verkennen. Het is niet anders. Ze moet er gewoon het beste van maken. Eerst maar eens bekijken wat voor ontbijt ze in het hotel kan krijgen.

Ze loopt langs de in rieten mandjes uitgestalde croissantjes, koffiebroodjes en stokbrood. Keus genoeg. Waar heeft ze eigenlijk zin in? Ze besluit van alles wat te pakken, schenkt zichzelf een kop koffie in en gaat aan een van de vrije tafeltjes zitten.

Een bekende schaterlach klinkt door de ontbijtzaal en ze ziet Ans en Johan aan een tafeltje verderop zitten. Die hebben tenminste lol met elkaar. Zij moet zich maar in haar eentje zien te vermaken.

Kom op, Kittana, spreekt ze zichzelf toe. Niet zo'n zelfmedelijden. Je bent in Parijs en je gaat straks eerst een bezoekje brengen aan de Eiffeltoren. Dan kun je in ieder geval thuis vertellen dat je daar bent geweest.

Ze smeert wat roomboter op haar croissant, rommelt dan in haar tas op zoek naar de metrokaart van Parijs. Hoe komt ze het snelst bij de Eiffeltoren? Ze klapt het kaartje uit en laat haar wijsvinger over de gekleurde lijnen glijden.

'Je zou ook de bus kunnen nemen. Zie je veel meer van de stad.'

Kittana is te geconcentreerd om op te kijken. 'Hmm, ik weet niet. De metro lijkt me…' Haar stem was automatisch al begonnen met antwoorden. Midden in de zin kijkt ze op. 'Makkelijker,' maakt ze haar zin af. Julian staat naast haar tafel met een bord met stokbrood en croissantjes in zijn handen.

'Waar is Jack?' vraagt hij meteen. 'Nog last van migraine?'

Kittana knikt. 'Je mag wel gaan zitten als je wilt,' zegt ze. Hij lacht naar haar. Er verschijnt een kuiltje in zijn linkerwang.

'Waar wil je naartoe?' vraagt hij met een knikje naar haar metrokaartje.

'De Eiffeltoren, wat anders?'

'Parijs heeft meer te bieden dan alleen de Eiffeltoren, hoor.' Hij neemt een hap van zijn croissant.

'Dat weet ik ook wel, maar de Eiffeltoren staat hoog op mijn prioriteitenlijstje.' Ze vertelt erbij dat het haar eerste keer in Parijs is en dat ze staat te popelen om eropuit te trekken.

'Des te meer reden om met de bus te gaan,' zegt Julian. 'Onder de grond zie je niets van de stad. En het is echt heel makkelijk. Als je wilt kan ik met je mee gaan.'

Kittana blaast in haar koffie en denkt daar een paar seconden over na. Julian is heel aardig, ziet er niet onaantrekkelijk uit – al is hij dan geen Jack – en misschien is het handig om met iemand op pad te gaan die hier al eerder is geweest. Tenminste, daar gaat ze van uit als ze hem zo hoort praten.

'Lijkt me leuk,' zegt ze en neemt een slok van haar koffie. Ze probeert niets te laten merken als het hete goedje bijna haar keel verbrandt.

Kittana kan Julian geen ongelijk geven nu ze samen met hem in de bus door Parijs rijdt. Veel beter dan met de metro, waar ze niets anders zou zien dan donkere gangen en grauwe stations. Julian heeft een plek vooraan in de bus uitgezocht voor het beste uitzicht. Kittana probeert zich de winkeltjes, gezellige straatjes en pleintjes zo goed mogelijk in te prenten.

'Ik zei het toch,' zegt Julian in haar oor.

'Ik ben blij dat ik naar je geluisterd heb.'

Buiten schijnt de zon, boven de hoge gebouwen is niets anders dan een staalblauwe lucht.

'Kijk daar eens,' zegt Julian met een knikje naar voren. De nauwe straat waar ze door rijden komt uit op een rotonde en de Eiffeltoren lijkt nu zo dichtbij dat Kittana's hart spontaan sneller gaat kloppen.

Julian drukt op het stopknopje. Ze stappen uit en Julian loodst haar door het drukke verkeer heen naar het ijzeren gevaarte.

Toeristen staan in groepjes bij elkaar onder de vier massale, stalen poten. Kittana kan het niet laten haar hoofd in haar nek te leggen en bij het gevaarte omhoog te kijken. Ze moet er niet aan denken dat die massa staal naar beneden zou storten.

'Heb je trouwens al bedacht hoe je naar boven wilt gaan?' vraagt Julian.

Ze bijt op haar lip. Haar ogen vinden de eindeloos lange rij mensen die allemaal staan te wachten om een kaartje te kopen. Te wachten om een kaartje te kopen voor de lift.

'O,' zegt Kittana, terwijl ze probeert haar teleurstelling niet te laten blijken. Hoe had ze anders gedacht omhoog te gaan? Natuurlijk zijn er liften bij de Eiffeltoren.

'Volgens mij zag ik net Emile Ratelband lopen. Misschien is één TJAKKA! van hem genoeg om je van je liftangst af te helpen,' suggereert Julian.

'Ben jij altijd de leukste thuis of zo? Misschien moet je maar alleen gaan. Ik wacht hier wel.' Ze slaat haar armen over elkaar, niet van plan nog een vin te verroeren. Hij kan het vergeten als hij denkt dat ze ook maar één stap in de lift zet. Al die mensen in die kleine ruimte, ze moet er niet aan denken.

'Er is natuurlijk nog een andere manier om naar boven te gaan?'

'Echt?' vraagt Kittana.

'Natuurlijk, wat dacht jij dan? Hoe goed is je conditie?'

Met haar conditie is in principe niet zo heel veel mis. En na gisteren heeft ze al wat traploopconditie opgebouwd, maar dit slaat alles.

'Hoe ver is het nog?' vraagt ze aan Julian, die onvermoeibaar de bruin geschilderde trappen van de Eiffeltoren op rent.

'Niet ver.'

'Dat zei je drie trappen geleden ook al.'

'Misschien is het een goed idee om een bezoek te brengen aan de sportschool als ik weer thuis ben,' mompelt Kittana meer tegen zichzelf dan tegen Julian.

'Waarom doe je dat dan niet?' vraagt Julian, terwijl hij wacht totdat ze hem heeft ingehaald.

'Mijn beste vriendin Jennifer en ik zijn spiegelmoe.'

'Spiegelmoe? Heb je een nieuw woord uitgevonden?'

Kittana blijft staan, een traptrede hoger dan Julian, blij dat ze een excuus heeft om even uit te puffen.

'Je hebt zelf nog nooit een sportschool vanbinnen gezien, anders wist je precies wat ik bedoelde. In al die sportscholen hangen van die grote spiegels in de ruimtes waar je kunt trainen. Ik hoef tijdens het sporten echt niet de hele tijd met mijn dikke lijf geconfronteerd te worden, hoor.'

Julian laat zijn blik over haar lichaam glijden.

'Bij wijze van spreken dan,' vervolgt Kittana snel. 'Ik weet heus wel dat ik niet dik ben.'

'Eigenlijk wilde ik zeggen dat je misschien iets te veel croissantjes met roomboter hebt gehad in Parijs.'

'Jij bent een nachtmerrie,' zegt Kittana. Ze draait zich om en vervolgt haar weg naar boven.

'Een gevatter antwoord kon je niet bedenken?' roept Julian terwijl hij haar voorbijsnelt.

Kittana opent haar mond om hem van repliek te dienen, sluit hem dan weer zonder iets te zeggen. Ze maakt zichzelf wijs dat ze te moe is om een gevat antwoord te bedenken. Ondertussen onderdrukt ze de neiging om haar tong uit haar mond te laten hangen als een jonge hond die te lang in het park gerend heeft. Tussen een paar hijgen in neemt ze de tijd om even tussen het bruine staal door te kijken. Ze heeft geen idee hoe hoog ze zijn, maar te zien aan de minimensjes beneden kan het nu niet ver meer zijn.

'We zijn er bijna!' bevestigt Julian naar vermoeden. Kittana loopt verder en nu ziet ze de blauwe lucht boven het trapgat uitkomen in plaats van wéér een informatiebord.

Eindelijk staat ze op het platform van de eerste verdieping. Om haar heen hoort ze de mensen in verschillende talen praten. Engels, Duits, Chinees. Ze neemt tenminste aan dat het Chinees is, het kan evengoed Japans zijn of Koreaans.

Ze volgt Julian naar de reling en het uitzicht is adembenemend. De zon schijnt op de stad met haar prachtige gebouwen. Ze loopt langs de reling, ziet in de verte Montmartre liggen. De heuvel ziet er sprookjesachtig uit, onwerkelijk bijna. Ze ziet de Arc de Triomphe en neemt zich voor ook daar nog een kijkje te gaan nemen vóór de dag om is.

'Wauw, Julian, dit is echt... Het is gewoon...'

'This is amaaaaazing,' hoort ze een Amerikaan achter zich zeggen.

Julian schiet in de lach. 'Volgens mij haalt hij je de woorden uit de mond, of niet?'

Ze knikt alleen maar, kan haar aandacht bijna niet van het uitzicht wegrukken. Het aanhoudende geklik van een digitale camera leidt haar af.

'Lachen naar het vogeltje,' zegt Julian en knipt nog een paar foto's.

'Laat dat, wil je,' zegt ze quasi-verontwaardigd. Stiekem vindt ze het wel leuk, aangezien haar eigen fototoestel nog op de hotelkamer ligt.

'Mooie foto's,' zegt Julian. 'Wel een beetje jammer dat jij erop staat.'

'Jij weet wel hoe je het een vrouw naar de zin moet maken.'

Hij grinnikt en bergt zijn fototoestel op. 'Hoe zit het met je beenspieren? Kun je nog een trap aan?'

'Wat dacht jij nou, ik kan nog wel tien keer de Eiffeltoren op en neer lopen.'

Als ze op de tweede verdieping staan, heeft ze het gevoel of haar longen barsten en haar kuiten op springen staan. Dat wordt de komende twee weken spierpijn, weet ze.

Maar het uitzicht maakt alles goed. Nu lijkt heel Parijs veranderd in Madurodam, zo klein.

'Zin in een bakje koffie?' vraagt Julian.

'Je hebt weleens slechtere ideeën gehad,' zegt ze.

Ze vinden een plekje in de overvolle snackhoek en Julian bestelt voor haar een warme chocolademelk met slagroom en voor zichzelf een espresso.

'Maar vertel eens, zijn jij en Jack al lang samen?' vraagt hij.

Kittana lepelt de slagroom van haar chocolademelk en stopt hem genietend in haar mond.

'Nog niet zo lang. We hebben elkaar eigenlijk nog maar pas ontmoet.'

'Is het serieus? Hij lijkt me... jonger.'

'Misschien komt dat omdat hij ook jonger is. En jij, is er niemand in je leven met wie je een weekendje naar Parijs wilde gaan?'

Julian schudt zijn hoofd. 'Nee. De laatste tijd veel aan mijn hoofd gehad. Weinig tijd voor een vriendin.'

'Vertel mij wat,' mompelt Kittana.

'Komt het je bekend voor?' vraagt hij. Hoe krijgt hij het toch voor elkaar dat het gesprek telkens weer over haar gaat?

'Na de havo ben ik de heao gaan doen en daarna ben ik mijn eigen bedrijf begonnen. En dat is veel werk. Ik houd altijd maar weinig tijd over voor mezelf, laat staan voor een vriend,' zegt ze.

'Ja, een datingbureau heb je toch?'

'Relatiebemiddelingsbureau,' zegt Kittana. Ze ziet de ironie ervan in. Zij, altijd bezig met het zoeken naar 'the perfect match' voor anderen, kan zelf niet eens een geschikte partner vinden.

'Hoe kom je er zo bij om dat te gaan doen?' vraagt Julian.

Kittana roert de rest van de slagroom door de chocolademelk en vertelt hem hoe ze vroeger, toen ze op de basisschool zat, al bezig was penvrienden aan elkaar te koppelen. Ze plaatste oproepjes in de *Tina* en koppelde zo kinderen met dezelfde interesses aan elkaar, zodat deze met elkaar konden pennen. Tijdens de middelbare school en zelfs op de heao liet ze zich nog weleens gaan en hielp vriendinnen aan een leuke vriend. Het gevoel dat ze kreeg als ze twee mensen kende van wie zij wist dat ze perfect bij elkaar zouden passen, is moeilijk te omschrijven. In Julians bruine ogen leest ze dat hij het begrijpt. Ze legt hem uit dat ze het zo leuk vond, dat ze na haar studie wat geld van haar ouders lospeuterde en haar eigen relatiebemiddelingsbureau begon. Eerst vanuit huis, later kreeg ze een klein kantoor en daarna een oud herenhuis dat helemaal opgeknapt is. Ze opende meerdere vestigingen en nu heeft ze een goedlopend eigen bedrijf en verscheidene mensen hebben hun huwelijk aan haar te danken.

'En dit jaar bestaat Perfect Match vijf jaar. Binnenkort is er een groot feest voor alle medewerkers van het bedrijf en hun partners.'

'Wat goed! Gefeliciteerd. Het lijkt me inderdaad heel positief werk. Eigenlijk het leukste werk dat er bestaat. Mensen gelukkig maken, er is toch niets mooiers dan dat?' zegt Julian. Hij drinkt zijn koffie op.

'Wil je nog helemaal naar boven?' vraagt hij dan.

Kittana drinkt het laatste slokje chocolademelk op. Helemaal naar boven? Het zou natuurlijk wel te gek zijn om te kunnen zeggen dat ze in ieder geval helemaal boven op de Eiffeltoren is geweest. Ze weet alleen niet of ze nog meer trappen aankan.

'Ik weet het niet...' zegt ze.

'De enige manier om helemaal boven te komen, is met de lift,' zegt Julian.

'O.'

Kittana wil de stilte die tussen hen hangt doorbreken, maar ze weet niet hoe. Op de een of andere manier voelt ze aan dat Julian graag naar boven wil. Hij lijkt haar niet de persoon die een vrouw alleen achter zou laten, dus als zij 'nee' zegt, gaat hij ook niet. En hoe zit het met haarzelf? Wil zij ook niet graag helemaal naar boven?

'Weet je, ik probeer het gewoon. Zolang we niet vast komen te zitten, is er denk ik niets aan de hand.' Ze probeert haar stem vastberadener te laten klinken dan ze zich voelt.

Julian heeft kaartjes gekocht om met de lift naar de top van de Eiffeltoren te kunnen en nu staan ze in de steeds korter wordende rij voor de lift. Kittana negeert haar handpalmen, die nat en zweterig aanvoelen.

Er is niets aan de hand. Het gaat allemaal goed.

Ze schuifelt een paar meter naar voren.

'Relax, denk aan het strand en de blauwe zee,' hoort ze in haar oor.

Ze lacht. 'Hoe kwam je daar eigenlijk op?' vraagt ze. Ze weet nog precies hoe zijn stem haar naar die idyllische plek bracht, toen ze vastzat in de lift bij de V&D.

Hij haalt zijn schouders op. 'Ik hoopte dat je zou kalmeren als je je voorstelde dat je op een mooie plek was, waar je de ruimte had. Het hielp toch of niet?'

Kittana knikt.

'Waarom liep je eigenlijk zo snel weg?'

'Waarom? Moet je dat echt nog vragen? Man, ik schaamde me dood. Nog steeds eigenlijk, als ik eraan terugdenk. En ik wil er nu helemaal niet aan terugdenken met het oog op dat daar.'

Ze knikt naar de plaats voor in de rij, waar mensen verdwijnen door een draaihekje naar een gang.

'Oké, *point taken*, maar je hoeft je nergens voor te schamen, hoor. Ik vond het wel schattig. En grappig, dat ook.'

'Als je dat grappig nu weggelaten had, had ik je geloofd.'

Ze staat vooraan in de rij en als ze door het draaihekje kan lopen, aarzelt ze even. Voor haar is een kleine gang, omgeven door vier liften. Een van de liften schuift net open en een handjevol mensen stroomt naar binnen. Wat staan ze allemaal dicht op elkaar.

'Kittana, stel je niet aan,' zegt ze zachtjes tegen zichzelf en ze loopt door het draaihekje. Julian volgt haar, pakt zonder iets te zeggen haar hand. Ze doet geen poging hem los te trekken.

Bij de volgende lift is het zover. Langzaam schuifelt ze naar binnen. Ze vindt een plek in de hoek en knijpt stevig in Julians hand. Ze merkt dat haar ademhaling begint te versnellen als de lift in beweging komt. Straaltjes warm zweet lopen over haar rug.

'Denk blauwe zee, denk witte stranden,' fluistert zijn stem in haar oor. Ze knikt en sluit haar ogen. Palmbomen, groen, blauwe zee.

Bewonderende stemmen klinken door in haar gedachten. Ze opent haar ogen en kijkt om zich heen. De mensen roepen hun oh's en ah's omdat ze, hoe hoger ze komen, des te minder omringd zijn door al dat bruine staal, waardoor het uitzicht beter te zien is.

Even vergeet Kittana haar opkomende paniek en kijkt naar buiten, naar een steeds kleiner wordend Parijs. Ze ziet de mensen, zo klein als lucifers, de gebouwen, de daken glanzend in de zon. Het gras van Champ-de-Mars is zo groen dat het bijna pijn doet aan haar ogen.

De lift stopt. Met de meute mee loopt ze naar buiten. Op de derde verdieping is het een stuk kleiner dan op de eerste en de tweede. De lift komt uit in het kantoortje van Gustave Eiffel met in de muren grote ramen.

'Kunnen we niet naar buiten?' vraagt Kittana.

Tot haar opluchting knikt Julian. Ze had het erg jammer gevonden als nu zou blijken dat dat niet mogelijk was na haar beproeving.

'Kom maar mee,' zegt hij.

Buiten het gebouwtje is weinig ruimte. Ze staan op een smal pad. Om goed van het uitzicht te kunnen genieten moet ze het hekwerk met daarboven het gaas wegdenken. Maar dat is niet zo moeilijk.

'Oei, wat hoog,' zegt ze.

'Maar goed dat je geen last hebt van hoogtevrees,' zegt Julian. Hij geeft een kneepje in haar hand. Haar hand! Hij houdt haar hand nog steeds vast. Ze besluit niets te zeggen, eigenlijk voelt het best prettig, en ze concentreert zich op het uitzicht. Ze lopen een rondje over het smalle pad en voor de derde keer verbaast Kittana zich over het geweldige uitzicht.

'Mooi is het hier, hè?' zegt ze. Ze staan stil en leunen tegen het hekwerk. Ineens valt het haar op hoe dichtbij hij staat. Ze moet haar hoofd een beetje oprichten om hem aan te kijken.

'Ja, heel mooi,' zegt hij. Buigt hij zich licht voorover, of verbeeldt ze zich dat? Nee, geen verbeelding. Zijn gezicht komt steeds dichterbij. O, god, hij gaat haar zoenen! Duizendeneen gedachten razen door haar hoofd. Wil ze hem wel zoenen? Weet ze eigenlijk nog wel hóé ze moet zoenen?

'Ik hoef nu niet langer te twijfelen over mijn uitzicht vanaf de Eiffeltoren,' zegt hij. Zijn stem klinkt schor. 'Het is beeldschoon.'

Het verkapte compliment dringt langzaam tot haar door. Dan hoort ze heel in de verte een melodie. Een melodie die haar bekend voorkomt. Julians gezicht betrekt. 'Sorry,' zegt hij en pakt dan zijn mobiel uit de kontzak van zijn spijkerbroek.

'Met Julian,' klinkt zijn stem opgewekt. Hij draait zich een beetje van haar af. Zijn woorden gaan verloren in de wind, zodat ze niets meekrijgt van het gesprek.

Het maakt niet uit, ze is nog steeds verbijsterd nu ze weet wat voor ringtone hij op zijn mobiel heeft zitten. Ze weet het zeker. Het is het herkenningsliedje van Buffy the Vampire Slayer. Zij, die haar liefde voor de serie angstvallig geheimhoudt voor haar ouders en zelfs voor haar beste vriendin staat gewoon naast een volwassen kerel die het herkenningsliedje als ringtone heeft.

Ach wat, Buffy is gewoon cool. Zij heeft dat altijd al geweten. Hij is gewoon een meeloper.

'Sorry voor de onderbreking. Dat was mijn broertje die wilde weten hoe ik het had in Parijs.'

'Maakt niet uit. Leuke ringtone trouwens.'

'O, ja, mijn ringtone, ach, ik weet eigenlijk niet eens hoe ik daaraan kom,' zegt Julian. 'Ik weet niet eens wat het is, eigenlijk. Vond het wel leuk klinken.'

Dat is nou jammer. Eventjes had ze gehoopt een medefan te hebben gevonden. Iemand die haar verslaving zou begrijpen. Ze begint zich inmiddels af te vragen of alle Buffyfans met het eindigen van de serie een stille dood zijn gestorven.

'Je hebt hier trouwens iets zitten, een kruimeltje of zo,' zegt Julian en wijst naar zijn mondhoek. 'Dat wilde ik net tegen je zeggen toen we zo abrupt werden gestoord.'

Kittana veegt met de rug van haar hand snel haar mondhoek af. En zij maar denken dat hij haar wilde zoenen. Domme doos die ze is.

'Zo goed?' vraagt ze. Julian knikt. 'Houd je eigenlijk van winkelen? Zouden de winkels aan de Champs-Elysées open zijn?'

Niet dus. Samen met Julian loopt ze over het brede trottoir van de Champs-Elysées. Alle modehuizen met topmerken hebben hun deuren gesloten op zondag.

'Dat snap je toch niet! In zo'n wereldstad zijn ze op zondag gesloten. Nou vraag ik je.'

'Het zou verboden moeten worden!' zegt Julian.

'Precies! O, kijk daar nou!' Kittana pakt Julian bij zijn arm en sleept hem zowat over het zebrapad naar de overkant van de straat. Ze trippelt naar de winkel op de hoek van de straat en blijft staan voor de etalageruit. Ze zucht hardop. Of eigenlijk is het meer een kreun. In de spiegeling van de ruit ziet ze Julian met opgetrokken wenkbrauwen naar haar staan kijken.

'Waarom raak jij zo opgewonden van een tassenwinkel?' vraagt hij.

Kittana draait zich om. 'Een tassenwinkel, zeg je? Dit is niet zomaar een tassenwinkel. Dit is gewoon de hemel der tassen, het walhalla, het…' Meer benamingen weet ze zo snel niet.

'Sorry hoor, maar ik zie alleen maar lelijke bruine tassen.'

Kittana draait haar ogen weg. 'Cultuurbarbaar,' zegt ze en ze loopt naar de volgende etalageruit. Ze had zich eigenlijk erop ingesteld een Louis Vuitton-tas aan te schaffen. Of een andere designertas naar keuze. Maar dat moet ze nu aan zich voorbij laten gaan.

'Ik snap niet wat er zo bijzonder is aan lelijke bruine tassen met een lelijk logo en… Wow, die ook nog eens een prijs hebben waar je steil van achteroverslaat.'

Kittana haalt haar schouders op. 'Ze schijnen een leven lang mee te gaan.'

'Vrouwen en tassen,' zegt Julian hoofdschuddend.

Bij het hotel aangekomen houdt Julian de deur voor haar open. Behalve grappig en aardig is hij ook nog eens charmant, denkt Kittana.

'Ik kan haast niet geloven dat het er alweer op zit,' zegt ze over haar schouder tegen hem.

'Ja, het is jammer. *Time flies when you're having fun.*'

'Kittana!' Een harde stem trekt haar aandacht. Ze knippert een paar keer met haar ogen als iemand met grote passen door de lobby op haar af banjert. 'Waar was je?' De verwijtende toon in Jacks stem doet de haartjes in haar nek kriebelen.

'Hoezo, waar was je?' reageert ze. 'Dat heb ik jou toch ook niet gevraagd toen je midden in de nacht pas besloot terug te komen. Migraine, ja, ja.' Ze ziet rimpeltjes verschijnen in zijn anders zo gladde voorhoofd. Hij knijpt zijn volle lippen tot een dunne streep.

Wat had die knul dan gedacht? Dat ze zich door hem zou laten afbekken?

'Ik ga mijn spullen pakken,' zegt ze en zonder hem aan te kijken beent ze hem voorbij, stuift de marmeren trap op naar de hotelkamer. Pas als de deur achter haar in het slot valt, realiseert ze zich dat ze helemaal vergeten is afscheid te nemen van Julian. Wat is ze toch ook een muts. De enige die ervoor heeft gezorgd dat haar weekend in Parijs nog enigszins aangenaam was en ze is hem compleet vergeten. Ze zucht diep, pakt haar koffer in, kijkt de kamer nog één keer goed rond om zich ervan te verzekeren dat ze niets is vergeten en loopt dan langzaam naar de hotellobby, waar ze uitcheckt. Ze vindt Jack in een van de stoelen in de lobby.

'Heb je al uitgecheckt?' vraagt ze. Hij knikt. 'Nou, dan lijkt het me tijd worden om te gaan.'

Bij de uitgang van het hotel werpt ze nog één blik achterom in de hoop een glimp op te vangen van Julian. Ze ziet hem niet. En met een gevoel van spijt laat ze het hotel en Parijs achter zich. In de Thalys zit Jack tegenover haar. Hij probeert een paar keer het gesprek op gang te brengen, maar ze reageert met korte antwoorden. Hij lijkt de boodschap te begrijpen, want uiteindelijk houdt hij zijn mond. De hele reis terug staart ze uit het raam en kijkt naar de voorbijtrekkende landschappen.

Het station in Amsterdam is het eindpunt van de Thalys. Thuis is ze echter nog lang niet. In haar tas zoekt ze naar de reisinformatie die ze had uitgeprint van internet. Ze durft te wedden dat als ze een nieuwe tas had gekocht, ze geen enkele moeite had gehad om haar spullen terug te vinden.

Ah, daar is het papier met reisinfo. Ze bladert door de papieren om uit te zoeken wat de snelste verbinding is naar het station in Groningen. Ondertussen loopt ze achter Jack aan, die zijn weekendtas over zijn schouder heeft en haar koffertje achter zich aan trekt.

'Joehoe!' Een vrouwenstem schalt over het perron en in eerste instantie reageert Kittana niet op het overdreven geroep. Het joehoeën blijft aanhouden, komt zelfs dichterbij en met een schok beseft ze dat het de stem van haar moeder wel lijkt.

'Ken je die mensen?' vraagt Jack met een geamuseerde blik in zijn ogen.

'Die vrouw die zo overdreven loopt te roepen met die nors uitziende man in haar kielzog? Hoe kom je daarbij?' zegt Kittana.

'Kittana, lieverd,' zegt haar moeder als ze dichtbij genoeg is. 'Hoorde je me niet?' Ze plant drie zoenen op Kittana's wangen. 'Je vader en ik dachten dat het wel gezellig zou zijn om je op te halen.'

Heel gezellig. Ze werpt een blik op haar vader, die zijn hand naar haar uitsteekt.

'Zo, heb je het leuk gehad?'

Kittana schudt zijn hand en twijfelt of ze hem zal zoenen. 'Heel leuk,' zegt ze. Voor ze de kans krijgt zich naar hem toe te buigen, heeft hij haar hand alweer losgelaten.

'Nog leuke contacten opgedaan?'

'Ja, hoor.'

Haar vader knikt genoegzaam en ze besluit het gedeelte weg te laten dat ze op zakelijk gebied nul komma nul contacten heeft opgedaan. Ze heeft eigenlijk geen idee wat Julian precies doet en of ze iets aan Ans en Johan zou hebben op zakelijk gebied? Nee, dat lijkt haar niet.

Het plotselinge besef dat ze verder niets van Julian weet, dringt tot haar door. Het besef dat ze dat jammer vindt, dringt nog veel meer tot haar door.

'Waarom heb je ons niet verteld dat je samen met je vriend naar Parijs ging?' zegt haar moeder. Haar vriend? Waarom denkt haar moeder altijd dat alle mannelijke personen in haar omgeving haar vriend zijn? Ze kunnen ook gewoon een vriend zijn, of niet?

Ze kijkt naar Jack, die het tafereel geamuseerd in zich opneemt.

'Mam, pap, mag ik jullie even voorstellen aan mijn reisgenoot. Dit is Jack Cole. Hij was zo aardig met mij mee te gaan naar Parijs.'

Jack geeft haar ouders een hand, knipoogt naar haar moeder, die meteen rode wangen krijgt, en zegt tegen haar vader dat hij hem zeer bewondert. De norse uitdrukking op haar vaders gezicht verandert. Voor vleierij is hij altijd al gevoelig geweest.

Samen met haar moeder loopt Kittana vooruit over het perron. Haar moeders woordenstroom is bijna niet te stoppen. Ze wil alles weten. Over het hotel, wat ze heeft gegeten, waar ze allemaal is geweest. Kittana geeft de antwoorden waarvan ze weet dat haar moeder die verwacht. Ze kan haar aandacht niet echt bij het gesprek houden. Af en toe vangt ze wat woorden op van Jack en haar vader, maar dat is dan ook alles. Ze kan er niets aan doen, maar haar gedachten dwalen constant af naar de afgelopen dag. En naar Julian.

9

'Toen nodigde ze Jack ook nog eens uit voor het feest ter ere van het vijfjarig bestaan van Perfect Match,' besluit Kittana haar verhaal.

'Dat meen je niet,' zegt Jennifer.

Ze drinken warme chocolademelk met slagroom – niet zo lekker als die op de Eiffeltoren met Julian, maar het kan ermee door – en Kittana vertelt haar vriendin uitgebreid over het weekend.

'En wat zei die eikel? Ik mag toch hopen dat hij netjes voor de eer heeft bedankt.'

Kittana schudt druk met haar hoofd. 'Hij zei dat hij graag zou komen. En toen we hem afzetten bij zijn studentenflat vroeg hij doodleuk hoe laat hij me op moest komen halen.'

Jennifer giert het nog net niet uit. 'Dat meen je niet. Voor iemand die medicijnen studeert is hij niet al te snugger.'

Kittana steekt een lepel vol slagroom in haar mond. Eigenlijk verdenkt ze hem ervan gewoon een groot bord voor zijn kop te hebben. Onderweg naar huis praatte Jack onafgebroken met haar vader. De vraag hoe laat hij haar op moest halen voor het bedrijfsfeest was het enige wat Jack tegen haar had gezegd.

Aan de andere kant was zij nu niet bepaald de spraakzaamheid zelve geweest tijdens de terugreis in de Thalys.

Haar ouders waren in ieder geval helemaal weg van haar 'verovering'.

'Wat een leuke jongen,' had haar moeder gezegd toen Jack was uitgestapt.

'Inderdaad, erg charmant. En zo slim ook,' zei haar vader terwijl hij haar goedkeurend aankeek via zijn achteruitkijkspiegeltje. 'Je hebt een goede keus gemaakt.'

Haar vader die haar complimenteert. Dat mocht een wonder heten.

'En die Julian, wat is dat voor iemand? Niet te geloven dat je de liftman in Parijs tegenkwam,' zegt Jennifer.

'Nee, ik geloofde het zelf ook bijna niet. Hij is aardig. Verder niets. En trouwens, ook al vond ik hem leuk, ik heb geen telefoonnummer, niets.'

'Maar je zei toch dat Sylvia jullie aan elkaar voorstelde? Je zou het haar kunnen vragen als je hem weer wilt zien,' oppert Jennifer.

'Jennifer, hij is heel aardig, maar verder niets. Ik hoef niets met hem.'

Jennifer kijkt haar met toegeknepen ogen aan. 'En Jack? Je hebt in ieder geval wel een date voor het bedrijfsfeest.'

Kittana zucht diep en neemt een slok van de chocolademelk. Ze veegt haar bovenlip af als ze voelt dat zich daar een chocolademelksnor heeft gevormd.

'Mijn enige andere optie is alleen gaan. En ik ben er zo flauw van om alleen naar dat soort dingen te gaan.'

'Weet je, misschien had hij gewoon zijn weekend niet. Misschien moet je hem een tweede kans geven. En als het echt zo'n lekker ding is als jij beschrijft…'

Kittana zucht diep. Een lekker ding is Jack inderdaad. 'Genoeg over mij,' zegt ze, 'hoe was je familieweekend?' Ze luistert met een half oor naar de verhalen van Jennifer. Het weekend was gezellig, maar saai. Nee, ze heeft Mister Right niet ontmoet. Ook niet een mogelijke Mister Right. Het grootste gedeelte van de tijd was ze bezig haar moeder te helpen het iedereen naar de zin te maken.

In gedachten neemt Kittana het Mister Right-lijstje van Jennifer door en vergelijkt het met Jack.

Jack
1. *heeft het uiterlijk van een fotomodel;*
2. *is misschien waanzinnig in bed. Alles wijst er wel op;*
3. *heeft nu nog geen topbaan, maar over een paar jaar waarschijnlijk wel;*
4. *is eerlijk, maar tactisch;*

Bij punt vier twijfelt Kittana. Jack is een beetje macho en weet precies wat hij moet zeggen, zodat een vrouw zich op en top sexy voelt. Ze kan zo snel geen voorbeeld bedenken waaruit blijkt dat hij eerlijk maar tactisch is.

5. *is betrouwbaar;*

Dat zal nog moeten blijken.

6. *is attent;*
7. *is geen moederskindje, maar heeft wel respect voor zijn moeder. Respect voor moeder betekent respect voor vrouwen, betekent respect voor mij;*

Heeft zijn moeder hem gebeld in het weekend? Of heeft hij zijn moeder gebeld? Ze weet het niet. Ook dit punt is een twijfelgeval.

8. *is heel lief, op een stoere manier;*
9. *heeft gevoel voor humor;*
10. *durft over zijn gevoelens te praten, zonder een kwijlebal te zijn.*

Op de een of andere manier lijkt Jack haar niet iemand die over zijn gevoelens praat. Punt.

Jack heeft het uiterlijk van een fotomodel, is attent, is lief, heeft gevoel voor humor. Samengevat heeft hij op dit moment een score van vier. Behoorlijk slecht dus.

'Zeg Jen,' begint Kittana als Jennifer klaar is met haar familieweekendverhaal, 'waarom laat jij mij niet gewoon jouw Mister Right zoeken? Je moest eens weten hoeveel leuke kerels ik in mijn bestand heb.'

Jennifer roert wat in haar chocolademelk, wuift het voorstel van Kittana dan weg.

'Nee,' zegt ze. 'Echt niet, ik wil niet zo'n hopeloos geval zijn. Ik geloof dat ik Mister Right vanzelf een keer tegenkom. Dat voel ik aan m'n water.'

Kittana doet geen moeite om haar lachen in te houden. 'Aan je water? O, Jen, wat ben je ook hopeloos romantisch.'

Eenmaal thuis kruipt Kittana in haar favoriete hoekje van haar tweezitsbank en drukt de dvd-speler aan. Welke aflevering van Buffy zal ze eens kijken? Een romantische, daar heeft ze zin in. Ze weet al precies welke.

De aflevering begint en meestal skipt ze het introliedje. Deze keer niet. Haar gedachten gaan naar Julian die het melodietje op zijn mobiel had. De gedachte dat hij precies wist wat voor ringtone hij had komt bij haar op. Wie weet, misschien schaamt hij zich net zo voor zijn liefde voor de serie als zij.

*

Op Kittana's bureau ligt een hoop werk te wachten, maar ze heeft het gevoel dat er niets is wat ze niet aankan. Marscha hangt weer de perfecte secretaresse uit. Ze lijkt over haar liefdesverdriet heen te zijn. Geen rode huilogen meer, ze neemt weer de moeite om zich op te maken en ze stort zich volledig op haar werk. Ze lacht zelfs om een grapje dat Kittana maakt.

Ze voorziet een druk weekend. Vrijdagavond het feest ter ere van het vijfjarig bestaan in Huize Maas, in het centrum van de stad. Gelukkig organiseert haar moeder dat. Alle medewerkers zijn uitgenodigd, inclusief partners, en als Kittana het goed heeft meegekregen, heeft haar moeder muziek geregeld. Dat belooft wat. Ze mag toch hopen dat haar moeder 'echte' muziek heeft geregeld en niet een of andere one-man-band.

Zaterdagavond moet ze acte de présence geven op de singlesavond die ze samen met Anne heeft georganiseerd voor hun klanten. Ze zal straks eerst bekijken wat daar nog voor geregeld moet worden.

Ze heeft zichzelf net een kop koffie ingeschonken en neemt plaats achter haar bureau. Ze nipt wat aan de zwarte drank terwijl ze wacht tot haar computer is opgestart. Ze opent Outlook en bekijkt haar agenda voor vandaag.

's Middags staat er een intake gepland met een zekere Jos van Tamelen, een potentieel nieuw lid. De rest van haar agenda is leeg. Dat komt mooi uit. Misschien heeft ze eindelijk eens een rustig dagje voor de boeg.

Ze klikt het icoontje van msn aan. Iets wat ze niet vaak doet onder werktijd, maar af en toe is Jennifer online en ze heeft Sylvia een paar dagen geleden ook toegevoegd. En wie weet, misschien heeft Jack haar wel gemaild op haar hotmail. Gewoon zomaar, om even te vragen hoe het met haar gaat.

Haar inbox geeft aan dat hij nul nieuwe berichten bevat. Nou ja, het had gekund toch? Ze neemt nog een slok koffie en ziet dat Sylvia online komt. Snel typt ze een berichtje.

Hé, hoe is het? Weer bijgekomen van een wild weekend Parijs?

Het duurt een paar seconden, dan plopt het antwoord in haar scherm.

Ja. Jij? Vond je het leuk?

Heel leuk. Vooral mijn date was een geweldige keus.

Hij zag er in ieder geval erg lekker uit, typt Sylvia.

Kittana twijfelt even over wat ze zal antwoorden. Zou ze

over Julian beginnen? Ze is eigenlijk wel benieuwd hoe goed Sylvia hem kent. Voor ze een besluit kan nemen, ziet ze dat Sylvia weer iets aan het typen is.

Je hebt wel indruk gemaakt op Julian. Je moet de groeten hebben.

Kittana leest de tekst een paar keer om goed tot zich door te laten dringen wat er staat. Ze wrijft met haar handpalmen over haar wangen

Was hij niet boos? Ik heb hem nogal abrupt in de steek gelaten, typt ze.

Hij was vol lof over jou. Maar ik moet zo naar een klant. Zullen we binnenkort wat afspreken? En vergeet niet de fotoshoot, die is al over een paar weken!

Hoe kan ik dat nu vergeten? Ik bel je snel.

Met haar muis sluit Kittana het programma af. Het is de hoogste tijd om aan de slag te gaan.

Na vijf minuten merkt ze dat ze nog steeds naar haar beeldscherm zit te staren.

'Kittana, je afspraak van één uur is er,' laat Marscha haar via de interne telefoon weten.

'Ik kom eraan, bied hem alvast maar koffie aan.' Kittana plukt wat pluisjes van haar grijze broek en loopt haar kantoor uit. Een man van een jaar of dertig heeft plaatsgenomen in de ontvangstruimte schuin tegenover de balie. Marscha zet een kop koffie voor hem neer. Het valt Kittana op dat ze verder dan noodzakelijk vooroverbuigt. Waarschijnlijk gunt ze hem een geweldig uitzicht op haar decolleté.

Kittana loopt op de man af en stelt zich voor.

'Jos van Tamelen,' zegt hij.

'Prettig kennis te maken. Wilt u mij maar volgen?' Ze glimlacht naar Marscha, die een beetje schaapachtig naar Jos staart als hij haar voorbijloopt. Wat heeft die meid toch? Of ze huilt tranen met tuiten omdat haar vriendje haar gedumpt heeft of ze staat schaapachtig voor zich uit te staren. Nou ja, zolang haar werk er maar niet onder lijdt.

Ze wijst Jos een plaats aan de vergadertafel en gaat tegenover hem zitten.

Als Jos na een bespreking van bijna een uur haar kantoor verlaat, moet ze zichzelf dwingen eerst een kop koffie te halen voordat ze Jennifer gaat bellen. Na al dat gepraat en geluister is ze toe aan een vers shot van het zwarte drankje.

'Zal ik je jas aangeven? Een momentje graag,' hoort ze Marscha zeggen tegen Jos, die nog bij de balie staat. Marscha trippelt op haar hoge hakken naar de kapstok en helpt de man in zijn jas. Wat is er met Marscha aan de hand? Dat doet ze anders nooit.

'Functioneringsgesprekken duren nog wel een tijdje, hoor,' zegt Kittana als ze koffie uit de keuken heeft gehaald en Jos vertrokken is. Marscha zit voorovergebogen over een stapel papieren en rimpelt haar neus als ze opkijkt. 'Wat bedoel je daarmee?' vraagt ze op licht vijandige toon.

'Nou gewoon. Niets eigenlijk.' Kittana loopt snel verder. Ze is even vergeten dat Marscha niet gezegend is met een gevoel voor humor.

In haar kantoor duwt ze de deur achter zich dicht en laat zich wegzakken in haar bureaustoel. Ze neemt een slok van haar koffie, brandt daarbij haar tong, en pakt de gegevens van Jos van Tamelen erbij.

Blindelings vinden haar vingers haar telefoon en ze toetst het doorkiesnummer van Jennifer in op haar werk.

'Jen, ik heb hem gevonden!' jubelt ze in de hoorn nog voordat Jennifer goed en wel de kans krijgt om haar naam te zeggen.

'Wie heb je gevonden?'

'Jouw Mister Right!'

'Hoe kun jij nu míjn Mister Right hebben gevonden?'

'Oké, dit geloof je niet, maar ik heb net een klein uur met hem gepraat. Moet je luisteren: hij heeft vroeger, nou ja ongeveer zo'n tien jaar geleden, als fotomodel gewerkt. Hij werkt nu als personeelsfunctionaris op het Provinciehuis, hij doet vrijwilligerswerk voor de Dierenbescherming, hij vergeet nooit een verjaardag en hij kijkt graag naar stand-up comedy. Dat is toch een flinke score op jouw Mister Right-lijst of niet?' Kittana probeert niet al te voldaan te klinken. Ze vreest dat het niet gelukt is.

'Jennifer? Ben je er nog?'

Een diepe zucht. 'Kittana, je bent m'n beste vriendin en je weet dat ik van je houd, maar ga je me nu vertellen dat dit een van jouw klantjes is?'

O, dit gaat de verkeerde kant op.

'Nou, niet helemaal. Technisch gezien heb ik zijn gegevens nog niet in de computer ingevoerd, dus in dat opzicht...'

'Kittana!'

'Oké, oké, het is een "klantje" zoals jij dat noemt. Maar hij is zo leuk. Ik weet zeker dat hij perfect is voor jou. En hij zoekt een vrouw met een warme, maar sterke persoonlijkheid die zich onafhankelijk opstelt. Verder moet ze van dieren houden en gevoel voor humor hebben. Allemaal eigenschappen die op jou van toepassing zijn.'

'Ik weet het niet, hoor.' Kittana hoort de twijfel in haar stem. Ze moet nu toeslaan.

'Weet je wat, ik neem zijn gegevens mee, dan kun je het even rustig bekijken. Als je hem wat vindt, dan vul jij ook gewoon zo'n formuliertje in en dan kan ik een afspraakje tussen jullie regelen.'

Weer een diepe zucht. Kittana kent haar vriendin lang genoeg om te weten dat dit een ander soort zucht is. Deze zucht klinkt... hoopvoller.

'Oké, mevrouw de koppelaarster. Zal ik vanavond bij je komen? Halen we een lekkere vette hap van de Febo.'

'Je eerste voorstel is goedgekeurd. Dat van die Febo weet ik zo net nog niet.'

Het is al laat als Kittana eindelijk haar computer uitzet. Veel later dan ze zichzelf had voorgenomen. Ze pakt haar jas van de kapstok en schiet deze aan. Over een klein uurtje is Jen bij haar en ze verlangt ernaar thuis nog even een warme douche te nemen. Ze kijkt over haar schouder door de ramen naar buiten. Zachte motregen laat dunne sporen na op het glas. Ze zou bijna depressief worden van dat weer. Vrolijke muziekgeluiden komen uit haar tas. Net als Justin Timberlake zijn stem verheft, heeft ze haar iPhone te pakken.

'Met Kittana.'

Stilte. Ze houdt de telefoon iets van haar oor af om te zien of ze het nummer in haar scherm herkent. Niet echt. Ze luistert nogmaals, hoort wat geruis op de achtergrond.

'Hallo?' vraagt ze. Nog steeds stilte. Ze wil net de verbinding verbreken als ze een verlegen stem haar naam hoort zeggen.

'Ik begrijp het niet zo goed.' Jennifer doopt haar kroket in de mayonaise om er daarna een groot stuk vanaf te bijten. Kittana volgt met haar ogen de kroketkruimels die afbrokkelen en tussen de kussens van haar bank belanden.

'Wat valt er nu niet te begrijpen?' Ze probeert haar stem niet geërgerd te laten klinken. Was ze soms niet duidelijk genoeg?

'Dus in Parijs heb je de collega van Sylvia ontmoet en hij belde je vandaag omdat hij jouw hulp nodig heeft om gekoppeld te worden aan Sylvia?'

Kittana knikt. Zie je wel, zo moeilijk te snappen is het niet.

'Is die man echt zo zielig? Kan hij dat zelf niet regelen?' Jennifer doopt weer een gedeelte van haar kroket in de mayonaise en neemt een hap. Kittana kan bijna niet aanzien hoe een volgende lading kruimels tussen de kussens van haar Leolux-bank belandt.

'Ik dacht dat juist jij het wel romantisch zou vinden.'

Jennifer haalt haar schouders op.

'Jen, die arme jongen is al jaren verliefd op haar en hij heeft geen flauw benul hoe hij het moet aanpakken. Zij ziet hem niet staan.'

'En nu ga jij ze helpen?'

Kittana knikt enthousiast. 'En dat kan ik ook voor jou doen. Jos is zo leuk.'

Jennifer haalt nogmaals haar schouders op. 'Ik weet het niet. Het voelt zo geforceerd. En ik heb een leuk leven. Ik heb geen man nodig. Ik zal vanzelf wel een keertje tegen mijn Mister Right opbotsen en tot die tijd vermaak ik me prima. Al dan niet met verschillende Mister Wrongs.'

Kittana steekt haar duim omhoog. 'Wat heb je toch een geweldige instelling wat mannen betreft.'

Het sarcasme in haar stem ontgaat Jennifer blijkbaar, want ze knikt enthousiast waardoor weer een aantal kroketkruimels hun weg vinden tussen de kussens van de bank.

'Je kruimelt,' zegt Kittana.

'Oeps.' Jennifer werpt haar een verontschuldigende blik toe. Op de een of andere manier heeft Kittana het idee dat ze het niet echt meent.

10

Het is nog vroeg als Kittana in haar trainingspak bij de ingang van het park haar spieren staat op te rekken. Een waterig zonnetje laat zijn gezicht zien en doet de druppels dauw aan de bomen en het gras glinsteren. Ze snuift de vroege ochtendlucht op. Heerlijk. Al kan ze een gaap niet onderdrukken. Het is toch wel erg vroeg. Normaal gesproken ligt ze nu nog in haar bed. En als Sylvia het niet had voorgesteld, zou ze dat nu ook doen.

'Hé, Kit, sta je al lang te wachten?'

Kittana kijkt op en steekt haar hand op naar Sylvia. 'Hoi,' zegt ze, 'nee, ik ben er net. Goed idee van je om te gaan joggen.'

'Hardlopen zul je bedoelen. Joggen is voor mietjes.' Sylvia lacht haar stralende glimlach en gaat naast Kittana staan om wat rek- en strekoefeningen te doen. Met een scheef oog volgt Kittana haar bewegingen. Ze voelt zich ineens een ongelooflijke hork naast Sylvia. En dat gevoel versterkt zich alleen maar als ze, na de warming-up, achter Sylvia rent, wie het allemaal geen enkele moeite lijkt te kosten. Terwijl zij kortademig loopt te hijgen, zeker weten een hoofd als een tomaat heeft en het zweet uit al haar poriën lijkt te stromen, rent Sylvia zo fris als een hoentje twee meter voor haar uit. Haar lange blonde paardenstaart zwiebelt als een pendule van links naar rechts in het ritme van haar passen.

'Je krijgt trouwens alweer de groeten van Julian,' roept Sylvia over haar schouder.

Kittana is te druk bezig met haar ademhaling om goed te laten doordringen wat ze zegt. Als het kwartje uiteindelijk valt, haalt ze ergens de energie vandaan om een paar passen harder te gaan lopen.

'De... groeten... van... Julian... alweer?' perst ze met veel gehijg uit haar mond.

Sylvia werpt een blik op haar. 'Pauze?' stelt ze voor.

Kittana heeft niet meer de puf om ja te zeggen en blijft abrupt staan. Ze buigt zich voorover en leunt op haar knieën. Eigenlijk heeft ze zin om languit in het koele gras te gaan liggen.

'Ik dacht dat je dit wel vaker deed,' zegt Sylvia.

'Nee,' zegt Kittana als ze eindelijk op adem is gekomen. 'Het is jaren geleden dat ik drie keer in de week een ochtend ging joggen.' Ze veegt met de rug van haar hand haar voorhoofd af. 'Of hardlopen. Hoeveel kilometer heb ik eigenlijk gehaald?'

Sylvia trekt een gezicht. 'Misschien kun je beter in meters denken.'

'Niet zo best dus.'

Sylvia schudt haar hoofd.

'Maar ik krijg nog een keer de groeten van Julian? Wanneer heb je hem gezien dan?'

Ze lopen samen naar het dichtsbijzijnde picknickbankje. Kittana laat zichzelf op het harde houten bankje zakken, terwijl Sylvia een houding aanneemt om haar buikspieren optimaal te trainen.

'Eerst belde hij of hij langs kon komen en toen kwam hij langs voor een kop koffie. En allebei de keren zei hij dat ik jou de groeten moest doen. Leuke man, hoor.' Ze trekt veelbetekenend haar wenkbrauwen op.

'Leuk? In welk opzicht?'

Sylvia lacht en trekt het elastiekje uit haar haar. De blonde lokken vallen soepel langs haar gezicht. Kittana voelt onbewust aan het zielige staartje dat ze met veel moeite in haar haar wist te binden die ochtend.

'Hij is gewoon aardig. Hij vertelde dat hij het erg leuk had gehad in Parijs en dat jij daar een groot aandeel in had. Hij wilde weten of alles goed met je ging omdat je zo plotseling weg moest.' Sylvia bindt haar haren bij elkaar in haar nek en knoopt het elastiekje erin. Zonder dat het haar enige moeite lijkt te kosten, begint ze aan haar buikspieroefeningen.

'En zei hij verder nog iets over mij?'

'Hoezo?' Ze pauzeert even met haar oefeningen en weer verschijnt die veelbetekenende blik in haar ogen. 'Heb je interesse in hem?'

Kittana schudt heftig haar hoofd. 'Nee, hoor. Hij is erg aardig. Verder niet. Maar nu we het toch over Parijs hebben, hoe zit dat eigenlijk met die collega van jou? Die Ben?'

'Ben?' Ze kijkt naar Kittana alsof ze geen flauw benul heeft wie Ben ook alweer was. Dat is geen goed teken, beseft Kittana.

'Ja, je weet wel, die accountant.'

'Ik weet wie Ben is. Ik snap alleen niet zo goed waarom je over hem begint.' Ze gaat druk verder met haar buikspieroefeningen en staart geconcentreerd voor zich uit.

'Nou, gewoon. Ik zat bij hem aan tafel en ik vroeg me af of je hem goed kent.'

Sylvia haalt haar schouders op. 'Niet zo goed. Hij is altijd erg aardig als ik met hem praat. Maar soms is hij ook vreselijk irritant. Hij blijft altijd zo lang plakken bij mijn bureau met van die onzinnige dingen en altijd op momenten dat ik het smoordruk heb.'

Kittana vraagt zich af hoe ze dit moet aanpakken. Sylvia heeft klaarblijkelijk geen flauw benul van de gevoelens van Ben. En dan nog, passen die twee überhaupt wel bij elkaar? Er is maar één manier om daarachter te komen en Kittana is niet van plan zich zo makkelijk uit het veld te laten slaan.

'Hij leek mij erg aardig. Maar wel iemand waar je moeite voor moet doen om hem te leren kennen. Denk je ook niet?'

Sylvia haalt weer haar schouders op en gaat stug verder met haar oefeningen.

'Ben je nu nog niet moe? Kom nou eens even naast me zitten.'

Sylvia aarzelt een ogenblik. Dan lijkt ze erin te berusten dat Kittana voorlopig haar mond niet houdt en gaat naast haar op het bankje zitten.

'Het gaat verder helemaal nergens om, hoor, maar wat zoek jij in een man? Toen we nog op school zaten viel je op van die sportschooltypes, weet ik nog wel. Is dat nog steeds zo?'

'Vanwaar die vragen? Wil je me soms koppelen?' vraagt Sylvia.

Kittana schudt haar hoofd, maar kijkt bewust naar de grond.

'Oké, dan is het goed. Ik ben een paar keer goed op de koffie gekomen met dat soort types. Michael, mijn vorige vriend, was zo met zijn uiterlijk bezig, dat hij soms vergat dat ik ook nog bestond. Zo'n relatie wil ik niet. Ik wil een man die aandacht heeft voor mij, die luistert naar mijn verhalen en die het geen probleem vindt om me op te halen als ik ergens met autopech langs de kant van de weg sta, in plaats van zich druk te maken dat hij dan te laat op de sportschool komt.'

'Dat klinkt als een trauma,' zegt Kittana.

'Een beetje wel, hè? Het is ongeveer een jaar geleden stukgelopen, maar ik merk dat ik er soms nog moeite mee heb. We hadden samen zelfs een huisje op het oog. Ik ben blij dat ik op tijd wakker ben geschud.'

'Misschien is het nu juist de tijd om weer eens met een

leuke man uit te gaan.'

'Misschien. Maar heb jij eigenlijk al zin in je feest?' vraagt Sylvia. 'Heb jij al een date?'

Kittana knikt. 'Mijn moeder heeft Jack voor het gemak maar uitgenodigd en hij zei ja. Wat een wonder is na dat rampzalige weekend.'

'Rampzalig? Vertel.'

Kittana vertelt het hele verhaal nog eens van het begin af aan. Sylvia luistert en de blik op haar gezicht verandert van oprecht geïnteresseerd naar oprechte afkeuring. 'Jack lijkt me niet echt heel aardig,' zegt ze als Kittana klaar is met haar verhaal.

'Zoiets zei Jennifer ook, maar dan in andere bewoordingen.'

Als Kittana thuiskomt trekt ze snel haar zweterige kleren uit. Ze gooit haar hardloopschoenen in een hoek en neemt zich voor ze daar voorlopig te laten liggen. Joggen – pardon, hardlopen – is niet meer haar ding. Maar ze is wel dichter bij haar doel gekomen. Een date regelen tussen Ben en Sylvia. Van haar advies, om gewoon de stoute schoenen aan te trekken en Sylvia mee uit te vragen, wilde Ben niets weten. Zijn idee was dat Kittana er misschien voor kon zorgen dat hij en Sylvia elkaar buiten werktijd in een andere omgeving eens zouden ontmoeten. Dan was er niet die druk van een eerste afspraakje en als Sylvia hem echt niet zag zitten, was er nog niets verloren, want het was immers geen afspraakje.

Het plannen van zoiets lijkt Kittana gemakkelijker gezegd dan gedaan. Maar niets is onmogelijk. Ze heeft het idee dat Ben een lieve, rustige man is en als Sylvia hem inderdaad op een andere manier zou ontmoeten dan op haar werk, zou ze hem misschien anders gaan bekijken. Kittana wil eens rustig nadenken over hoe ze dit zal aanpakken. Het zou misschien helpen als Ben zijn stoffige cijfertjesimago van zich afschudt.

Ze weet dat het niet om uiterlijk draait, maar een andere bril en een ander kapsel doen soms wonderen voor de indruk die een vrouw krijgt van een man.

Kittana zet de douche aan, gooit haar trainingspak in de wasmand en laat de koele stralen over haar rug glijden.

Nog een paar dagen, dan ziet ze Jack weer. Als hij het maar niet vergeet. Ze zal hem nog even sms'en om hem eraan te herinneren. Dan schudt ze resoluut haar hoofd. Haar halfnatte haar zwiept om haar hoofd en spat druppeltjes op het glas van de douchecabine. Ze gaat hem er niet aan herinneren. Als hij het zelf niet kan onthouden, dan is hij haar helemaal niet waard.

*

Nee, nee, nee! Dit is het ook niet! Kittana rukt het ritsje van haar zwarte cocktailjurk naar beneden en stroopt het kledingstuk van haar lichaam. Ze staat in haar slaapkamer voor de passpiegel. De klok op haar nachtkastje geeft genadeloos aan dat ze nog een klein uur de tijd heeft voordat Jack haar op komt halen. Geweldig, wat moet ze nu aantrekken?

Jennifer had haar zo goed geholpen toen ze bij haar was die middag en ze wisten het allebei zeker: de zwarte cocktailjurk moest het worden.

Nu ze het jurkje heeft aangetrokken, vindt ze het ineens niet meer passen. Ze gaan naar een personeelsfeest nota bene. En voor zover zij weet, heeft haar moeder geen dresscode opgegeven.

Ze trekt haar kledingkast open en duwt de hangers opzij. Uiteindelijk blijft ze steken bij haar DKNY-spijkerbroek en de beige leren colbertjas. Een lichte top eronder maakt het helemaal af.

Ze bekijkt zichzelf in de spiegel. Beter. Veel en veel beter. Uit de schoenenkast vist ze haar bruine laarzen, trekt die aan en gaat nogmaals voor de spiegel staan.

Helemaal goed! Nu haar haar nog. Met haar handen kamt ze erdoorheen, bindt het samen in haar nek, trekt het dan omhoog. Wat zou ze doen? Ze kan natuurlijk...

Ze trekt snel een paar laden open en haalt daar wat schuif-speldjes uit. Haar haar heeft van nature slag en is niet heel zwaar. Ondanks dat kost het haar enige moeite en een aantal pogingen om het op te steken. Ze draait haar hoofd naar links, dan naar rechts. Aan de zijkanten hangen wat plukjes los, verder heeft ze alles in strengen omhoog gestoken, waardoor achterop haar hoofd een speels knotje is ontstaan. Niet verkeerd.

Het volgende moment klinkt de deurbel hard en verdovend door haar appartement. *Ben vrijdag bij je om zeven uur*, sms'te Jack haar twee dagen geleden. Haar ogen vliegen naar de klok.

Verdorie! Hij is veel te vroeg.

Snel nog even haar oorbellen in, een lekker luchtje op. Ze is er helemaal klaar voor.

'Hoi,' zegt ze als ze de deur opendoet. Jack leunt noncha-lant tegen de deurpost en zegt niets. Kijkt alleen maar. Ze voelt al het bloed naar haar hoofd stijgen en haar huid nadert het kookpunt onder zijn blik.

'Wow,' is het enige wat hij zegt.

Ze schiet in de lach. Het duurt even voor haar huid zijn normale temperatuur weer aanneemt en het bloed naar alle ledematen stroomt zoals het hoort. Al haar boosheid en ergernis over het weekendje Parijs zijn in een klap verdwe-nen. En dat terwijl ze zich nog zo had voorgenomen hem te confronteren met zijn gedrag.

'Ook een "wow" voor jou.' Hij draagt ook een spijkerbroek. Een overhemd met een donkerblauw colbert. Netjes, maar niet te corpsbalachtig.

'Kom binnen.' Ze houdt de deur voor hem open.

'Niet veel veranderd,' zegt hij terwijl hij in het midden van de woonkamer blijft staan. 'Ben je een beetje bijgekomen van ons weekendje Parijs?' De sarcastische ondertoon van het woordje 'ons' ontgaat Kittana niet.

Ze zet haar handen in haar zij. 'Hoe bedoel je?' vraagt ze.

Jack haalt zijn schouders op. 'Nou, gewoon. Je was zo stil op de terugreis. Was je moe?'

Kittana rolt met haar ogen. Had hij nu echt niet in de gaten dat ze kwaad was? 'Nee, ik was pissig.'

Voor ze er erg in heeft, staat Jack heel dicht bij haar. Zo dichtbij dat ze zijn aftershave kan ruiken en de stoppeltjes op zijn kin kan zien. Een golf van zenuwen overspoelt haar.

'Op mij?' vraagt hij.

Kittana doet haar mond open om wat te zeggen, maar komt niet verder dan: 'Euh.'

'Dat spijt me dan echt. Weet je wat, ik maak het goed met je. Vanavond.' Hij kijkt haar doordringend aan.

Haar hart, dat al als een gek tekeerging, klopt nu in de hoogste versnelling. Met moeite maakt ze haar blik los van de zijne en doet een stap achteruit. 'Iets te drinken voor we weggaan?' Ze wacht zijn antwoord niet af en loopt snel naar de keuken, waar ze de koelkast opentrekt, zich vooroverbuigt en haar hoofd in het koelvak hangt. De koelte op haar gezicht voelt heerlijk. Ze weet zeker dat ze knalrode wangen heeft. Hoe gaat ze deze avond doorkomen als ze iedere keer als Jack op een armlengte afstand van haar is, hoogrode konen krijgt? Ze neemt zich voor aan koude dingen te denken. Wie weet helpt dat.

Ze sluit haar appartement af. Terwijl ze haar sleutels in haar tas stopt, hoort ze Jack de trap af lopen. Buiten staat hij haar op te wachten. Op het trottoir staat een scooter die ze meteen herkent als de zijne.

'Gaan we echt op je scooter?' vraagt ze. Ze probeert niet

geïrriteerd te klinken.

Jack knikt, zich blijkbaar van geen kwaad bewust. 'Wat had je dan gedacht, schatje?' Hij zwaait één been over het zadel en geeft haar zijn helm aan. 'Alsjeblieft, die mag jij wel even lenen.' De scooter komt met een brommend geluid tot leven. Ze pakt de helm aarzelend van hem aan, werpt dan een blik op haar Mini Cooper die een eindje verderop geparkeerd staat.

'Zullen we anders met mijn auto gaan?' vraagt ze.

'Wat? En handenvol geld uitgeven aan een parkeergarage? Nee hoor, ben jij gek.' Hij knipoogt naar haar. 'Spring maar lekker achterop en houd je stevig aan mij vast.'

Tja, wie kan zo'n aanbod nou weigeren? Met een diepe zucht trekt Kittana de helm over haar hoofd – ze voelt meteen hoe een aantal zorgvuldig aangebrachte speldjes losschuiven – en gaat achterop zitten.

'Kittana, lieverd, wat leuk dat je er bent,' zegt haar moeder als ze samen met Jack de feestzaal binnenloopt.

Ze zoent haar moeder op beide wangen en kijkt dan, een paar keer met haar ogen knipperend, de zaal rond. Tot haar verbazing ziet het er fantastisch uit. Aan de muren hangen roze posters met 'Perfect Match 5 jaar' in sierlijke zwarte letters erop geschilderd, het licht is gedimd, op de tafeltjes staan kaarsjes en op het toneel speelt een bandje rustige achtergrondmuziek.

'Alleen tijdens het begin, straks gaan ze helemaal los,' belooft haar moeder. Diep vanbinnen had ze ook niet anders verwacht van haar moeder. Ze heeft al zoveel liefdadigheidsfeesten georganiseerd voor honderd keer zoveel mensen. Dit moet voor haar een eitje zijn geweest.

'Kittana, Jack.' Haar vader kuiert hun kant op en knikt hen toe. Hij steekt zijn hand naar Kittana uit en zoent haar op de wangen. 'Wel een beetje laat, nietwaar?' zegt hij en trekt één wenkbrauw op.

'Dank je, pap, jij ook gefeliciteerd met het vijfjarig bestaan van mijn bedrijf,' zegt ze. Waarom moet hij altijd commentaar hebben?

'Wat zeg je? O, ja natuurlijk. Van harte, liefje. Maar zonder ons was het je niet gelukt, hè?'

Kittana perst haar lippen op elkaar. Is het nou zo moeilijk voor hem om haar een complimentje te geven? Ze draait zich om en loopt verder de zaal in.

Marscha staat bij de bar met een paar collega's van de vestiging in Leeuwarden te praten.

'Hé, feestbeest,' zegt ze als ze Kittana opmerkt, 'wat zit je haar leuk.'

O, shit! Kittana's vingers glijden over haar haar. Dat voelt niet goed. Marscha heeft een boosaardig glimlachje op haar gezicht.

'Even naar de wc,' mompelt Kittana.

Als ze zich omdraait, ziet ze dat Jack met haar vader staat te praten. Hij heeft zijn lippen in een brede grijns gekruld en lacht hartelijk om iets wat Jack zegt.

Ze trekt zuchtend haar leren colbertje recht en gaat op zoek naar de wc's. Onderweg komt ze medewerkers tegen die haar enthousiast begroeten, maar Kittana wimpelt ze zo snel mogelijk af. Eenmaal bij de wc's bekijkt ze de schade aan haar kapsel. Het valt nog best wel mee, vindt ze zelf. Ze meent zich te herinneren dat ze een klein spuitbusje haarlak in haar tas heeft zitten voor noodgevallen. Ze steekt de losgeraakte lokken weer vast op haar hoofd en spuit strategisch wat lak erover. Niet te veel, anders lijkt het te stijf. Voor de tweede keer die avond bekijkt ze zichzelf in de spiegel. Het kan ermee door, besluit ze en loopt terug naar de feestzaal.

Het stroomt al aardig vol en ze gaat met haar moeder bij de ingang van de zaal staan om mensen te verwelkomen. Ze kijkt vluchtig om zich heen of ze Jack ziet. Hij staat aan de bar met haar vader en probeert drinken te bestellen. De barjongen negeert hem compleet. Kittana gniffelt in zichzelf. Net goed. Hij mag haar hoofd dan met een paar woorden op hol hebben gebracht, de gedachte aan zijn uitval toen ze met Julian terugkwam in het hotel blijft in haar achterhoofd aanwezig. En ook het feit dat hij haar eigenlijk behoorlijk in de steek heeft gelaten, is iets waar ze zich niet zomaar overheen kan zetten.

Aan de andere kant, wat had ze ook verwacht van hem? Ze kent hem amper en uit puur egoïstische redenen heeft ze hem uitgenodigd om met haar mee te gaan. Bovendien is Jack een stuk jonger dan zij en staat op een heel ander punt in zijn leven. In dat opzicht kan ze het hem niet eens kwalijk nemen dat hij die nacht in Parijs hoofdpijn voorwendde om vervolgens flink te gaan feesten. Misschien had zij hetzelfde gedaan als zij in zo'n situatie zou belanden.

Daar denkt ze even over na. Nee, besluit ze. Zij zou het niet in haar hoofd gehaald hebben. Wat is ze toch eigenlijk een saaie muts.

De band begint iets hardere muziek te spelen. Ze herkent iets van Marco Borsato en een aantal mensen begeven zich naar de dansvloer.

'Je lust wel een wijntje, toch?' hoort ze een bekende stem vlakbij zeggen.

Jack houdt haar een glas voor, dat ze van hem aanpakt.

'Je hebt een leuk team,' zegt hij. 'Van hoeveel vestigingen is dit?'

'Acht vestigingen. Gemiddeld werken er drie mensen op een vestiging. Iedereen mocht zijn of haar partner meenemen.'

'Netjes. Je vader is erg tof, weet je dat?' Jacks helderblauwe ogen dwalen van haar af en blijven rusten op de gestalte van haar vader, die met haar moeder aan een tafeltje in een hoek van de zaal zit.

'Ja, zeg dat wel,' zegt Kittana.

De eerste klanken van *Dancing in the dark* van Bruce Springsteen vullen de zaal. 'Goed nummer!' zegt Jack. 'Kom.' Hij pakt het glas uit haar handen en zet het weg. 'We gaan dansen.'

'Wat is er gebeurd met: mag ik deze dans van u?' vraagt Kittana. Jack hoort het niet. Hij heeft haar hand al stevig in de zijne geklemd en is onderweg naar de dansvloer. Daarbij duwt hij bijna Marscha omver. Ze is zonder date, ziet Kittana nu. Ze staat bij Anne en haar vriend en een wreed gevoel van leedvermaak bekruipt Kittana.

Eenmaal op de dansvloer blijkt Jack niet slecht te zijn. Ze heeft geen idee hoelang ze dansen, maar als hij vraagt of ze wat wil drinken, heeft ze het zweet op haar rug staan.

Lang staat ze niet aan de kant. Ze krijgt nauwelijks de tijd om met mensen te praten. Jack sleept haar, zodra ze haar wijn op heeft, weer de dansvloer op. En ze geniet van zijn aandacht. Hij kijkt alleen naar haar, praat alleen met haar. Precies zoals het hoort. Jammer dat hij dat in Parijs niet op kon brengen.

Ze staan midden op de dansvloer en de eerste tonen van Stings *Fields of Gold* vinden hun weg door het feestgedruis. Even blijft Kittana stil staan. Jack twijfelt geen moment en trekt haar dicht naar zich toe.

'Hier wacht ik de hele avond al op,' fluistert hij in haar oor. Kittana verslikt zich bijna.

'Wow,' mompelt ze terug. Alhoewel ze niet kan vergeten wat Jack haar in Parijs heeft geflikt, besluit ze ter plekke dat ze hem de minpunten die hij toen scoorde, kwijtscheldt. Het feest kan haar niet lang genoeg duren. Het liefst zou ze de rest van de avond tegen hem aan staan.

11

De frisse buitenlucht heeft Kittana iets ontnuchterd. Nog steeds voelt ze zich een beetje draaierig van de wijn, maar het is een prettig gevoel. Een beetje alsof ze op wolkjes loopt. Roze wolkjes, schiet het door haar hoofd.

Ze klemt haar armen nog steviger om Jack heen terwijl hij haar straat in rijdt. Hij parkeert de scooter voor haar deur en zet de motor af. Hij draait zich half om en helpt haar het riempje van de helm los te maken, trekt dan voorzichtig de helm omhoog. Haar kapsel interesseert haar allang niet meer. Helemaal niet nu zijn gezicht zo dicht bij het hare is. De helm komt langzaam omhoog en als hij eenmaal los is, blijft Jack haar aankijken. Hij raakt haar wang aan, zachtjes. Ze is niet in staat zich te verroeren. Haar hart klopt in haar keel, het bloed stijgt naar haar wangen. Dan raken zijn lippen de hare. Als vanzelf beantwoordt ze zijn kus.

'Ga mee naar boven,' zegt ze als ze elkaar eindelijk weer loslaten. Ze wil hem, nu meteen. Hij lacht naar haar, knikt. Zonder iets te zeggen loopt hij achter haar aan de trap op. Ze klungelt wat met het slot, haar handen trillen te erg. Jack pakt de sleutel van haar aan en opent de deur zonder problemen. Waarom moet ze nu ook zo zenuwachtig zijn!

'Geen wijn meer voor jou,' zegt hij.

Ze wil hem uitleggen dat het niet door de wijn komt, dat ze heus wel wat gewend is. Voor ze ook maar iets kan zeggen, duwt Jack de deur dicht, drukt haar ertegenaan en zoent haar vol op de mond. Zijn handen lijken overal te zijn en al snel ligt haar leren jasje op de grond. Hij friemelt wat aan de knoop van haar spijkerbroek.

Wat is ze in vredesnaam aan het doen? Ze kent die jongen amper. Jongen ja, dat ook nog.

Dit moet ophouden, moet... ophouden.

Maar hij zoent zo heerlijk.

'Kittana,' zegt hij. Zijn stem klinkt schor in haar oor. Hij gaat haar vast vertellen hoe sexy hij haar vindt en dat hij niets liever doet dan de liefde met haar te bedrijven. Nu meteen.

'Ga je van het weekend nog bij je ouders langs? Ik zou wel met je mee willen.' Zijn stem blijft schor klinken en dat staat in hevig contrast met de woorden die hij uitspreekt.

'Hoezo?' zegt Kittana terwijl ze hem een stukje van zich af duwt.

'Nou, ik heb een aantal dingen besproken met je vader over mijn coschappen en zo. Dus ik dacht, misschien kan ik dit weekend nog een aantal dingen verder met hem bespreken. Hij heeft zoveel connecties. Dat is echt heel belangrijk voor mijn carrière. Maar waar waren we ook alweer gebleven?'

Hij trekt haar tegen zich om haar te zoenen. De wolkjes onder haar voeten lossen spontaan op. En ze waren niet roze, beseft Kittana. Ze draait haar hoofd van hem weg.

'Hé, watissernou?' vraagt Jack. Hij zet een zielig gezicht op.

'Het is laat en ik heb een druk weekend voor de boeg. Je kunt beter gaan,' zegt Kittana. Ze trekt de voordeur open. Jack kijkt van haar naar de deuropening en weer terug.

'Je wilt dat ik ga?' Hij zegt het op een toon alsof hij er totaal niets van begrijpt.

'Ja, dûh,' zegt Kittana. 'Bedankt voor de leuke avond. We zijn nu bij het eindpunt aangekomen. De groeten.'

'Vrouwen!' Jack loopt hoofdschuddend langs haar heen. Zachtjes duwt ze de deur achter hem dicht. Vlak voordat hij in het slot valt, steekt Jack z'n hoofd om de hoek.

'Wacht even, heb je dan misschien het telefoonnummer van je vader voor mij? Dan kan ik hem bellen.'

Kittana rolt met haar ogen. 'Welterusten Jack!' Zonder pardon duwt ze de deur dicht. Wat denkt die vent wel niet?

Ze pakt haar jasje van de grond en loopt ermee naar haar slaapkamer. Ze hangt het aan een hanger in haar kast, trekt de gordijnen dicht en gaat languit op haar bed liggen. Met haar vingertoppen raakt ze haar lippen aan. Heeft ze hem echt weggestuurd? Ze kan het haast niet geloven. Heeft ze daar wel goed aan gedaan? Heeft ze het niet gewoon verkeerd opgevat?

Dat Jack een Mister Wrong is, daar is geen twijfel over mogelijk. Maar wel een lekkere Mister Wrong en Kittana is ervan overtuigd dat ze veel plezier met hem zou kunnen maken. Ze kan zich de laatste keer dat ze op een bepaalde manier plezier heeft gemaakt met een man bijna niet herinneren. Of beter gezegd: ze wil het zich liever niet herinneren. Zo plezierig was het helemaal niet geweest, sterker nog, het was een ramp. Het feit dat ze zijn naam niet meer weet, zegt al genoeg.

Ze had hem ontmoet in de Drie Gezusters. Hoewel ze altijd zei dat ze nooit aan een onenightstand zou beginnen, had ze hem toch mee naar huis genomen. De grootste fout van haar leven, op seksgebied dan. Hij had geen flauw benul waar hij mee bezig was en was ook nog eens te eigenwijs om iets van haar aan te nemen. Ze had het maar opgegeven en na afloop verzocht ze hem vriendelijk te vertrekken.

Hoofdschuddend staat ze op en loopt haar slaapkamer uit. In de keuken trekt ze de koelkast open en haalt de aangebroken fles wijn eruit. Ze wil zich weer onderdompelen in dat heerlijke, rozige gevoel waar ze eerder op de avond door overspoeld werd. Toen Jack alle aandacht voor haar had, haar complimentjes gaf en met haar danste. Ze schenkt een wijnglas halfvol, neemt een grote slok en probeert zich voor te stellen hoe de avond zou zijn verlopen als hij niet ineens over haar vader was begonnen en zij hem niet had weggestuurd. Een warm gevoel trekt door haar onderlichaam. Ze drinkt haar wijn op. Een gedachte komt bij haar op en doet haar in de lach schieten. Nee, dat kan ze niet doen. Toch? Ze schenkt haar glas nog een keer halfvol en verlaat de keuken. Waar heeft ze dat ding eigenlijk gelaten? Ze loopt terug naar haar slaapkamer en knipt het schemerlampje aan. In het zwakke lamplicht tuurt ze in haar kledingkast. Had ze dat ding niet ergens boven op een plank gelegd? Ze gaat op haar tenen staan en laat haar vingertoppen over het hout glijden, net zolang tot haar vingers een harde kartonnen doos vinden. Met twee handen trekt ze de doos uit de kast en gaat ermee op het bed zitten. Ach ja, de tupperwareparty van Jennifer. Hoofdschuddend haalt ze het geval uit de verpakking en bekijkt het van alle kanten. Op het moment dat ze het ding aanschafte, had ze het eigenlijk amper bekeken. Ze kocht het om maar iets gekocht te hebben. Toen Jennifer haar bestelling uiteindelijk langs kwam brengen, wist ze niet hoe snel ze het ding in haar kast moest verstoppen, niet van plan het ooit te gebruiken.

De vibrator is blauw en een beetje doorzichtig, met een soort klein tentakel aan de voorkant. Ze laat haar vinger over het topje glijden en giechelt. De bijgeleverde batterij schuift ze op de daarvoor bestemde plek. Voorzichtig, bijna eerbiedig, tilt ze het geval op en drukt op het knopje, helemaal onderaan. Het ding begint spontaan te zoemen en te trillen in haar hand en ze schiet weer in de lach. De tentakel trilt en draait vrolijk op de maat mee. Snel drukt ze op het knopje om het trillen te stoppen. Ligt het nu aan haar of vibreert hij wel erg luidruchtig? Weer moet ze lachen. Ze bekijkt het blauwe ding van onder tot boven. Zou ze het gewoon eens proberen? Misschien is het wel heel plezierig. Ze kan zich eigenlijk niet voorstellen dat het net zo plezierig is als *the real thing*. Ze drukt nogmaals het knopje in. Bij het trillen en zoemen kijkt ze om zich heen om zich ervan te verzekeren dat er verder niemand in de slaapkamer is. Wat een belachelijke gedachte is. Natuurlijk is ze alleen. Ze bijt op haar lip. Zou ze het dan gewoon maar…?

Het geluid van de deurbel schalt van de kleine hal door naar de slaapkamer. Ze veert overeind en gooit van schrik de vibrator de lucht in. Ze kijkt niet waar het ding terechtkomt en loopt snel naar de deur.

Ze spiekt door het kijkgaatje. Het door het glas vervormde voorhoofd van Jack herkent ze meteen. Zonder verder na te denken trekt ze de deur open.

'Wat is er?' Haar stem klinkt niet zo vriendelijk, beseft ze.

'Mag ik nog even binnenkomen?'

Kittana houdt de deur voor hem open en bedenkt dan dat de vibrator nog op haar slaapkamer ligt te zoemen. Het liefst gooit ze de deur voor zijn neus dicht, maar het is al te laat. Jack staat al in het halletje.

'Ik stond beneden in het gebouw en ik kon gewoon niet weg. Je vond het niet leuk dat ik over je vader begon, hè?'

Kittana knikt terwijl ze haar oren gespitst houdt. Misschien is dat ding wel uitgegaan toen ze hem weggooide. Een zacht gezoem dringt langzaam door tot binnen haar gehoorbereik. Ze slikt moeizaam en bestudeert Jacks gezicht. Hoort hij het ook? Hoe krijgt ze hem hier zo snel mogelijk weer weg?

'Jack, het geeft niet.' Ze gaapt overdreven en rekt zich eens uit. 'Ik ben moe. We bellen nog wel, oké?'

Jack knikt, maar heeft een teleurgestelde trek op zijn gezicht. Hij kijkt haar niet aan. Zijn ogen hebben iets interessanters ontdekt. Ineens voelt Kittana zich naakt in haar dunne hemdje en onwillekeurig kruist ze haar armen voor haar borst.

'Hallo, ik ben hier, hoor,' zegt ze.

Zijn blik verplaatst zich van haar borsten naar haar gezicht. Hij haalt zijn hand door zijn haar. 'Sorry,' zegt hij. 'Ik was even afgeleid.' Hij kijkt niet bepaald schuldbewust. 'Wat hoor ik toch steeds voor geluid?'

Kittana voelt hoe ze een knalrood hoofd krijgt. 'Geluid?' vraagt ze.

Jack knikt en werpt een blik op de slaapkamerdeur, die half openstaat. Kittana volgt zijn blik.

'Och,' zegt ze dan. 'Ik heb de radio aangezet. De frequentie zal wel niet goed staan. Allemaal geruis en zo.'

Jack kijkt haar onderzoekend aan. Kittana gaapt nog een keer. Snap de hint nou eens, denkt ze.

'Het klinkt niet echt als geruis. Meer als iets… vibrerends.' Bij dat laatste woord voelt ze zich zo mogelijk nog roder worden. Hij weet het, denkt ze. Nee, natuurlijk niet, denkt ze meteen erachteraan. Hoe moet hij dat nu in vredesnaam weten?

'Heb je monsters onder je bed?' vraagt Jack. Zonder haar antwoord af te wachten loopt hij langs haar heen naar de slaapkamer.

Paniek grijpt haar bij de keel. 'Jack!' zegt ze en ze probeert hem tegen te houden. Ze is niet snel genoeg. Hij staat al in de deuropening en kijkt haar slaapkamer rond. Ze grijpt hem bij zijn arm en probeert hem weg te trekken. 'Jack, ik wil dat je nu weggaat!' Hij lijkt haar niet te horen. De paniek neemt nu bezit van haar hele lichaam. Ze had geen idee dat Jack zo pitbull-achtig te werk kon gaan. Of misschien zocht hij gewoon een excuus om zich naar haar slaapkamer te begeven.

Hij laat zich niet tegenhouden en Kittana sluit haar ogen en draait haar hoofd af. Ze weet wat er gaat gebeuren en ze wil het niet aanzien. Het liefst zou ze zich omdraaien en zich opsluiten in de badkamer.

'Zo,' hoort ze Jacks stem vlak bij haar. Het gezoem klinkt nu ook dichtbij en ze vermoedt dat hij het ding heeft gevonden. 'Ik wist niet dat jij zo'n stout meisje was.'

Er zit niets anders op. Ze maakt zich zo lang mogelijk, zodat ze net een paar millimeter groter is dan hij, en ze steekt haar kin in de lucht. Met een triomfantelijke blik in zijn ogen staat hij tegenover haar. Hij houdt de vibrator, die nog steeds heftig trilt en beweegt, aan de onderkant vast.

'Dan weet je het nu. En wil je nu weggaan? Ik heb meer dingen te doen.' Ze steekt haar hand uit naar het apparaat, pakt het van hem af en drukt het uit. Eindelijk houdt het gezoem op.

'Weet je zeker dat je alleen wilt zijn?' Hij benadrukt het woordje alleen en kijkt haar daarbij doordringend aan.

Kittana knikt vol overtuiging. Na deze afgang wil ze alleen nog maar onder haar dekbed kruipen en vooral hier niet meer aan denken.

'Dan ga ik maar,' zegt Jack. Ze ziet de teleurstelling in zijn ogen. Toch buigt hij zich iets naar haar toe en kust haar, zachtjes, op de mond. 'Welterusten,' zegt hij en loopt naar de voordeur. In één beweging opent hij de deur en voor ze het goed en wel beseft, staat hij buiten.

'Welterusten,' zegt ze vlak voordat de deur dichtvalt.

Langzaam ademt ze uit en ze staart een poosje naar de dichte voordeur, zich ondertussen afvragend wat haar zojuist precies is overkomen. Dan stopt ze met een resoluut gebaar de vibrator terug in de doos en neemt zich voor hem daar voorlopig lekker te laten zitten.

Kittana opent haar ogen en rekt zich uit. Een streepje zonlicht valt door een kier van het gordijn. Ze draait zich nog een keertje om, ondertussen het dekbed een stukje verder over zich heen trekkend. Ze krijgt een wee gevoel in haar maag als ze beseft dat het de zoveelste ochtend is dat ze alleen wakker wordt. De gedachte dat ze deze ochtend met Jack wakker had kunnen worden, jaagt ze meteen weg. Pfff, Jack. Wat een flapdrol. Ze had het bij het rechte eind gehad toen ze dacht dat het hem om haar vader te doen was.

Weg met zo'n vent! Die kan ze ook helemaal niet gebruiken. Aan de andere kant was het wel lief van hem dat hij terugkwam om zijn excuses aan te bieden. Een beetje jammer van het vibratorincident, zoals Kittana dat in gedachten is gaan noemen, maar stiekem is ze trots op de manier waarop ze ermee om is gegaan. In plaats van haar schaamte te laten zien deed ze of het de gewoonste zaak van de wereld was. Wat een brutaliteit ook om zo naar haar slaapkamer te stormen. Ze wijt het maar aan zijn jonge leeftijd. Een echte volwassen kerel had het waarschijnlijk niet eens in zijn hoofd gehaald om daar te gaan kijken.

Ze kan in ieder geval terugkijken op een zeer geslaagd personeelsfeest en ze had de indruk dat iedereen het gezellig vond. En wat hadden haar ouders er een werk van gemaakt: de speech die haar vader gaf, haar moeder die de band en de aankleding geregeld had.

Nu de alcohol en verliefdheidsadrenaline niet meer door haar aderen stromen, dringen de woorden van haar vaders speech pas goed tot haar door. Ze ziet hem nog staan met zijn iets te dikke buik op het podium, terwijl hij vertelde hoe trots hij op haar was en op wat ze bereikt had. Haar wangen beginnen te gloeien bij de herinnering. Waarom zegt hij dat soort dingen niet vaker tegen haar? Om eerlijk te zijn kan ze zich niet herinneren dat hij eerder heeft toegegeven dat hij trots is op wat ze heeft bereikt en op haar bedrijf. Misschien is het een goed idee om vandaag nog even bij haar ouders langs te gaan om ze te bedanken. Het is niet dat ze nog plannen heeft met een vriendje dat is blijven slapen of iets dergelijks.

Vanavond moet ze nog naar de singlesavond. Maar dat is geen probleem. Wat is er nu leuker dan te zorgen dat mensen elkaar ontmoeten en er misschien de liefde van hun leven aan overhouden?

Ze gooit het dekbed van zich af. Door al dat nadenken kan ze nu niet meer slapen. Het is tijd voor een douche.

'Och, lieve schat, dat had je niet hoeven doen.'

Kittana heeft haar moeder een boeket bloemen onder de neus gedrukt waar je u tegen mag zeggen en ze geniet van de glinstering in haar ogen.

'Zal ik ze dan zelf maar houden?'

Haar moeder glimlacht. 'Grapjas,' zegt ze.

Kittana hangt haar jas aan de kapstok in de hal en volgt haar moeder naar de keuken.

'Waar is pap?' vraagt ze terwijl ze plaatsneemt aan de notenhouten eettafel. De ochtendkrant ligt nog opengeslagen en ze begint er wat in te bladeren.

'Die is golfen. Wil je thee?'

'Ja, lekker. De bloemen zijn trouwens om je te bedanken voor gisteren,' zegt Kittana.

'Ik vermoedde al zoiets.' Haar moeder vult de waterkoker met water en drukt het knopje in. 'Echt, het was geen moeite. Je weet toch dat ik dat soort dingen leuk vind om te doen.'

Zwijgend wachten ze tot het water kookt. Haar moeder schenkt het dampend en al op de theezakjes in de kopjes.

'Hoe staat het met jouw liefdadigheidsfeest dan?' vraagt Kittana, een half oog op de krant gericht.

'Goed, goed,' zegt haar moeder en zet de theekopjes op tafel. 'Koekje?'

'Lekker.'

Ze zet een trommel biscuits op tafel en begint honderduit te vertellen over de drukke voorbereidingen voor het jaarlijkse liefdadigheidsfeest dat ze organiseert.

'Waar is het deze keer?'

'In die prachtige oude borg, vlak buiten de stad. Neem je Jack mee naar het bal?' Haar moeder noemt haar liefdadigheidsfeesten altijd steevast een 'bal'. Waarom weet Kittana ook niet. Bij een bal stelt zij zich iets anders voor dan een feestzaal met hossende vijftigers die te veel tijd en te veel geld hebben.

Ze haalt haar schouders op.

'Jack is toch een leuke man?'

'Jack is... een beetje jong.'

'Wat maakt dat nu uit? En hij komt op mij heel volwassen over.'

Misschien zou haar moeder er anders over denken als ze hem de vorige avond had gezien.

'En je vader noemde hem gisteren nog de perfecte schoonzoon,' gaat ze verder met een veelbetekenend glimlachje.

'Over papa gesproken, hij gaf een mooie speech gisteravond.' In gedachten ziet ze hem weer staan op dat podium tussen de instrumenten van de band. Hij eindigde de speech met de mededeling dat hij apetrots was op zijn dochter en op het prachtige bedrijf dat ze had opgezet.

'Had hij die zelf bedacht of...?' De woorden stromen haar mond uit voor ze er erg in heeft. De gedachte heeft zich onderweg naar haar ouderlijk huis in haar hoofd genesteld en is blijkbaar blijven spoken tot ze een weg naar buiten vond. Ze graait het laatste koekje uit de trommel en neemt er een hap van.

Haar moeder lacht, maar kijkt Kittana niet recht aan. 'Wil je nog een kopje thee?' vraagt ze.

Kittana had het kunnen weten.

'Ja, lekker, doe nog maar een kopje,' zegt ze met een zucht. Haar moeder heeft de speech geschreven. Sommige dingen veranderen nooit.

12

Kittana negeert de pijn in haar rug, veroorzaakt door de hele avond heen en weer lopen op te hoge hakken, en gaat op een van de krukken in het midden van de bar zitten. Een singlesavond organiseren en bijwonen is leuk, maar heeft ook nadelen. Ze wrijft over haar onderrug. Een massage zou niet verkeerd zijn.

'Mag ik een appelsap?' vraagt ze aan de barjongen.

'Komt eraan,' zegt hij en geeft haar een knipoog.

Wat een avond! Ze kijkt over haar schouder het café rond, dat langzaam leegstroomt. De dj die ze had ingehuurd is bezig zijn spullen in te pakken en steekt zijn duim op naar Kittana. De avond is meer dan geslaagd. Veel van de ingeschreven leden zijn gekomen en ze is er tot haar grote vreugde in geslaagd een hip singlesfeest te organiseren.

'Alsjeblieft,' zegt de ober en zet een flesje appelsap voor haar op de bar. Hij schenkt een klein bodempje voor haar in het lege glas ernaast.

'Dank je.' Ze ziet zichzelf in de grote spiegel achter de bar. Haar ogen stralen en ze heeft rode blossen op haar wangen. Heerlijk als zo'n avond geslaagd is en ze het gevoel heeft tientallen mensen een stapje dichter bij een leven te brengen waarin ze niet alleen hoeven zijn.

Ze laat een slok koude appelsap in haar keel glijden. Net wat ze nodig heeft.

'Heb je nog een single in de aanbieding voor een eenzame man?'

Met een ruk draait Kittana zich om.

'Julian!'

Hij kijkt haar breed grijnzend aan. 'Hoi,' zegt hij. Hij neemt plaats op de kruk naast haar en bestelt een cola bij de barjongen.

Kittana weet even niet wat ze moet zeggen. Ze negeert het gevoel in haar onderbuik dat langzaam uitstraalt naar haar benen en bovenlichaam en vraagt hem hoe hij op haar singlesfeest terecht is gekomen.

'Zou je me geloven als ik zei dat ik hier toevallig net kom binnenwandelen?'

Ze schudt haar hoofd. 'Nee, want het is een besloten feest.'

'Daar kwam ik ook achter, ja. Ik zag op je website dat je vanavond een singlesfeest organiseerde. De portier wilde me pas binnenlaten als het besloten feest was afgelopen.' Hij werpt een blik op zijn horloge. 'En dat is nu dus.'

'Waarom heb je niet even laten zeggen dat je er was? Ik had je zo binnengelaten, hoor.'

Julian schuift wat heen en weer op zijn barkruk. 'Ach, ik wilde alleen maar even behoorlijk afscheid nemen, aangezien dat in Parijs niet is gebeurd.'

Kittana voelt het schaamrood naar haar kaken stijgen. Ze bedwingt de neiging om haar wangen met haar handen te bedekken. 'Sorry,' zegt ze dan. 'Dat was niet leuk van mij.'

'Maak je niet druk. Het geeft niet.' De barjongen zet een cola voor hem neer en Julian drinkt het glas in één teug leeg. 'Hoe is het met Jack?' vraagt hij.

'Geen idee. Vast wel goed.'

'Hm, dat klinkt niet best. Gaat het niet zo goed tussen jullie?' Julian is blijkbaar nog steeds in de veronderstelling dat Jack en Kittana een stel zijn. Ze heeft in Parijs ook niet veel moeite gedaan om die gedachte bij Julian te ontkrachten.

'Vanwaar die interesse in mijn liefdesleven?' vraagt ze.

'Ik ben single en dit is een singlesavond, toch? Het minste wat ik kan doen is proberen een andere single te versieren.'

Zo, die zit. Kittana bestelt een wijntje. De zin om naar huis te gaan, die vijf minuten geleden overduidelijk aanwezig was, is verdwenen. De barjongen zet een glas rode wijn voor haar neus en ze neemt er meteen een slok van. Officieel gezien is de singlesavond afgelopen en hoeft ze zich niet meer aan de door haarzelf opgelegde regel 'niet drinken onder werktijd' te houden.

'Dan heb je wel pech, want alle singles zijn al naar huis.'

'Dus jij wilt zeggen dat de vrouw die naast mij zit geen single is?' In zijn bruine ogen ligt een geamuseerde blik.

'Wie weet,' zegt ze en trekt haar wenkbrauwen heel kort naar hem op.

Een hand op haar schouder. 'Kittana, ik ga naar huis, hoor.' Anne staat naast haar en neemt Julian keurend in zich op.

'Dat is goed. Bedankt voor je hulp. Ging goed, hè?'

Anne knikt, haar ogen op Julian gericht.

'Ik zie je maandag wel weer. Prettig weekend, Anne,' zegt Kittana nadrukkelijk.

'O, ja natuurlijk. Ik wens jou en je, euh, vriend nog veel plezier samen.'

Kittana knikt haar toe en neemt nog een slok van haar wijn terwijl ze naar de wiegende heupen van Anne kijkt als ze wegloopt.

'Dat personeel van tegenwoordig is ook zo nieuwsgierig,' zegt ze.

Julian glimlacht. 'Een medewerker van je?'

Kittana knikt. 'Ze is wel oké. Je zou mijn secretaresse moeten zien. Wat een overdreven troela kan dat zijn, zeg. Maar ze is goed in haar werk, dat dan weer wel.'

'Wat zou je ervan zeggen als we deze...' Een bekend melodietje onderbreekt zijn zin.

Buffy! denkt Kittana. Julian haalt zijn mobieltje uit zijn broekzak en neemt op.

'Nog steeds niet je ringtone gewijzigd?' vraagt ze als hij het gesprek na een paar seconden beëindigt.

'Ach nee, vergeten. Stom, hè?'

Kittana nipt van haar wijntje. 'Weet je wat ik stom vind?'

Julian kijkt haar verwachtingsvol aan.

'Dat jij niet durft toe te geven dat je Buffy the Vampire Slayer gewoon tof vindt.'

Julian staart naar zijn handen, die met het colaglas beginnen te spelen. Verbeeldt Kittana het zich nu of krijgt hij een kleur? Ze probeert haar lachen in te houden. Het was zomaar een opmerking geweest, ze had niet verwacht dat ze de spijker op zijn kop had geslagen.

'Ja, nou. Oké, ja, ik vind Buffy leuk.' Hij kijkt haar nog steeds niet aan.

'Weet je, ik eigenlijk ook wel.'

Zijn hoofd vliegt omhoog en hij gooit bijna zijn lege glas omver.

'Echt waar? Of neem je me nu in de zeik?'

Kittana schudt lachend haar hoofd. 'Verslaafd vanaf aflevering één.'

'Echt waar? O, dat vroeg ik net ook al, hè? Dit is wel heel toevallig. Waarom zei je de vorige keer niets toen je m'n ringtone hoorde?'

'Ik weet het niet.' Kittana drinkt haar glas leeg en onderdrukt een gaap.

'Ben ik zo saai?' vraagt Julian.

'Nee, gisteren was het ook al laat. Ik ben gewoon moe.'

'Laat mij je dan naar huis brengen.'

Kittana moet toegeven dat ze weleens slechtere ideeën heeft gehoord.

'Zal ik je naar je auto brengen?' vraagt Julian haar als ze op de Grote Markt staan.

'Auto? Ik ben met de fiets.' Ze loopt naar een van de lantaarnpalen waar ze haar Gazelle aan vast heeft geklonken. Jack had af en toe best wel goede ideeën. Op de fiets naar het centrum gaan heeft zijn voordelen. Voordelen die ze heel goed kende toen ze nog student was, maar op de een of andere manier was vergeten. Je kunt bijvoorbeeld vlak bij het café komen waar je moet zijn, het bespaart je een moeilijke wandeling op je Jimmy Choos, je hoeft geen parkeergeld te betalen. En een lekke band is ook heel handig.

Lekke band?

'O nee, hè.' Kittana gaat op haar hurken zitten bij haar achterband en knijpt er even in. Zo plat als een dubbeltje.

'Tja, dat is minder.' Ze hoort hem gniffelen achter zich.

'Lach me niet uit!' zegt ze tegen Julian terwijl ze gaat staan en haar broek afklopt. 'Het is niet grappig.'

'Kittana, kom op. Je weet toch wel hoe je een band moet plakken?'

Nee, natuurlijk weet ze dat niet. Hoe zou zij dat moeten weten? Wat is ze ook een sukkel. Ze had gewoon met haar vertrouwde Mini Cooper moeten gaan. Dan had ze maar een paar meter extra hoeven lopen en die paar euro's aan parkeergeld, nou, daar was ze wel overheen gekomen. Nu zit ze met de gebakken peren.

'Weet je wat? Als jij je fiets even van het slot haalt, dan gooi ik hem achter in mijn auto en breng ik jou en je fiets naar huis. Wat zeg je daarvan?'

'Jij zit vol goede ideeën,' zegt Kittana terwijl ze haar fiets van het slot haalt.

'Buffy kan vast wel haar eigen fietsbanden plakken,' zegt Julian als hij haar straat in rijdt.

Kittana werpt hem een boze blik toe. 'Buffy kan ook heel goed vampiers doodmaken. Dat zie je mij toch ook niet doen?' Af en toe werkt Julian haar een beetje op de zenuwen. Ze vindt het al erg genoeg dat haar band lek is en dat hij haar naar huis moet brengen. Het beeld van Kittana als sterke en onafhankelijke vrouw zal bij hem niet echt overkomen. Ze kijkt over haar schouder de auto in. Haar fiets ligt in de kofferbak van zijn Volvo stationcar. Met een stuk touw heeft hij de achterklep vastgebonden aan de trekhaak, omdat haar fiets een stukje uitsteekt en de kofferbak dus niet helemaal dicht wilde. Gek eigenlijk dat hij in een Volvo rijdt. Ze denkt bij Volvo altijd eerder aan een familieauto. Zou hij stiekem soms een gezin hebben? Nee, hij heeft in Parijs tegen haar gezegd dat hij geen tijd voor een vriendin had. Een huwelijk zal er dan ook niet in zitten.

Wat deed hij eigenlijk voor werk? Ze pijnigt haar hersens, maar ze kan zich niet herinneren dat hij dat heeft verteld. Het besef dat ze niet veel van hem weet, overvalt haar. Misschien is hij wel een crimineel. En zij staat op het punt hem te laten zien waar ze woont.

'Wat kijk je me angstig aan? Ik eet je niet op, hoor,' zegt Julian.

Ze forceert een glimlachje op haar gezicht. Nee, ze kan het zich niet voorstellen. Hij heeft zulke vriendelijke ogen en hij heeft iets zachts over zich waardoor ze zich niet voor kan stellen dat hij ooit een vlieg kwaad zou doen.

'Daar is het,' zegt ze als ze bijna bij haar appartementen-complex zijn aangekomen.

Hij fluit zachtjes. 'Mooi gebouw.'

'Dank je.'

Ze stappen uit en Julian haalt voorzichtig haar fiets uit de kofferbak. 'Waar moet je 'm hebben?' vraagt hij.

Ze wijst hem de kelder van het appartement en is blij dat ze op dit nachtelijke uur niet alleen haar fiets in de donkere ruimte hoeft te parkeren. Er kleven misschien meer nadelen dan voordelen aan het op de fiets gaan, denkt ze. Ze blijft in de deuropening staan terwijl Julian de fiets tegen de muur zet.

'Weet je,' zegt hij op bedenkelijke toon, 'ik wil hem wel even voor je plakken.'

'Nee, doe niet zo gek. Het is midden in de nacht. Dat hoeft echt niet, hoor.' Alsjeblieft zeg. Ze kan alleen maar denken aan haar warme bed. Nu wil hij dat ding ook nog eens gaan plakken?

'Echt, het is geen moeite.'

'Ik heb helemaal geen bandenplakspul in huis,' zegt Kittana.

Julian raakt het kleine leren tasje dat onder haar fietszadel hangt aan. 'Jawel, hoor,' zegt hij en maakt het ritsje open. 'Hier heb je je lippenstift, mascara...' Hij haalt de make-upspullen eruit en houdt ze in de lucht, een niet-begrijpende blik op zijn gezicht.

Kittana voelt een lachkriebel opkomen. Zat dat spul er nog steeds in? Ze herinnert zich ooit eens make-upspullen daarin te hebben gestopt tijdens haar studententijd. Het kwam niet vaak voor, maar als ze een keer uitging was het wel handig. Ze hoefde dan geen tas mee te nemen. Die was maar lastig tijdens het dansen. Als het in het fietszadeltasje zat, kon ze tussendoor makkelijk naar buiten gaan om snel haar make-up onder het licht van een lantaarnpaal bij te werken. Dat was de gedachte erachter in ieder geval. Tot een uitwerking was het, voor zover ze zich kon herinneren, nooit gekomen.

Kittana houdt haar lachen in. 'Een meisje moet altijd goed voorbereid zijn, toch?' vraagt ze liefjes.

Hoofdschuddend stopt Julian de make-up weer in het

zadeltasje. 'Het komt ook zeer goed van pas als je midden in de nacht in de middle-of-nowhere met een lekke band staat.'

'Julian, ik woon in de stad. Ik ben nooit in het midden van nergens.'

'Volgens mij wordt het tijd voor mij om te gaan.'

Als ze eenmaal buiten staan, bedankt Kittana hem voor het aanbieden van het plakken van haar band. Hij treuzelt nog wat en het gevoel bekruipt Kittana dat hij haar iets wil vragen. Afwachtend blijft ze staan. Behalve een vaag verhaal over hoe goed hij vroeger was in het plakken van fietsbanden komt er niet veel uit hem. Ze slaat haar armen om zich heen en rilt als een koude wind door de dunne stof van haar zomerjas dringt. Julian ziet het en neemt snel afscheid van haar. Ze kijkt hem na als hij in zijn auto stapt en de straat uit rijdt.

*

In het winkelcentrum is het altijd druk. De woensdagmiddag dat Kittana op de afgesproken plaats staat te wachten op Jennifer vormt daarop geen uitzondering. Marktkooplui prijzen hun producten aan bij de mensen die langslopen. Ze heeft de handelswaar van het kraampje links van haar – tassen – al grondig geïnspecteerd aangezien Jennifer er nog niet is. En dan te bedenken dat zíj het was die wilde afspreken in de pauze omdat ze een of ander jurkje had gezien waar ze over twijfelde en Kittana's mening nodig had. Kittana werpt een blik op de klok van de Martinitoren. Jennifer weet toch dat zij maar een halfuur pauze heeft. Niet iedereen kan het zich veroorloven iedere woensdagmiddag vrij te zijn zoals zij.

Ze heeft nog niet de kans gehad haar te vertellen over Julian, laat staan over Jack. Bij Perfect Match was het de afgelopen dagen druk. Tot haar grote opluchting is haar agenda de rest van de dag leeg. Ze speelt zelfs met de

146

gedachte zichzelf te trakteren op een vrije middag. Maar dat kan ze altijd nog besluiten.

Waar blijft Jennifer nou? Ze kan haast niet wachten om haar te vertellen over Julian. Het liefst zou ze haar ook vertellen over het pakketje dat hij maandag op kantoor heeft laten bezorgen, maar ze besluit het niet te doen. Ze wist niet wat ze zag toen ze het openmaakte en een dvd-box vond van het eerste seizoen van de serie 'Angel', de spin-off van Buffy. Toen ze de dvd-box openmaakte, zat er een grote kaart bij in. In een sierlijk handschrift nodigde Julian haar uit om komende vrijdagavond iets leuks met hem te gaan doen. Minstens vijf minuten staarde ze naar de kaart. Wat leuks doen met Julian? Als in een date? Wilde Julian een date met haar?

Zonder tegenbericht zou hij haar bij haar huis ophalen. Ze heeft hem nog niet gebeld. Een date met Julian lijkt haar leuk. Hij is natuurlijk heel erg aardig en zo. Maar verder? Voelt ze kriebels in haar buik als ze hem ziet? Maakt de gedachte aan een date met hem vrijdagavond haar zenuwachtig? Ze weet het niet. Ze heeft het gevoel dat haar gevoelens helemaal vertroebeld zijn. Jack heeft niets meer van zich laten horen en ze merkt dat ze iedere keer als haar telefoon gaat, hoopt dat hij het is. Hoe kan ze dan eventueel iets met Julian beginnen? Ze moet nog steeds aan Jack denken.

'Hé, Kit, wat sta jij te staren?'

'Jennifer, waar bleef je nou? Ik sta hier al een eeuwigheid. Uit pure verveling heb ik bijna een van die lelijke tassen bij die marktkraam gekocht.'

Jennifer werpt er een blik op. 'Dan gaat het echt niet goed met je. Heb je een zware week?'

'Jen, je hebt geen idee.'

Eenmaal in het boetiekje waar dé jurk volgens Jennifer zou hangen, schiet ze meteen een pashokje in. Als ze eruit komt kan Kittana alleen maar een welgemeend 'wauw' uitbrengen.

Het is een satijnen jurk van lichtpaarse stof die soepel om haar lichaam valt.

'Voor het liefdadigheidsbal van je moeder,' zegt ze.

De opmerking herinnert haar eraan dat ze zelf nog helemaal niets heeft voor het feest. Laat staan een date. En het komt steeds dichterbij.

'Ga je Jack vragen?' vraagt Jennifer alsof ze haar gedachten kan lezen. Ondertussen bekijkt ze zichzelf van alle kanten in de passpiegel.

'Na dat gedoe afgelopen vrijdag? Ik dacht het niet.' Inmiddels heeft ze Jennifer op de hoogte gebracht van het tweede fiasco met Jack. Het vibratorincident heeft ze achterwege gelaten.

'Gelijk heb je. Wat een eikel. Hij heeft het gewoon twee keer verpest. Nou ja, je kunt altijd Julian nog vragen natuurlijk.'

'Hij kwam nog wel weer terug om zijn excuses aan te bieden,' neemt Kittana het zwakjes op voor Jack. Jennifer draait zich naar haar om.

'Kittana, ga gewoon vrijdag met Julian uit. Je weet net zo goed als ik dat Jack alleen maar zijn excuses kwam aanbieden, omdat hij hoopte alsnog een nachtje knetterende seks te hebben.' Ze heeft haar handen in haar zij gezet en bijna moet Kittana lachen om haar vriendin. Ze heeft nog net niet haar vinger vermanend opgeheven.

'Knetterende seks?' Kittana krijgt het warm bij de gedachte alleen al.

'Leer mij mannen kennen,' zegt Jennifer.

'En wat is daar dan precies zo erg aan, een nachtje knetterende seks?'

Jennifer heeft zich van Kittana weggedraaid en kijkt weer naar haar spiegelbeeld. 'Niets, maar ik ken jou. Jij zult je gebruikt voelen. Helemaal als hij ook nog eens zo'n overduidelijke interesse in je vader heeft. Ik ken dat type. Hij zal je leegzuigen net zolang totdat hij al het voordeel heeft behaald dat er voor hem in zit en daarna zal hij je zo hard dumpen dat het jaren duurt voordat je weer eens naar een andere man kunt kijken.'

'Je kent hem helemaal niet, hoe weet je dat nou? Misschien worden we wel stapelverliefd, is hij mijn prins op het witte paard en leven we nog lang en gelukkig.' Kittana laat zich zakken in een van de loungestoelen die staan opgesteld voor de kleedkamers. Via de spiegel werpt Jennifer haar een blik toe.

'Hij is een Mister Wrong en dat weet je heel goed.'

Kittana zucht diep. 'Misschien moet ik inderdaad gewoon eens met Julian uitgaan.'

'Strak plan. Wat vind jij? Zal ik de jurk maar nemen?'

'Strak plan.'

'Weet jij al wat je aantrekt dan?'

Kittana schudt haar hoofd. Er verschijnt een vastberaden trek op Jennifers gezicht. 'Tot hoelang heb je pauze?' vraagt ze.

Kittana besluit haar pauze de hele middag te laten duren en belt Marscha om te zeggen dat ze de volgende dag weer op kantoor zal verschijnen.

Het loopt tegen het einde van de middag als ze met Jennifer op weg is naar de parkeergarage waar Kittana haar auto heeft geparkeerd. Het is jammer dat ze 's ochtends niets wist van het shopmiddagje, dan had ze tenminste makkelijker schoenen aan kunnen doen. Ze belooft zichzelf vanavond op een voetenbad te trakteren. De voetmassage van een aantrekkelijke man denkt ze er wel bij.

'Dus we gaan eerst een hapje eten en dan nog een filmpje?' vraagt Jennifer terwijl Kittana de kofferbak van haar Mini Cooper opent.

'Ja, leuk. Ik heb eigenlijk wel trek in pizza. Jij?'

Jennifer knikt en legt zorgvuldig de tas met daarin dé jurk in de kofferbak. 'Daar gaat een maandsalaris.'

Kittana volgt haar voorbeeld. Ze is geslaagd en de gedachte aan hoe ze eruitzag in de jurk van zwarte stof pept haar helemaal op. Het blijft haar verbazen hoe een kledingstuk haar humeur zo positief kan beïnvloeden. Ze betrapt zichzelf erop dat ze zich afvraagt hoe Julian naar haar zou kijken als hij haar in de jurk zou zien. Zou hij zijn ogen goedkeurend over haar lichaam laten dwalen? Of zou hij vriendelijk lachen, zoals altijd, en een stom grapje maken?

Hoe komt ze hier ineens bij? En waarom zou ze er überhaupt over nadenken? Julian krijgt haar helemaal niet te zien in die jurk, want ze gaat alleen naar het liefdadigheidsbal van haar moeder. Ze zal laten zien dat ze solidair is met Jennifer en dus alleen gaan.

Jennifer pakt haar bij de arm als ze naar het pizzarestaurantje lopen. Het is vroeg in de avond en ze vinden een tafeltje bij het raam. Op de achtergrond zingt zachtjes een of andere operazanger. Gelukkig is het geen Laura Pausini, denkt Kittana terwijl ze de kaart bekijkt. Zo afgezaagd.

'Weet je, ik heb nog eens zitten denken,' begint Jennifer. 'Die Jos, hè... misschien moet ik het toch maar doen.'

Kittana trekt haar wenkbrauwen op. 'Echt waar? Waarom vertel je dat nu pas, dan had ik hem vanmiddag nog kunnen bellen!'

Jennifer haalt haar schouders op, pakt haar handtas en haalt het ingevulde intakeformulier eruit. 'Alsjeblieft.'

'O, Jen, spannend,' zegt Kittana als ze het papier aanpakt en in haar eigen tas stopt. 'Ik ga er morgen meteen mee aan de slag.'

Met een diepe zucht laat Kittana zich veel en veel later op de bank in haar appartement zakken. Ze gaapt. De Angel-dvd-box lonkt naar haar. Ze twijfelt. Zal ze een aflevering bekijken of zal ze haar bed opzoeken?

Kijken natuurlijk!

Ze maakt de box open en doet het eerste schijfje in de dvd-speler. Ze laat zich achteroverzakken op de bank. De avond was gezellig. Het etentje, de bioscoop. Ach, had Jennifer gegrapt, wie heeft er nu een man nodig? Maar in haar ogen had Kittana iets anders gelezen. Ze hoopt dat Jos iets is voor Jennifer. Dat ze eindelijk haar Mister Right vindt. Kittana's koppelinstinct zegt haar dat dit weleens een goede match zou kunnen zijn.

En hoe zit het eigenlijk met haar eigen Mister Right? Ze heeft in ieder geval besloten vrijdag met Julian uit te gaan. Iemand die zo'n lief cadeautje voor haar laat bezorgen, kan ze niets weigeren.

Julian! Zou ze hem niet eens bellen om te laten weten dat ze graag met hem meegaat vrijdag en om hem te bedanken voor het cadeau? Met een ruk komt ze overeind van de bank en vist de kaart uit de dvd-box. Ze toetst zijn telefoonnummer in.

'Hallo?' zegt een slaperige stem. Haar oog valt op de hangklok in haar woonkamer. Shit! Het is bijna één uur. De gedachte om gewoon op te hangen flitst door haar hoofd. Met het oog op nummerherkenning lijkt haar dat niet verstandig.

'Eh, Julian? Sorry dat ik zo laat bel. Je spreekt met Kittana trouwens.'

'Kittana!' De opleving in zijn stem ontgaat haar niet. 'Het geeft niet, hoor,' gaat hij verder. 'Ik lag heerlijk te slapen totdat de telefoon mij wakker maakte, maar geen probleem. Had ik al gezegd dat ik morgen of nee, vanochtend, om vijf uur eruit moet?'

Kittana begint te lachen. 'Zal ik morgen dan maar terugbellen?'

'Nee, ik ben nu toch al wakker.'

'Oké, ik bel eigenlijk om je te bedanken voor je mooie cadeau. Ik wilde net aflevering één gaan bekijken.'

'Kijk, daarvoor mag je me altijd wakker bellen. Ik kan je trouwens aanraden om eerst aflevering zeven te gaan kijken.' Zijn stem klinkt prettig aan de telefoon. Zacht en een beetje zwaar. Niet te brommerig, niet te monotoon. Ze zou er de hele nacht naar kunnen luisteren. Hij vertelt in het kort waar de aflevering over gaat en Kittana kan haast niet wachten om hem te bekijken. Voor ze er erg in heeft, zijn ze feitjes aan het uitwisselen over de acteurs, de afleveringen, de makers. Ze raken bijna niet uitgepraat en Kittana vergeet compleet de tijd.

'Maar belde je alleen om me te bedanken voor de dvd-box?' vraagt Julian uiteindelijk. Ze hoort hem gapen aan de telefoon.

'Nee, ik wilde zeggen dat het me erg leuk lijkt om vrijdag-avond iets af te spreken.'

'Mooi, ik was even bang dat je belde om te zeggen dat je niet zou kunnen. Ik kom je vrijdag ophalen.'

'Ja, leuk,' zegt Kittana. Ze hoort aan de toon van zijn stem dat hij het gesprek wil beëindigen en ze merkt dat zij liever nog wat langer met hem doorkletst.

'Oké, welterusten dan maar. Tot vrijdag.'

'Ik zal klaarstaan.'

Als ze ophangt, blijft ze nog een poosje zitten met de tele-foon in haar handen. Haar hangklok geeft aan dat het twee uur is geweest.

13

Waarom, waarom, waarom is het altijd zo vreselijk druk! Kittana bekijkt de puinhoop op haar bureau. Overal liggen papieren, intakeformulieren, e-mails die ze heeft uitgeprint omdat ze daar nog iets mee moet doen. Anne heeft een geweldige dag uitgekozen om ziek te zijn. Hoe het allemaal ook loopt, ze gaat op tijd naar huis vanavond. Anders laat ze de boel maar liggen en dan ziet ze het maandag wel weer. Ze wil absoluut niet te laat zijn voor haar date met Julian.

Ze kan natuurlijk altijd zaterdag of zondag nog even naar kantoor gaan, besluit ze uiteindelijk.

De gedachte daaraan lucht op en ze gaat achterover in haar bureaustoel zitten. Het is tijd voor een Opkikker, besluit ze. Ze staat op en loopt naar het keukentje.

'O, echt?' kirt Marscha aan de telefoon. 'Jij bent zo grap...' Ze slikt haar zin in als Kittana langsloopt. 'Jos, heb je één momentje?' vraagt ze dan.

'Kittana, ik heb telefoon voor je. Jos van Tamelen.'

'Dat is mooi. Verbind maar door naar mijn toestel.' Die soep haalt ze straks wel. Ze heeft Jos gisteren drie keer gebeld en drie keer een boodschap op zijn voicemail ingesproken. Eindelijk belt hij terug.

Ze pakt de telefoon op in haar kantoor en negeert Marscha, die na enkele seconden binnen komt wandelen. Kittana draait haar bureaustoel naar het raam en probeert zo zachtjes mogelijk met Jos te praten. Waarom weet ze niet precies, maar het irriteert haar mateloos dat Marscha niet even kan wachten. Wat wil ze? Kittana heeft meteen spijt dat ze haar bureaustoel heeft omgedraaid: nu kan ze niet zien wat Marscha doet.

'Maar dat is heel leuk nieuws,' zegt Jos in haar oor. 'Kun je trouwens iets harder praten, ik versta je heel slecht.'

Ja hoor, dat heeft zij weer. Ze verheft haar stem en begint te vertellen over Jennifer en hoe ze zeker weet dat zij perfect bij hem past. Ze spreekt met Jos af dat ze Jennifers gegevens naar hem opstuurt. Als hij ook enthousiast is, kan hij het telefoonnummer van Jennifer krijgen.

'Marscha, wat kan ik voor je doen?' vraagt ze terwijl ze zich omdraait en de telefoon neerlegt.

Marscha staat in haar boekenkast te rommelen. 'Ik zoek het handboek voor Outlook. Dat bewaar jij hier toch ergens?' vraagt ze.

'Daar,' wijst Kittana, 'helemaal rechts.'

Marscha laat een rood gelakte nagel langs de boekenruggen glijden. Kittana krijgt er de kriebels van. Dan trekt ze het handboek ertussen uit en wil weglopen. Vlak bij de deur lijkt ze zich te bedenken, want ze draait zich naar Kittana om.

'Denk je om je fotoshoot? Die is al vrij snel.'

Hoe zou Kittana dat nu kunnen vergeten? De zenuwen gieren door haar keel als ze eraan denkt. 'Ik weet het, Marscha. Anders nog iets?'

'Ja, jouw vriendin heet toch ook Jennifer?' vraagt ze.

'Ja, en? Er zijn meer hondjes op de wereld die Fikkie heten, hoor,' antwoordt Kittana.

Zonder nog iets te zeggen draait Marscha zich om en loopt het kantoor uit.

'Tot maandag,' zegt Marscha als Kittana nog bezig is om het alarm in te schakelen en de voordeur op slot te draaien. Kittana mompelt iets over een prettig weekend en kijkt haar na terwijl ze wegloopt. Ze heeft een kort suède rokje aan en ze loopt op hakken zo hoog dat Kittana zich afvraagt hoe het kan dat ze niet om de haverklap haar enkels verzwikt.

Iemand roept haar naam. Een paar meter verderop staat een bekende zwarte scooter geparkeerd. Jack staat ernaast met de helm onder zijn arm geklemd. Hij heeft een spijkerbroek aan met daarop een zwart leren jack. Zijn glimlach is het mooiste wat ze vandaag heeft gezien.

'Hoe is het?' vraagt ze als ze op hem af loopt.

'Goed. Met jou?'

Ze knikt om aan te geven dat het goed gaat. 'Wat brengt jou hier?'

'Ik moet met je praten.'

'Oké, praat maar.'

Hij strijkt met het puntje van zijn tong over zijn onderlip, alsof hij er even over na moet denken. 'Zullen we een stukje wandelen?'

Alles beter dan achter op die scooter, denkt Kittana.

Een poosje lopen ze zwijgend naast elkaar en ze begint zich steeds ongemakkelijker te voelen. Wat wil hij van haar?

'Je ziet er goed uit, weet je,' begint Jack. De muziek van haar iPhone overstemt zijn woorden. Ze zoekt in haar handtas en zonder te kijken wie er belt, schakelt ze het telefoontje door naar haar voicemail.

'Dank je,' zegt ze, 'maar je kwam hier vast niet om mij stroop om de mond te smeren.'

'Nee, liever iets anders,' zegt hij. Er ligt een ondeugende blik in zijn ogen.

Kittana fronst haar wenkbrauwen. 'Gadver, Jack.' Ondanks

zijn totaal verkeerde opmerking moet ze toch lachen.

'Wat, ik kan het niet helpen dat jij er gelijk iets raars bij bedenkt!' zegt hij.

Ze schudt haar hoofd en geeft hem een stomp tegen z'n schouder. 'Zeg nou maar wat je wilt zeggen. Ik heb niet veel tijd.'

'O, spannend afspraakje?'

'Wie weet.'

Jack lacht niet meer, kijkt voor zich uit. Dan schraapt hij zijn keel.

'Ik wilde je mijn verontschuldigingen aanbieden voor laatst,' zegt hij. 'Ik weet dat ik het gelijk al heb gedaan, maar volgens mij is de boodschap niet duidelijk overgekomen.'

'Waarom heb ik het gevoel dat jij alleen maar bezig bent je bij mij te verontschuldigen?'

Hij stamelt wat, komt niet uit zijn woorden. 'Ik weet het niet,' zegt hij uiteindelijk.

'Jack, het was een retorische vraag.'

'O.'

'Volgens mijn beste vriendin bood je die avond alleen maar je excuses aan omdat je met mij in mijn slaapkamer wilde belanden,' flapt Kittana eruit.

'O,' zegt Jack weer. 'Jammer dat iemand anders mij al voor was. Of liever gezegd: iets.'

Moet hij nu echt het vibratorincident erbij halen? Kittana was het al bijna vergeten.

Ze lopen zwijgend verder over het trottoir langs de oude herenhuizen. Een zacht briesje blaast door de bomen op het grasveld tussen de singels. De temperatuur is nog heerlijk en de geur van gemaaid gras hangt in de lucht. Een perfecte avond voor een romantisch afspraakje.

Romantisch afspraakje! Hoe laat is het eigenlijk? Op het-zelfde moment begint haar iPhone weer te piepen. Ze grist het ding uit haar tas en opent het bericht.

Sta voor je deur. Waarom doe je niet open?
Julian.

'Shit! Sorry, Jack, ik moet weg.'

Ze ziet de beteuterde blik op zijn gezicht als ze zich omdraait om naar haar auto te lopen.

'Ik vergeef je. Voel je je nu iets beter?' roept ze over haar schouder.

'Alleen als je zegt dat je nog een keertje met me uitgaat. Drie keer is scheepsrecht.'

Kittana blijft staan, en draait zich naar hem om. 'Weet je zeker dat je met mij uit wilt en niet met mijn vader?'

Jack doet een stap naar haar toe en pakt haar hand vast. 'Ik vind je vader helemaal geweldig, echt, maar het gaat me om jou. Geloof me.' En in zijn helderblauwe ogen meent ze iets van oprechtheid te zien. Maar het zou ook een flikkering van de zon kunnen zijn.

De kilometerteller van de Mini Cooper geeft zeker vijfenzestig kilometer per uur aan. Tot Kittana's opluchting ziet ze nergens politie staan. Ze kan zich niet voorstellen dat ze bij haar in de straat staan te controleren op snelheidsovertredingen, maar je kunt natuurlijk nooit weten.

Voor haar appartement staat een zwarte motor geparkeerd. Haar ogen zoeken naar de Volvo van Julian, zonder succes. Hij zal toch niet...? Hij heeft haar niet verteld dat hij een motor heeft. Of heeft hij het wel verteld, maar zat ze weg te dromen over Jack?

Genoeg over Jack nu. Vanavond geen woord, geen gedachte over Jack! spreekt ze zichzelf streng toe. Ze parkeert haar auto in een vrij parkeervak recht tegenover haar appartement. Haar voeten haasten zich door de voordeur, de trap op. Op de bovenste trede, vlak bij haar deur, vindt ze Julian.

'Wat ben je vroeg,' zegt ze. 'Heeft iemand je het gebouw binnengelaten?'

Hij knikt. 'Een vriendelijke buurvrouw liet me binnen. En jij hebt gewoon te lang doorgewerkt. Weet je nu nog niet dat dat niet goed voor je is?'

Naast hem op de grond liggen twee motorhelmen. O nee, niet weer een helm.

Ze laat Julian binnen en haast zich naar haar slaapkamer, waar ze snel een spijkerbroek en een dikke trui aantrekt. Zeer charmant voor een date. Het heeft geen zin haar haar mooi op te steken, dus bindt ze het bij elkaar in een paardenstaart.

Als ze de woonkamer binnenkomt, staat Julian voor het dressoir en bekijkt de foto van haar en Jennifer die erop staat.

'Geen foto's van jou en Jack?' vraagt hij.

Kittana rolt met haar ogen en ploft neer op de bank. 'Waar gaan we eigenlijk naartoe? Moeten we eerst nog een hapje eten of heb je daar iets voor geregeld?'

'Laat het nu maar aan mij over.' Zijn bruine ogen kijken haar indringend aan. 'Je hoeft je nergens druk om te maken.'

'Mooi zo.' Ze sjort haar laarzen aan, die ze in de loop uit de gangkast heeft gepakt.

'Je hebt me nog steeds geen antwoord gegeven,' zegt Julian. Hij zet de foto terug op het dressoir.

'Nee, misschien is er ook wel geen antwoord te geven. Misschien zijn er wel helemaal geen foto's van mij en Jack.' Ze trekt aan de ritssluiting van haar linkerlaars, maar er is geen beweging in te krijgen. Ze heeft ze ook al in geen tijden meer aangehad. Eigenlijk zijn ze helemaal uit de mode. Te grof en te lomp. Maar voor het motorrijden zijn ze perfect, had ze zelf bedacht.

'Wacht even,' zegt Julian en voor ze er erg in heeft, knielt hij voor haar neer en trekt met een langzame, daadkrachtige beweging de rits omhoog. 'Als je maar weet dat ik niet voor iedere vrouw op de knieën ga.'

Ze lacht naar hem, heeft geen idee wat ze moet zeggen. Hij kijkt naar haar op en houdt haar blik een aantal seconden vast. Ze kan het niet opbrengen om weg te kijken.

'Zo, volgens mij kun je er vanavond wel tegen.' Zijn stem verbreekt het moment en hij geeft een zacht klopje op haar kuit. Had ze de hele tijd al van die klamme handen? Ze veegt ze af aan haar spijkerbroek.

'Wauw,' is het enige wat ze uit kan brengen. Ze staat naast Julian op het uiteinde van een meterslange pier. In de verte zakt de zon steeds verder achter de horizon, een paars met blauwe lucht achterlatend. Ze hebben onderweg een patatje gehaald. Hoe romantisch! Daarna zijn ze aan een stuk doorgereden naar de zee. Achter op de Harley van Julian zat Kittana een stuk comfortabeler dan op de scooter van Jack. Ze had haar armen stevig om hem heen geslagen en genoot van de harde wind tegen haar lichaam.

Julian is gaan zitten op grote stenen blokken die op de pier rusten en Kittana neemt naast hem plaats.

'Vind je het leuk?' vraagt hij.

'Tot nu toe wel redelijk,' zegt ze.

Julian glimlacht en slaat zijn arm om haar heen, trekt haar tegen zich aan. En stiekem voelt dat best wel prettig, moet ze toegeven.

'Vroeger deed ik dit soort dingen bijna nooit,' zegt Julian.

'Vroeger? Hoe oud ben je, zeg?'

'Vijfendertig,' gaat Julian er serieus op in.

'Echt?' Ze had hem veel jonger geschat. 'Waarom deed je dit soort dingen dan niet?'

'Mijn werk.' Hij staart over de zee die in kalme golfjes over de rotsen onder aan de pier spoelt. 'Ik had amper tijd voor een vriendin. Ik heb één vaste relatie gehad van bijna tien jaar.' Hij staart voor zich uit. Zijn blik dwaalt over de zee. 'Totdat ik erachter kwam dat ze al een paar jaar achter mijn rug om rommelde met een ander.' Er verschijnt een hardheid in zijn blik die ze niet van hem gewend is. 'Dat was meteen het einde. Ik heb me volledig op m'n werk gestort.'

Kittana rimpelt haar neus. 'Wat een nachtmerrie. Jammer dat het zo gelopen is.'

Ze zwijgen, staren samen naar het water. De golven kabbelen rustig aan hen voorbij.

'Wat voor werk doe je dan?' vraagt Kittana uiteindelijk om de stilte te verbreken. Ze heeft de hele avond geprobeerd een goed moment te zoeken om hem ernaar te vragen. Hij is er zelf op geen enkel moment over begonnen. Niet in Parijs, niet tijdens hun telefoongesprek. Misschien is het een gevoelig onderwerp, denkt Kittana.

'Op dit moment werk ik niet. Tenminste niet in de zin dat ik ergens voor betaald krijg. Ik doe natuurlijk genoeg. Ik heb eindelijk tijd om allerlei klusjes in huis te doen, waar ik anders nooit aan toekwam. Dus in dat opzicht werk ik wel.'

'Je bent dus werkloos,' flapt ze eruit.

'Eigenlijk wel, ja,' zegt hij.

'Wat voor werk deed je dan?'

'Ken je JV Uitzendbureau?'

Kittana knikt. Wacht eens even. JV Uitzendbureau. Julian Vermeer. JV.

'Nee, dat meen je niet! JV Uitzendbureau was van jou?'

'Ja.'

Kittana schiet in de lach. 'Mijn eerste baantje kreeg ik via JV! Een bijbaantje tijdens mijn studie. Goh, jij hebt dus ooit nog geld aan mij verdiend. Wat grappig.'

Julian trekt zijn arm van haar weg en ze merkt dat ze dat jammer vindt. Hij staat op en vraagt of ze meegaat.

'Maar waarom ben je ermee gestopt dan?' vraagt ze als ze de pier af lopen. In de verte blinkt de zwarte Harley hen tegemoet.

Julian zucht. 'Ik werkte tachtig uur in de week. Op een gegeven moment was ik op. Ik kon gewoon mijn bed niet meer uitkomen. Ik zag er als een berg tegen op om naar kantoor te gaan. Een bedrijf dat voelde als een ijzeren bal aan mijn been, daar had ik gewoon geen zin meer in. Dus heb ik de boel verkocht.'

'Dat was vast niet makkelijk, om afstand te doen van het bedrijf dat je met bloed, zweet en tranen hebt opgebouwd.'

Julian blijft staan, midden op de pier. Hij kijkt haar aan. 'Weet je wel dat jij de eerste bent die dat tegen me zegt? Iedereen vertelde me hoe goed ik eraan deed en dat ze blij voor me waren. Niemand besefte dat het net zo goed moeilijk was.'

Kittana maakt haar uitgezakte paardenstaart in orde. 'Hé, ik heb Perfect Match ook van de grond af opgebouwd, weet je nog?'

'Dat vind ik nu juist zo leuk aan je. Jij weet precies wat je wilt. Ik heb eigenlijk geen idee. Ik heb het gevoel dat ik iets wil opstarten, op poten zetten. Ik heb geen idee wat. In Parijs vertelde je dat je vroeger zelfs al bezig was penvrienden aan elkaar te koppelen. Ik heb dat nooit gehad. Dat uitzendbureau, daar ben ik ook maar in gerold. Samen met een vriend ben ik daarmee begonnen.'

Ze naderen de motor. Over haar schouder ziet Kittana de zon niet meer. Alleen een zwarte lucht met talloze sterren.

'Je moet gewoon rustig nadenken over wat je wilt. Geloof me, dat soort dingen komt vanzelf op je pad. Je moet er open voor staan,' zegt Kittana.

'Denk je?' Julian pakt een van de motorhelmen uit de ruimte onder het zadel en geeft deze aan Kittana. Ze knikt.

'Er bijt je vanzelf een goed idee in je kont, geloof mij maar.'

Julian grinnikt. 'Oké, ik geloof je.' Hij rolt de mouw van zijn jas een klein stukje omhoog en kijkt op zijn horloge. 'Ik breng je naar huis,' zegt hij.

Kittana kan nog net een 'ah, nu al?' onderdrukken. Julian start de motor en ze stapt bij hem achterop. Zonder al te veel snelheid rijdt hij weg van de pier. Ze houdt hem stevig vast.

'Zo, daar staan we weer,' zegt Julian. 'Is je band trouwens al geplakt?'

Kittana schudt haar hoofd. 'Ik ben niet zo handig.'

'Ik denk ook niet dat je ver komt met een lippenstift.'

'Daar kon je nog weleens gelijk in hebben.' Kittana glimlacht en stapt van de motor af. Ze zet haar helm af en geeft deze aan Julian. De gedachte dat ze hier niet zo lang geleden met Jack in precies dezelfde situatie zat, flitst aan haar voorbij. Jammer dat alleen het stalen ros een upgrade heeft gehad.

O, wat een rotgedachte. Ze kijkt Julian aan, die zijn eigen helm losmaakt en afzet. Oké, hij heeft niet het perfect gemodelleerde haar van Jack, laat staan het goedgebouwde lichaam van Jack, maar het klikt zo goed tussen hen en het voelt zo vertrouwd bij hem, alsof ze hem al jaren kent.

Ze is blij dat Julian op zijn motor blijft zitten. Nu kan ze hem tenminste recht aankijken zonder een stijve nek te krijgen. Op zijn gezicht verschijnt een glimlach.

Beroering in haar onderbuik. Wat is dit? Voelt ze iets voor Julian?

'Kittana, bedankt voor de leuke avond. Dat moeten we snel nog eens doen.'

Huh? Geen 'zal ik je morgen bellen?' of een 'wanneer zie ik je weer?'. Hij buigt zich iets naar haar toe en zijn lippen raken haar wang. Heel kort, heel zachtjes.

That's it? Een armzalig wangkusje?

Julian wil de helm alweer over zijn hoofd trekken. Kittana houdt hem tegen. Waarom doet ze dat? Laat hem toch gaan.

'Binnenkort geeft mijn moeder een liefdadigheidsbal. Heb je zin om met mij mee te gaan?'

Wat doe je nu! schreeuwt een stem in haar hoofd. Ze blijft

glimlachen tegen Julian, terwijl ze in gedachten tegen de stem snauwt stil te zijn.

'Lijkt me leuk. Laat maar weten waar, wanneer en hoe laat. Ik haal je wel op.' Hij laat de helm over zijn hoofd zakken, start de motor en rijdt weg.

Idioot! gilt de stem. Nu kun je Jack sowieso niet meer vragen! Kittana haalt haar schouders op en opent de deur van haar flatgebouw. Met Jack is het iedere keer drama, dus waarom zou ze dat proberen?

Ze sjouwt de trappen op, haar zolen laten een doffe klik horen op de plavuizen. Bijna thuis. Hoe laat is het eigenlijk? In haar appartement ziet ze op de klok dat het nog maar halftwaalf is. Erg vroeg dus. Ze zou natuurlijk Jennifer kunnen bellen of die zin heeft om met haar ergens iets te gaan drinken. Haar mond zakt open en ze is niet in staat een lange gaap tegen te houden. Oké, misschien is het verstandiger om het stappen te laten voor wat het is en met een goed boek haar bed op te zoeken.

In de badkamer staat ze even later haar tanden te poetsen, ondertussen naar zichzelf kijkend in de spiegel. De avond was leuk. Heel leuk eigenlijk. Ongecompliceerd, geen drama, gewoon gezellig en vertrouwd. Hoe zou Julian eigenlijk zoenen? Ze had verwacht daar nu al wel achter te zijn. Misschien heeft ze het verkeerd geïnterpreteerd. Hij zoekt een maatjevriendin, geen minnares-vriendin. Op zich klinkt het haar wel logisch in de oren. Hij heeft haar verteld dat hij zich na het stuklopen van zijn relatie op zijn werk heeft gestort. Dus vrienden had en heeft hij waarschijnlijk niet. Ja, dat is het vast. Hij is helemaal niet romantisch in haar geïnteresseerd. Hij wil gewoon vrienden zijn.

Ze spoelt haar mond met water en spuwt het uit in de wasbak. Waarom vindt ze dat dan jammer? Ze voelt toch niets voor hem? Wat betekende dan die rare kriebel die door haar buik schoot toen hij haar een halfuurtje geleden voor de deur afzette? Ze veegt haar mond af met de handdoek en hangt deze terug op de designradiator. Hoofdschuddend staart ze naar zichzelf in de spiegel. Het is hoog tijd om haar bed eens op te zoeken.

14

Succes met de shoot,
Gr. Julian.

Kittana kijkt naar het scherm van haar iPhone terwijl ze lusteloos met haar lepel door een bak cornflakes roert. Lief dat hij aan haar denkt vandaag, maar het feit dat hij afsluit met die vreselijke afkorting van groeten zegt haar genoeg. Geen romantische interesse. Dan had hij wel iets leukers verzonnen om zijn berichtje mee af te sluiten.

Ze neemt een hap van haar cornflakes. Ze krijgt het met moeite door haar keel. Over een paar uur staat ze in een of andere studio en moet ze poseren. Alle ogen zullen op haar gericht zijn. Die gedachte alleen al bezorgt haar rillingen. En zo fotogeniek is ze niet. Ze weet zeker dat het de fotograaf niet zal lukken ook maar één goede foto van haar te schieten. Al is Sylvia het daar niet mee eens. Ze heeft een geweldige fotograaf geregeld, een styliste annex visagiste die kleding heeft uitgezocht en die haar ook op zal maken. Volgens Sylvia moet ze gewoon van deze dag genieten.

Kittana schuift de kom met cornflakes van zich af en leunt achterover in de houten keukenstoel. Dat is makkelijker gezegd dan gedaan. Niet iedereen bezit die natuurlijke schoonheid van Sylvia en niet iedereen zit zo lekker in haar vel als zij schijnt te doen. Ze vraagt zich af of het koppelen van haar aan Ben geen onbegonnen werk is. Sylvia lijkt zo in balans met haar werk en haar privéleven. Alsof ze totaal niet op een man zit te wachten. Misschien was het toch niet zo'n goed idee om Ben uit te nodigen een kijkje te nemen bij de fotoshoot. Nu ze erover nadenkt, reageerde hij een beetje lauw, en helemaal toen ze hem adviseerde in zijn vrijetijds-kleding te komen. Lekker in spijkerbroek en shirt. Of zou hij dat nooit dragen?

De vertrouwde klanken van Justin Timberlake vullen de keuken en ze neemt snel haar telefoon op.

'Hoi,' zegt ze.

'Hé, Kit, ik wil je alleen maar even succes wensen van-daag,' zegt Jennifer in haar oor. 'Hoe gaat het met de zenu-wen?'

'Die zijn er nog steeds en niet van plan weg te gaan. Misschien had ik Ben beter niet kunnen uitnodigen vandaag. Ik ben te zenuwachtig om ook maar iets te doen om hem te helpen.' Ze staat op met haar iPhone aan haar oor geklemd en zet haar halfvolle kom met cornflakes op het aanrecht.

'Zit Sylvia er eigenlijk wel op te wachten om gekoppeld te worden aan die Ben?'

Kittana haalt haar schouders op, beseft dan dat Jennifer dat niet kan zien. 'Ik weet het niet. Ik kan er alleen maar voor zorgen dat ze buiten het werk om tijd met elkaar doorbren-gen. Ben zal zelf echt de rest moeten doen.'

'Daar heb je helemaal gelijk in. In ieder geval toi, toi, toi voor vandaag.'

'Dank je. Dat had ik net nodig.'

Ze beëindigt het gesprek en spoelt de overgebleven corn-flakes in het bodempje warme melk door de wc. Als ze ziet hoe laat het is, sprint ze snel naar de badkamer, spreekt zichzelf streng toe in de spiegel – Geen zenuwen meer, Kittana, je kunt dit best – om daarna een snelle douche te nemen.

Het pand waar de fotoshoot is, ziet er kleurloos en grauw uit. Kittana staat in de binnenstad en tuurt omhoog langs het gebouw. Op de derde verdieping moet ze zijn. Ze negeert de steeds erger wordende spanning in haar lichaam en herhaalt fluisterend tegen zichzelf dat ze dit kan. Dan drukt ze op de deurbel. Een paar tellen nadat ze haar naam in de intercom heeft gezegd, geeft een luid gezoem aan dat de deur van het slot is.

Geen weg meer terug, denkt ze als ze over de drempel stapt.

Sylvia begroet haar hartelijk als ze zich via de smalle wenteltrap naar boven heeft begeven. Even blijft ze staan om de ruimte goed in zich op te nemen. Het is kleiner dan ze had verwacht. Tegen de achterste muur staat een groot grijs scherm met daarvoor een felrode sofa. Haar keel wordt droog bij de gedachte dat zij daar straks op plaats zal moeten nemen om te poseren. Aan het plafond is een statief met felle lampen bevestigd. Een paar meter voor de sofa staat een man met zijn rug naar haar toe. Hij is lang en slank, draagt een grijs T-shirt en om zijn kont zit een strakke spijkerbroek.

'Ziet er goed uit, hè?' zegt Sylvia.

Kittana kijkt snel weg van de man. 'Gaat wel,' zegt ze. Dat Sylvia nu net moest zien dat ze naar de kont van die man stond te kijken.

'Ik zal je even aan hem voorstellen. Hij gaat je straks fotograferen.'

Sylvia loopt voor haar uit en na een paar diepe ademteugen volgt ze haar. Als Sylvia haar hand op de schouder van de man legt en hij zich naar haar omdraait, weet Kittana het meteen. Het is net zoiets als liefde op het eerste gezicht, maar in plaats van liefde voelt Kittana een spontane afkeer van deze man. Als hij haar hand schudt, knijpt hij zo hard dat haar vingerkootjes bijna verbrijzelen. Hij lacht te klef, hij kijkt alsof hij haar met zijn ogen uitkleedt en de arrogantie die hij uitstraalt doet Kittana bijna kokhalzen. Maar dat kan ook van de zenuwen komen.

Hij stelt zich voor als Rick.

'Rick is erg goed in zijn vak, dus je bent in goede handen bij hem,' verzekert Sylvia haar.

'Dat geloof ik graag,' zegt Kittana terwijl ze er met veel moeite een glimlach uit perst, ondertussen wensend dat hij haar niet zo schaamteloos in zich stond op te nemen.

'Kom, ik zal je even voorstellen aan Barbara. Zij regelt je make-up.'

Als Kittana zich omdraait om Sylvia te volgen, voelt ze de blik van Rick in haar rug branden.

'Wat een schatje, nietwaar?' zegt Sylvia als Kittana even later in de make-upstoel zit en Barbara haar spullen aan het verzamelen is om haar op te maken. Ze heeft inmiddels kleding aangetrokken voor de foto. Een rok tot net boven de knie met daarop een laag uitgesneden shirtje en een getailleerd jasje in dezelfde stof als de rok. Zakelijk en toch op en top vrouwelijk, aldus Barbara en Sylvia. Kittana vindt de top eigenlijk te laag uitgesneden. Als ze naar beneden kijkt kan ze haar beha zien. Vooroverbuigen zit er dus niet in, tenminste als ze niet wil dat gretige Rick schaamteloos een blik op haar decolleté kan werpen.

'Ik zou hem niet echt een schatje noemen,' zegt Kittana, 'eerder een blaaskaak.'

'Ik vind hem leuk,' zegt Sylvia. 'En hij is erg goed in zijn werk.'

Het verbaast Kittana niets dat Sylvia Rick wel ziet zitten. Op de havo had ze al een totaal andere smaak qua jongens dan zij. Maar vanmiddag moet ze haar aandacht bij Ben hebben en niet bij die kwijlebal van een Rick.

'Ik vertrouw volledig op jou, Syl. En ik geloof best dat hij goed is in zijn werk.' Die arrogantie van hem moet toch ergens vandaan komen. Dat laatste zegt Kittana natuurlijk niet hardop.

'Ontspan je!' De stem van Rick klinkt bijna wanhopig en vult de fotostudio. Kittana draait van links naar rechts op de sofa en probeert een pose aan te nemen die serieus maar toch sexy is.

'Doe ik toch,' bijt ze terug. Met haar blik zoekt ze Sylvia, maar die steekt alleen maar haar duimen omhoog. Waarschijnlijk probeert ze Kittana op die manier aan te moedigen. Het zorgt er alleen maar voor dat de moed haar nog verder in de schoenen zakt.

'Pauze,' zegt Rick, die meteen koers zet naar de koffieautomaat vlak bij de ingang van de studio. Sylvia kijkt schouderophalend naar Kittana en loopt dan snel achter Rick aan. Kittana laat zich van de sofa glijden en kijkt haar vriendin na. Ze gaat iets te dicht naast Rick staan en onder het praten raakt ze even zijn arm aan. Haar andere hand strijkt lichtjes door haar lange, blonde haar. Kittana kan haar luid horen lachen om een of ander – vast erg flauw – grapje van Rick. Misschien is het beter dat ze Ben afbelt. Op deze manier zal Sylvia nooit aandacht hebben voor hem.

Kittana is in ieder geval blij dat ze onder de warme lampen vandaan kan stappen. Een kop koffie hoeft ze niet, ze snakt naar een glas ijskoud water. Ze had er geen idee van dat je van poseren zo moe kon worden. Een blik op haar horloge leert haar dat ze al drie kwartier bezig is en ze heeft zo'n vaag vermoeden dat ze er niet veel van bakt. Ricks aanwijzingen maken haar alleen maar zenuwachtig. Hij heeft maar één goede foto nodig en dat herhaalde hij om de vijf minuten met die slijmerige stem van hem, terwijl zijn camera flitste en Kittana het onder de lampen steeds warmer kreeg. Ze durfde haar voorhoofd niet te deppen, want daarvoor had ze eerder al een standje gekregen van Barbara. Op die manier bedierf ze haar make-up.

Kittana loopt langs Sylvia en Rick de studio uit. In de kleine keuken aan het einde van de hal zoekt ze een glas en laat het volstromen met kraanwater. Het kost haar niet meer dan een paar slokken om het glas leeg te drinken. Als ze terugloopt naar de studio komt Ben de trap op lopen.

Hem afbellen heeft niet zoveel zin meer. Wat moet ze hier nu mee aan? Ze had hem nooit moeten uitnodigen. Dit kan alleen maar verkeerd aflopen.

Hij draait zijn hoofd naar haar toe. Hij duwt zijn bril verder op zijn neus en wrijft met zijn hand over zijn hoofd. Kittana neemt hem van top tot teen op. Hij draagt een spijkerbroek met een poloshirt. Zijn leren schoenen zijn naar haar smaak iets te netjes voor vrijetijdskleding, maar ze kunnen ermee door.

'Nog niet helemaal zoals ik bedoeld had, maar je bent op de goede weg,' zegt ze.

'Dank je... denk ik.'

'Leuk dat je er bent. Zal ik je de studio even laten zien?'

Ben knikt en samen lopen ze de studio binnen.

'Ik moet je wel waarschuwen, want blijkbaar ben ik niet voor het modellenleven weggelegd.'

'Hoezo?' vraagt Ben.

'Het lukt niet echt om een goede foto van mij te nemen. Kijk, de plaats waar mijn marteling heeft plaatsgevonden en over een paar minuten zal worden hervat.' Ze wijst naar de sofa onder de felle lampen.

'Hé, Ben. Wat doe jij hier nou?' Sylvia komt op hen af lopen en kijkt vragend, vooral naar Kittana.

'Ik was in de buurt. Ik dacht, ik kom even langs,' zegt Ben vlotjes, nog voor Kittana goed en wel een goed excuus voor Ben kan bedenken en uitspreken.

'Tijd om weer te beginnen!' roept Rick van een afstand en hij klapt een paar keer in zijn handen om zijn woorden kracht bij te zetten.

'Op naar de pijnbank,' mompelt Kittana.

'Kom op, meis, je kunt het. Rick zegt dat je een natuurtalent bent,' zegt Sylvia. Kittana besluit er verder niet op te reageren. Sylvia is nooit een goede leugenaar geweest.

Kittana neemt plaats op de sofa, geeft Ben een knipoog als Sylvia niet kijkt en lacht naar de camera. Vanuit haar ooghoeken probeert ze in de gaten te houden wat Ben en Sylvia doen.

Maak nou gewoon een praatje, probeert ze op telepatische wijze naar Ben over te brengen als ze ziet dat hij gewoon maar wat sullig tegenover haar staat. *Zo verlies je haar aandacht.*

'In de camera kijken, schatje. Hier ben ik,' zegt Rick.

Kittana hoort hem amper. Ze heeft haar aandacht bij Sylvia, die haar interesse voor Ben verliest en met een hongerige blik in haar ogen naar Rick staat te kijken. Kittana zou haar graag een oplawaai verkopen. Ziet ze dan niet dat er een leuke man voor haar neus staat? Waarom moet ze nu per se haar zinnen zetten op die arrogante kwijlebal?

Misschien moet ze Sylvia laten zien dat Rick een versierder eersteklas is, die alle vrouwen om zijn vinger kan winden en geen mogelijkheid onbenut laat om dat ook daadwerkelijk te doen.

Hoe kan ze dat nu eens het beste aanpakken? Ze bijt op haar onderlip.

De camera flitst. 'Heel mooi,' roept Rick.

Precies de aanmoediging die ze nodig heeft. Ze strekt zich uit op de sofa, gaat op haar buik liggen, steunt met haar kin op haar hand en probeert zo verleidelijk mogelijk in de camera te kijken. Rick houdt de camera even van zijn gezicht af en kijkt haar aan alsof hij haar voor het eerst echt ziet. Ze blijft terugkijken, haar blik strak in de zijne. Weer maakt hij een paar foto's. Dan verandert ze van pose en schudt haar haren los. Ze haalt haar hand door haar haar, neemt nog een paar verschillende poses aan, kijkt diep in de camera, kijkt dan weer weg.

Kittana kan een glimlach niet onderdrukken als ze zijn bewonderende blik ziet op het moment dat hij de camera opnieuw een moment van zijn gezicht vandaan houdt.

'Had je dit niet van het begin af aan kunnen doen?' vraagt hij. 'Dat had iedereen veel tijd gescheeld.' In plaats van geïrriteerd, zoals hij de hele middag al heeft geklonken als hij tegen haar praatte, klinkt zijn stem geamuseerd en Kittana trekt even subtiel en – naar ze hoopt – mysterieus haar wenkbrauwen op. Dan geeft ze hem een knipoog.

'Oké, ik denk dat ik het nu wel heb.' Hij geeft de camera aan zijn assistent en loopt op Kittana af. 'Dank je wel,' zegt hij en zoent haar zachtjes op haar wangen. 'Je kwam ineens helemaal los, of niet?'

Kittana knikt. 'Jij brengt het beste in mij naar boven,' zegt ze en kijkt hem van onder haar wimpers aan.

'Dat hoor ik wel vaker.' Hij zegt het zonder enige gêne. 'Heb je zin om straks nog wat te gaan drinken?'

Hij laat er in ieder geval geen gras over groeien. Allerlei mogelijke antwoorden spelen door haar hoofd. Van 'Nee, ik moet mijn haar wassen' tot 'Zak in de stront, over het paard getilde kwijlerd'. Nog voor een van deze briljante mogelijkheden haar mond verlaat, komt Sylvia naast haar staan.

'Wíj gaan graag ergens wat met je drinken.' Ze legt zo duidelijk de nadruk op het woordje wij dat Kittana niets meer durft in te brengen.

Rick kijkt met een schuine blik van Sylvia naar Kittana en weer terug. Dan grijnst hij.

'Top,' zegt hij. 'Ik ben zo klaar, dan gaan we.'

Kittana en Sylvia staren hem na als hij wegloopt.

'Waar ben jij mee bezig?' vraagt Sylvia. Haar stem klinkt rustig, maar ze kan haar woede niet helemaal onderdrukken.

Kittana besluit zich van de domme te houden. 'Hoezo?'

'Je vond hem toch een kwijlebal? En nu ga je wat met hem drinken?'

'Ja, toevallig wel, ja. Waarom vragen we Ben niet ook mee? Gezellig.'

'Gezellig, zeg.' Het sarcasme druipt van Sylvia's stem. 'Ik ga even bij Rick de foto's bekijken. Ik zie je straks wel.'

Zou ze erg kwaad zijn? Misschien was het niet zo slim om op deze manier te bewijzen dat Rick een ordinaire vrouwenverslinder is. Ze heeft geen zin in ruzie met Sylvia omdat zij denkt dat Kittana haar potentiële vriendje probeert af te pakken.

Ze kijkt om zich heen. Waar is Ben gebleven? Ze ziet hem bij de koffieautomaat staan. Zelf kan ze ook wel een sterke bak gebruiken.

'Dit wordt helemaal niets, Kittana,' verzucht hij als ze bij hem staat. Hij neemt zijn bril van zijn neus en wrijft de glazen op met zijn poloshirt. 'Ze ziet niets in mij. Helemaal niets.'

'Ik denk dat je twee dingen kunt doen. Een: je vergeet Sylvia. Richt je aandacht op andere dingen, zoek afleiding, zorg dat je niet meer iedere seconde van iedere minuut van de dag aan haar denkt. Twee: vertel haar hoe je je voelt.' Kittana heeft haar laatste zin nog niet eens afgemaakt of Ben begint hevig zijn hoofd te schudden.

'Ik weet dat het erop lijkt dat Sylvia je niet ziet staan, maar soms helpt het als je ervoor zorgt dat ze op een andere manier naar je kijkt. En als ze je gevoelens niet beantwoordt, dan heb je tenminste duidelijkheid.' Ze trekt een van de papieren bekertjes uit de houder naast de koffieautomaat, zet het op de aangegeven plek en drukt op de knop voor koffie. Zwijgend staart ze naar de donkere stroom vloeistof totdat het bekertje driekwart vol is. De stroom stopt. 'Ga nog even met ons mee wat drinken.'

Nogmaals schudt Ben zijn hoofd. 'En zien hoe Sylvia zich de hele avond loopt aan te stellen bij dat arrogante mannetje? Liever niet.' Hij drinkt zijn bekertje leeg, kiepert het in de prullenbak naast de koffieautomaat en maakt aanstalten om te vertrekken. 'Bedankt voor je hulp in ieder geval. Ik denk dat ik maar eens opstap.'

Voordat Kittana hem op andere gedachten kan brengen, voelt ze een arm om haar middel. Rick trekt haar tegen zich aan. Ze ziet nog net Ben met gebogen hoofd de studio uit lopen.

'Ben je er klaar voor?' vraagt Rick.

Kittana pakt zijn hand, die nog steeds op haar heup ligt, en duwt deze voorzichtig weg.

'Hoe waren de foto's?' vraagt ze. 'Mag ik ze zien?'

'Je foto's zijn goed. Tenminste, een aantal,' antwoordt Sylvia, die bij hen is komen staan, nog voordat Rick zijn mond open kan doen.

Dan begint Rick een heel relaas over de perfecte foto met de meest praktische positie en de juiste invalshoek. De woorden gaan voor Kittana verloren. Ze heeft haar aandacht gericht op de man die de studio binnenloopt en zoekend om zich heen kijkt.

'Julian,' zegt ze dwars door Ricks woorden heen. Bij het horen van zijn naam draait hij zijn hoofd in haar richting. Ineens is ze zich er pijnlijk van bewust dat Rick te dicht bij haar staat. Zonder zich verder om hem te bekommeren loopt ze op Julian af.

'Wat doe jij hier?'

'Ik was in de buurt en ik was benieuwd hoe het je was vergaan.'

'Het was een drama. Zal ik koffie voor je inschenken?' Ze neemt zelf een grote slok.

Julian schudt zijn hoofd. 'Ik moet zo weer weg.'

'Hoi Julian,' zegt Sylvia. Dan richt ze zich tot Kittana. 'Rick wil je de foto's nog laten zien. Dan kun je daarna wat met hem gaan drinken.'

Kittana laat bijna haar koffiebekertje vallen. Voorzichtig probeert ze Julians reactie te peilen. Als hij nu maar niet denkt dat ze iets met die kwijlebal heeft. En waarom krijgt ze het gevoel dat dat nu precies de bedoeling van Sylvia is, alleen maar om haar terug te pakken?

'Kun jij die foto's niet meenemen tijdens onze eerstvolgende bespreking? Ik wil eigenlijk wel naar huis. Ga jij maar lekker alleen wat drinken met Rick,' zegt Kittana snel.

Sylvia's mond zakt een stukje open.

'Oké,' lacht ze dan. 'Die laatste foto's zijn trouwens echt goed geworden. Maar wat wil je ook met zo'n fantastische fotograaf als Rick.'

Kittana knikt. 'Heb jij misschien nog tijd om mij naar huis te brengen?' vraagt ze Julian.

Hij knikt.

Niet veel later staan ze buiten, een broeierige warmte omringt hen. Kittana wrijft met haar hand over haar voorhoofd, dat aanvoelt alsof er een te strakke band omheen gespannen zit. De hele situatie heeft ze niet handig aangepakt. En zij noemt zichzelf nog wel een relatiebemiddelaar.

'Ik ben blij dat je niet eerder bent gekomen. Ik was zo vreselijk slecht,' zegt ze terwijl ze met Julian over het trottoir naar zijn auto loopt. De drukte van de stad omringt hen. Fietsers, auto's, voetgangers krioelen langs hen heen.

'Volgens mij dacht die fotograaf daar anders over,' zegt Julian.

'Die fotograaf was een eikel en ik heb er een ongelooflijk potje van gemaakt.'

Julian zegt niets. Het enige wat hij doet is haar hand pakken en haar het eerste het beste cafeetje in trekken. In het halfdonker van de kroeg zit ze tegenover hem achter een glas fris en doet ze haar verhaal. Ze vertelt over Ben, zijn gevoelens voor Sylvia en haar poging om Rick te ontmaskeren als womanizer.

Julian luistert. Hij onderbreekt haar niet een keer.

'Ik vind het lief wat je probeert te doen,' zegt hij uiteindelijk, 'maar ik denk dat je in deze situatie hebt gedaan wat je kunt. En je hebt Ben goed advies gegeven. Het is aan hem om te zien wat hij ermee doet.'

'Ik weet dat je gelijk hebt. Ik kan er gewoon niets aan doen. Ik houd er nu eenmaal van om mensen te koppelen. Als het dekseltje uiteindelijk op het potje past, een grotere kick bestaat niet.' Haar vingers vouwen zich om het koele glas. Het is een zweterige middag. Benauwd. Er kriebelt iets op haar hand. Een onweersbeestje. Ze veegt het pietepeuterige insect weg.

'En wat Sylvia en die fotograaf betreft, als hij echt zo'n womanizer is als jij denkt, dan komt ze daar vanzelf wel achter.'

'Ik weet het. Maar genoeg over mij. Hoe gaat het met jou?'

Julian knikt bedachtzaam. 'Goed,' zegt hij. 'Beter dan ik me in tijden heb gevoeld eigenlijk.'

Zou dat iets met haar te maken kunnen hebben? Ze bestudeert zijn gezicht aandachtig om te zien of ze iets uit zijn uitdrukking kan opmaken.

'Heb ik iets op mijn gezicht of zo?' vraagt Julian.

Kittana schiet in de lach. 'Nee,' zegt ze terwijl ze naar het tafelblad staart en probeert niet aan haar wangen te denken, die ongetwijfeld hoogrood zijn aangelopen.

'Tijd om op te stappen?' vraagt Julian.

Zijn glas is al leeg. Kittana heeft niet eens gezien dat hij het opdronk. Snel slaat ze haar sinas achterover. Als ze het lege glas naast dat van hem zet, ontmoeten haar ogen de zijne. 'Wat lach je?' vraagt ze.

'Ik heb nog nooit een vrouw ontmoet die in één teug haar glas kan leegdrinken,' zegt Julian hoofdschuddend.

'Is dat een compliment?'

Julian moet nog harder lachen. 'Nee,' zegt hij.

Als ze naast hem in zijn Volvo zit, kijkt ze af en toe zo onopvallend mogelijk zijn kant op. Hij concentreert zich op het drukke verkeer in de stad en schijnt haar nieuwsgierige blikken niet op te merken. Ze bestudeert zijn handen, die zelfverzekerd het stuur vasthouden. Hij heeft grote handen met slanke, maar stevige vingers. Waar de gedachte zo snel vandaan komt, weet ze niet, maar ineens stelt ze zich voor dat die handen haar aanraken. Dat zijn vingers haar wang liefkozend strelen vlak voordat hij zich iets vooroverbuigt om haar te zoenen.

Kittana richt haar blik op de weg om zo snel mogelijk die gedachte uit haar hoofd te bannen. Waar is ze mee bezig? Deze man heeft overduidelijk geen interesse in haar. Althans niet op die manier. Anders zou hij dat toch laten merken?

De eerste regendruppels vallen op de voorruit en ze is blij met de lift die Julian haar geeft. Toen ze die ochtend besloot om lopend naar de shoot te gaan, scheen de zon en de koelte van de ochtend lag nog over de stad. Ze wist dat de wandeling haar een kwartier zou kosten en op die manier had ze meteen haar portie beweging voor die dag te pakken. Nu zit ze lekker onderuitgezakt in de comfortabele Volvo met airco van Julian en het valt haar voor de zoveelste keer op hoe ze zich op haar gemak voelt bij hem. Hij wekt een bepaald gevoel bij haar op waarvan ze zich niet kan herinneren dat ooit eerder bij een man te hebben gevoeld. Vriendschap? vraagt ze zich af. Komt het daardoor dat ze zich zo goed voelt bij hem? Ze gluurt nog eens naar hem vanuit haar ooghoeken. Hij is niet bepaald het type 'lekker ding', maar lelijk

177

is hij zeker niet. Hij is lang, langer dan zij, iets wat ze stiekem erg prettig vindt, aangezien ze zelf een meter tweeëntachtig is. En hij heeft de mooiste bruine ogen die ze ooit heeft gezien. Helemaal egaal donkerbruin, behalve in het zonlicht: dan lijkt het alsof er goudkleurige spikkeltjes in oplichten.

'Is er iets?' vraagt Julian.

Ze schrikt op uit haar gedachten en het duurt even tot zijn woorden goed tot haar zijn doorgedrongen. 'Nee,' zegt ze. 'Wat zou er moeten zijn?'

Julian haalt zijn schouders op. 'Je kijkt steeds naar me.'

'Helemaal niet.' Kittana richt haar blik strak op de weg. 'Tss, het idee,' mompelt ze. De rest van de weg zitten ze zwijgend naast elkaar. Als Julian stopt voor haar appartementencomplex, nodigt ze hem uit om iets bij haar te komen drinken, maar hij weigert beleefd. Ze kijkt hem na als hij wegrijdt. Zachte regendruppels vallen op haar gezicht, in de verte rommelt er onweer in de lucht.

De zwarte Volvo verdwijnt uit het zicht en haar voeten voelen zwaar als ze zich omdraait en het gebouw binnenloopt. In ieder geval ging de fotoshoot – uiteindelijk – goed. Ze vraagt zich af hoelang het nog duurt voordat haar hoofd in alle abri's in de stad zal hangen. Een spannende gedachte. Ze weet alleen niet zeker of ze zich erop verheugt of niet. Eerst maar eens die foto's afwachten. Misschien is er een waar ze bijna onherkenbaar op staat.

15

Kittana heeft het goed uitgebalanceerd. In haar linkerhand houdt ze een boodschappentas vast die eigenlijk te vol is, maar als ze met haar duim de verpakte kaas ondersteunt blijft alles keurig op zijn plaats. Dan moet ze de tas wel recht houden. In haar rechterhand heeft ze een plastic tas van Bakker Bart met daarin twee pizzabroodjes die ze voor zichzelf warm wil maken. Verder heeft ze nog een plastic tas met allemaal oude Viva's, die Jennifer vandaag in haar pauze langs kwam brengen, om haar rechterpols hangen. Over haar rechterarm heeft ze ook nog de tas van de stomerij gedrapeerd met daarin een aantal gereinigde kledingstukken. Tot zover gaat alles goed.

Eenmaal voor de deur van haar appartementencomplex beseft ze dat een sleutel wel handig is om binnen te komen. Het zit haar mee, want een van haar medebewoners gaat net naar buiten en houdt de deur voor haar open. Ze aarzelt een ogenblik als ze langs de lift naar het trappenhuis loopt. Nee, voorlopig geen liften voor haar. Ook al ging het haar goed af in de lift van de Eiffeltoren, ze moet er niet aan denken nog eens zo'n gênante situatie mee te maken als bij de V&D, en al helemaal niet in haar eigen gebouw.

Dus sjouwt ze de boodschappen de trappen op en als ze uiteindelijk voor haar deur staat, realiseert ze zich dat ze nog steeds haar huissleutel nodig heeft om naar binnen te gaan. Met een zucht laat ze de zware boodschappentas op de grond zakken. Prompt zakt de tas half tegen haar dichte voordeur aan. Zodra haar duim de verpakte kaas loslaat, verschuiven haar boodschappen in de tas en veroorzaken een lawine aan producten. De tas valt nog verder om. Een tros bananen kiepert op de vloer, kiwi's en appels rollen erachteraan. De verpakte kaas weigert echter zijn veilige plekje te verlaten.

Kittana kijkt over de galerij naar de ontsnapte boodschappen en zucht diep. Met haar vrije hand ritst ze haar handtas open en zoekt naar de sleutel.

'Jij ziet eruit alsof je wel wat hulp kunt gebruiken.' Sylvia bukt zich en pakt de tros bananen op voordat ze doorloopt naar Kittana.

'Hoe raad je het?' Kittana opent haar voordeur en stapt naar binnen. Ze zucht diep. Ze heeft een drukke dag achter de rug en het liefst wil ze in haar joggingbroek onderuitgezakt op de bank hangen. Een blik op Sylvia zegt haar dat dat er niet in zit die avond. Ze heeft een zwarte, vierkante tas bij zich en Kittana vermoedt dat ze haar laptop heeft meegenomen.

'Ik heb de foto's. Die wil je vast wel zien,' bevestigt Sylvia haar vermoeden. Ze geeft een zacht klopje op de laptoptas.

'Ja, ik ben benieuwd,' zegt Kittana terwijl ze zich tegelijkertijd afvraagt waarom Sylvia niet gewoon bij haar op kantoor is langsgekomen onder werktijd. Dit soort dingen valt toch onder werk?

Nadat ze de galerij heeft verlost van de ontsnapte boodschappen en deze veilig en wel heeft opgeborgen op de daarvoor bestemde plaatsen, schenkt ze een glas fris voor Sylvia en haarzelf in en gaat naast haar op de bank zitten. Sylvia heeft de laptop inmiddels opgestart en het bestand met de foto's geopend.

'Deze wilde ik je niet onthouden,' zegt ze en opent de foto's die aan het begin van de shoot zijn genomen. Kittana ziet zichzelf nogal horkerig staan, ongemakkelijk naar de camera loerend.

'En deze willen we eigenlijk gebruiken voor op de website en op de posters.' Sylvia duwt een lok haar achter haar oor en klikt een bestand aan. Kittana ziet een breed lachende versie van zichzelf het beeldscherm vullen. Niet bepaald onherkenbaar, zoals ze had gehoopt. Maar ze moet toegeven dat ze er stralend op staat. En dan te bedenken dat deze foto gemaakt is toen zij zich zo vreselijk aan het aanstellen was. Is het in ieder geval nog ergens goed voor geweest.

'Mooi. Rick heeft zijn werk goed gedaan,' zegt Kittana.

Sylvia knikt. Ondertussen houdt ze haar blik scherp op het beeldscherm gericht.

'Zijn jullie nu nog iets gaan drinken?' vraagt Kittana.

Sylvia knikt weer.

'Was het leuk?'

Eindelijk kijkt Sylvia op. 'Ging wel.'

'Laat me raden. Hij heeft je naar huis gebracht, is blijven slapen en is er midden in de nacht tussenuit geknepen.'

'Nee, zeg. We hebben iets gedronken en daarna ben ik naar huis gegaan. Alleen.'

'En vind je hem nog steeds zo leuk?'

Sylvia spert haar neusvleugels open en perst haar lippen op elkaar, waarop Kittana een gemene grijns niet langer kan onderdrukken.

'Jij vindt hem ook een kwijlebal. Geef maar toe.'

Met duidelijke tegenzin knikt Sylvia.

'Sorry,' zegt Kittana, 'maar ik moet het toch echt zeggen. *Told you so.* Wat is er gebeurd?'

'Hij probeerde me te versieren. En dat is in principe niet

zo erg, dat was wat ik wilde. Maar hij probeerde ook de serveerster te versieren en de twee meiden die schuin achter ons zaten.'

'Wat een sukkel.'

'Ik heb hem uiteindelijk duidelijk kunnen maken dat ik onze relatie strikt professioneel wilde houden.' Sylvia kijkt bedenkelijk. 'Over professioneel gesproken, wat moest Ben nou eigenlijk op die shoot? Kwam hij voor jou?'

'Ben? Jouw collega Ben? Hij kwam in ieder geval niet voor mij. Ik ken hem amper. Nog wat drinken?'

Sylvia knikt afwezig en staart weer naar de laptop. Kittana loopt snel naar de keuken en schenkt haar glas bij.

'Vanwaar die vraag? Is het dan zo gek dat hij langskwam? Ik bedoel, hij werkt toch bij C&C. Misschien was hij gewoon nieuwsgierig naar hoe zo'n shoot verloopt. Of misschien wilde hij jou even zien.'

Sylvia schiet in de lach. 'Mij zien? Waarom zou saaie cijfertjes-Ben mij willen zien? Ben je het trouwens met mij eens dat we deze foto gebruiken?'

Kittana werpt een snelle blik op de laptop en knikt.

'Was het nog leuk met Julian?' vraagt Sylvia.

'Ja, best wel. Julian is erg aardig en hard op weg een goede vriend te worden.'

'Gewoon een vriend?'

Kittana haalt haar schouders op. 'Ik denk het wel. Ik heb hem trouwens gevraagd als date naar het bal. Jij komt toch ook?'

'Naar het liefdadigheidsbal van je moeder? Jazeker. Ik heb al kaarten besteld. Leuk dat je met Julian gaat. Jack is *out of the picture*?'

'Dat blijft een beetje vaag.' Kittana's maag rommelt en Sylvia kijkt haar schuldbewust aan.

'Volgens mij is dat het teken dat ik op moet stappen,' zegt ze.

'Ik zou nu eigenlijk moeten zeggen dat dat niet hoeft en dat ik graag wil dat je blijft.'

Sylvia steekt haar handen op in een afwerend gebaar en rolt met haar ogen. 'Houd maar op, ik begrijp de boodschap.' Ze sluit de laptop af en bergt deze weer op in de tas.

'Sorry trouwens van mijn actie tijdens de shoot. Het was echt niet mijn bedoeling om Rick voor je neus weg te kapen. Ik wilde alleen maar bewijzen dat het een grote versierder is, verder niets,' zegt Kittana als ze de voordeur voor Sylvia opendoet.

Sylvia strijkt met haar hand door haar haar. 'Ik weet het. Het is oké. Ik spreek je snel weer.'

Kittana kijkt haar na als ze naar de lift loopt. Haar maag rommelt nog een keer, ditmaal luider. Hoog tijd om haar pizzabroodjes in de oven te doen.

*

Er gaat niets boven haar vrije zaterdag beginnen met een sterke kop koffie en een vers broodje. Kittana rommelt in de kastjes op zoek naar brood en vindt een paar uitgedroogde boterhammen. Het was verstandig geweest als ze tijdens het boodschappen doen ook aan vers brood had gedacht. Ze is nog wel bij Bakker Bart geweest. Waar zit ze wel niet met haar hoofd?

Voor alles is een oplossing, bedenkt ze terwijl ze haar broodrooster uit de kast haalt. Hmm, geroosterd brood met bruine suiker, daar heeft ze zin in.

Ze installeert zich aan de ronde keukentafel met het glazen bovenblad. De zaterdagkrant ligt voor haar neus uitgespreid en ze zuigt op een stukje van het zoete brood.

In de verte hoort ze haar mobiel. Waar lag dat ding ook alweer? Ze loopt naar het halletje en zoekt in haar jaszakken, zonder succes. Haar tas misschien? Ze voelt erin, maar wat haar vingers ook naar boven brengen, geen mobieltje. Uit frustratie kiepert ze haar tas leeg op de bank, ziet tot haar grote vreugde haar oplichtende en muziek makende iPhone liggen en drukt een toets in.

Opgehangen! Mooi is dat. Ze kijkt naar de troep op haar bank. Hoeveel rotzooi kan een mens verzamelen? Waarom maken die ontwerpers die tassen dan ook zo groot? Er kan gewoon te veel rommel in.

Een vrolijk piepgeluidje geeft aan dat ze een voicemail heeft. Snel luistert ze het bericht af. Bijna laat ze de telefoon uit haar vingers glijden als ze Jacks stem in haar oor hoort tetteren. Het is moeilijk voor te stellen dat de eigenaar van de stem zo'n sexy mansfiguur is. Hij praat hard, te hard, en zijn stem is schor. En Kittana vermoedt dat dat niet is omdat hij net wakker is, maar eerder omdat hij bijna gaat slapen.

'Kittana, dit is Jack. Zin om vanavond mee te gaan naar een feestje? Ik beloof je dat het heel leuk wordt. Bel me!'

Vooral de laatste woorden klinken alsof een hond in het toestel heeft geblaft.

Een feestje. Vanavond. Met Jack.

Ze belt hem terug en als ze de telefoon over hoort gaan, weet ze niet wat ze gaat zeggen.

'Kittana?' hoort ze zijn stem vlak bij haar oor.

'Hoi Jack, hoe is het?'

'Goed, beetje moe.' Ze hoort hem luid geeuwen en ze onderdrukt de neiging om met hem mee te doen. 'Ik zoek zo mijn bedje op, dan ben ik vanavond helemaal fit.'

'Ja, vanavond. Wat voor feestje is het?'

'Mijn beste vriend geeft een feestje, hier in huis. Het wordt geweldig, je moet echt komen.'

'Een studentenfeestje? Jack, ik weet het niet.'

'O, kom op, doe eens gek. Ik zou het erg leuk vinden als je komt.' Zijn stem wordt zachter als hij de laatste woorden uitspreekt en ze voelt dat ze zal zwichten. Het is niet dat Julian haar de liefde heeft verklaard of zo, integendeel. Dus ze kan doen wat ze wil. Julian heeft zijn kans gehad en niet gegrepen. Het staat haar vrij om Jack nog een kans te geven. De zoveelste.

'Oké, oké, ik kom. Leuk.' En daar komt nog eens bij dat Kittana in haar heao-tijd amper naar dat soort feestjes ging. Meestal had ze het te druk met haar bijbaantje en penvriendenbureau, dat toen al was uitgegroeid tot een half datingbureau. Soms sleepte Jennifer haar mee, maar meestal vond ze een goed excuus om vroeg naar huis te gaan. Tentamen, werk, alles was belangrijker dan feestvieren.

En nu? Nu bedenkt ze zich dat af en toe eens gek doen verfrissend zijn kan.

Tussen de rommel op de bank vindt ze een pen en een kladpapiertje en ze noteert de adresgegevens van het studentenhuis. Ze belooft er tegen een uur of tien 's avonds te zijn.

De rest van de dag doet ze het rustig aan. Ze bedenkt dat, aangezien het een studentenfeestje betreft, ze wel in stijl dient te arriveren. 's Middags heeft ze een fietsenmaker bij haar in de buurt opgezocht om haar band te laten plakken. Zodoende zit ze nu in haar nieuwe spijkerbroek met T-shirtje op haar fiets met pas geplakte band te zoeken naar het juiste adres. Al snel hoort ze muziek uit een van de huizen in de straat komen en het lijkt haar een goed idee daar eerst eens even te kijken.

Fietsen bevolken het trottoir. Een stuk of wat in rijen naast elkaar, andere zijn via een ingewikkelde constructie vastgemaakt aan de lantaarnpaal. Ze besluit haar fiets er op goed geluk ergens tussen te plaatsen en zet het slot erop. Zo, daar is ze dan. Ze checkt voor de zekerheid nog even het huisnummer. Dat klopt. Ze negeert de zenuwachtige hartenklop in haar keel en belooft zichzelf dat als ze zich een oud wijf voelt tussen al die jonge studenten, ze meteen rechtsomkeert maakt. Ze heeft kleren aangetrokken waarvan ze denkt dat de meeste studenten die dragen. Gewoon een simpele spijker- broek, die wel meer dan tweehonderd euro kostte, maar dat hoeven haar feestgenoten niet te weten, en een simpel roze T-shirt dat ze bij Mango heeft gekocht. Haar laarzen zijn misschien nog wel het duurste aan de hele outfit. Jimmy Choos, haar favoriete paar. Ze kon ze gewoon niet thuislaten vanavond.

Ze ademt een diepe teug frisse buitenlucht in en belt aan.

'Hé, lekker ding! Kom snel verder,' zegt Jack als hij de deur opentrekt. Een walm van drank, rook en wiet komt haar tegemoet. Jack heeft een glas bier in zijn hand en een peuk in zijn rechter mondhoek. Kittana bijt op haar lip. Het liefst zou ze hem meteen bespringen, zo stoer als hij daar tegeno- ver haar staat.

Hij pakt haar bij haar arm vast en neemt haar mee naar binnen. Achter haar valt de deur met een zware klap in het slot.

'Je ziet er geweldig uit,' zegt hij terwijl hij haar door een nauwe gang vol feestende mensen heen loodst. 'Wat wil je drinken?' Hij blijft staan in de kleine keuken.

'Een cola,' zegt ze.

Hij zet overdreven grote ogen op. 'Kittana, een cola? Daar komt niets van in. Hier, een wijntje.' Hij tovert een plastic beker uit een van de keukenkastjes en giet het vol met rode wijn.

'Vanavond gaan alle remmen los,' zegt hij terwijl hij de beker in haar hand drukt en zelf een flinke slok van zijn bier neemt. Ineens heeft ze helemaal niet meer zo'n zin in deze avond. Ze kijkt om zich heen en neemt de troep in zich op die je mag verwachten in een studentenhuis. De vloer ligt bezaaid met bierdoppen, het aanrecht staat vol met flessen drank en in de gootsteen staat de vaat van een week. Kittana voelt zich ineens erg blij met haar – schone – plastic bekertje.

'Jack!' roept een jongen met een hanenkam. 'Kom even mee, we hebben wat gedoe met de muziek.'

Kittana zou Jack het liefst smeken bij haar te blijven. Maar met de woorden 'ben zo terug' zet hij zijn flesje bier op het keukenblad en laat haar alleen achter. Nou ja, alleen... Een jongen en een meisje, die Kittana zeker tien jaar jonger schat dan zijzelf, staan in een hoekje van de keuken te zoenen alsof hun leven ervan afhangt. Ze kan het niet helpen. Steeds worden haar ogen ernaartoe getrokken.

'Ziet er goed uit, hè?' zegt een stem vlak bij haar oor. Ze schrikt ervan. Naast haar staat een lange jongen met zwart haar tot op zijn schouders. Hij knikt naar het stel een meter verderop.

Kittana glimlacht, maar het gaat niet van harte. Ze wil niet praten met een slungelige jongen die haar broertje zou kunnen zijn en die daarbij een drankwalm van drie dagen om zich heen heeft hangen.

'Drinken?' vraagt hij terwijl hij de deur van de koelkast opentrekt.

'Nee, dank je,' zegt ze, terwijl ze haar plastic bekertje omhooghoudt. Hij knikt goedkeurend, pakt een flesje Heineken en zoekt tussen de lege drankflessen op het aanrecht naar een flessenopener.

'Leuk feestje?' vraagt hij ondertussen. Hij wiebelt een beetje heen en weer op zijn benen en het valt Kittana op dat hij moeite moet doen om zijn tong onder controle te houden tijdens het praten. Het is nog niet eens middernacht en deze jongen is nu al straalbezopen.

'Ja hoor,' zegt Kittana, hopend dat hij snel weer weggaat.

'Vind ik ook.' Hij heeft een flesopener gevonden en doet een paar pogingen om de dop los te maken. Uiteindelijk slaagt hij erin. Hij neemt een flinke slok en veegt met de rug van zijn hand zijn lippen af. Zijn gezicht is spierwit en hij komt zo dicht bij haar staan dat ze de rode adertjes in het oogwit kan zien. Ze onderdrukt de neiging om met haar hand de dranklucht weg te wapperen.

'Kom je hier vaker?' vraagt hij terwijl zijn ogen over haar lichaam glijden. Binnensmonds vervloekt ze Jack dat hij haar alleen heeft gelaten.

'Leuke schoenen trouwens,' zegt de dronken jongen als zijn blik bij haar benen tot stilstand komt.

In haar tasje voelt ze iets zoemen, gevolgd door Justins sexy stem. Ha! Gered.

'Sorry, belangrijk, moet ik even nemen.' Ze zet haar beker wijn op het aanrecht, haalt ondertussen haar iPhone uit haar tas en draait zich weg van de jongen.

'Kit, hoi, met mij. Ik heb een date!'

'Jen? Ja, echt waar? Met wie?'

'Met jouw Mister Right.'

Haar Mister Right? Wat bedoelt ze precies? Dan begint Kittana te lachen en maakt bijna een vreugdedansje.

'Je hebt een date met Jos? Jen, wat leuk.'

'Ja, ik vind het zelf eigenlijk ook wel leuk. Hij belde vanmiddag. Hij klinkt leuk aan de telefoon. Maar je snapt dus dat ik niet alleen ga, hè. Straks valt hij tegen of is het toch een vreselijke engerd. Jij moet mee. Zeg, wat hoor ik eigenlijk op de achtergrond voor lawaai? Waar ben je?'

'Je gelooft het niet, maar ik ben op een studentenfeestje.' Ze hoort Jennifer in de lach schieten.

'Jij? Op een studentenfeestje? Je bent zeker met Jack.' Kittana knikt, beseft dan dat Jennifer dat niet kan zien en zegt alsnog dat dat zo is.

'Ik zal je niet langer ophouden, ik bel je morgen om af te spreken hoe of wat. Veel plezier nog!'

'Ja, maar...' Kittana wil vragen hoe Jennifer dat voor zich ziet. Zij kan toch niet mee op date met een van haar klanten?

Straks denkt Jos dat ze al haar klanten bij de hand neemt als ze een date hebben.

Ze houdt haar iPhone nadenkend tegen haar kin. Aan de andere kant is het natuurlijk leuk om met Jennifer mee te gaan. Ze kan zich ergens verdekt opstellen, zodat Jos haar niet ziet.

'Richard!'

'Jack!' beantwoordt de dronken jongen Jacks begroeting.

Jack komt de keuken binnen en omhelst Richard. Ze ziet de dronken jongen nog bleker worden als Jack hem iets te ruw tegen zich aan trekt en weer van zich af duwt.

'Jemig man, je stinkt een uur in de wind.'

'Ja,' zegt Richard, alsof het iets is om trots op te zijn, en neemt een slok van zijn bier.

'Heb je je een beetje vermaakt zonder mij?' vraagt Jack aan Kittana.

'Ja, hoor,' antwoordt Richard. 'O, je had het niet tegen mij. Da's wel cool, hoor.'

Jack kijkt hem met opgetrokken wenkbrauwen aan en pakt Kittana's hand. Zonder haar aan Richard voor te stellen trekt hij haar mee naar de woonkamer, waar de muziek nog luider is, maar de sfeer ontspannen.

'Kom zitten,' zegt hij en hij gaat haar voor naar een leren bank waarvan de armleuningen doorgesleten zijn. Hij zakt onderuit en legt zijn benen op de salontafel die voor de bank staat.

Kittana volgt zijn voorbeeld en vanaf haar plekje op de bank heeft ze een goed uitzicht over de woonkamer. Ze laat haar ogen over de dansende en pratende meute glijden. De meeste jongens hebben een colbertje aan, waarvan bij sommigen de ellebogen helemaal zijn versleten, met een T-shirt eronder, de meiden ultrastrakke spijkerbroeken met een simpel shirtje. Ze is blij te merken dat ze niet uit de toon valt. Ze tilt haar voeten op en legt haar in Jimmy Choos gestoken voeten naast Jacks gympen op de salontafel. Uit de luidsprekers galmt een liedje dat haar vaag bekend voorkomt.

'Leuk dat je er bent,' zegt Jack. Hij buigt zich naar haar toe en slaat een arm om haar heen. 'Nogmaals sorry van laatst. Ik kan mezelf wel voor m'n kop slaan, weet je. Jij bent zo'n mooie meid en dan begin ik over zoiets stoms als je vader.'

'Tja,' zegt Kittana, wensend dat ze haar bekertje wijn nog had. Gewoon om iets in haar handen te hebben.

'Hoe is het trouwens met je vader?'

Kittana werpt een blik opzij en geeft hem een stomp in zijn zij als ze de blik in zijn ogen ziet.

'En vind je het een beetje leuk?'

'Het is al een tijdje geleden dat ik op een studentenfeestje ben geweest.'

'Echt? Zou je niet zeggen.'

Hij buigt zich iets naar haar toe en strijkt een loszittende streng haar achter haar oor. Kittana kijkt snel de andere kant op. Ze ziet Richard in de deuropening staan. Zijn gezicht is wit en hij staat wankel op zijn benen. Zijn vingers heeft hij stevig om de deurpost geklemd.

'Volgens mij gaat het niet zo goed met je vriend,' zegt Kittana terwijl ze een hoofdbeweging maakt in de richting van Richard.

Jack haalt zijn schouders op. 'Richard zou ik geen vriend noemen.'

Kittana zou zweren dat dat wel zo was, gezien de stevige omhelzing van een klein kwartiertje geleden. Ze ziet Richard de kamer rondspeuren alsof hij op zoek is naar een bekende om zich aan vast te klampen. Zijn blik blijft op haar en Jack rusten. Ze draait snel haar hoofd weg. Zie me niet, zie me niet, mompelt ze inwendig.

'Maar vertel eens, Jack, hoe gaat het met de studie?' vraagt ze, terwijl ze hem strak aankijkt.

'Goed. Ik ga nu definitief mijn coschappen lopen bij het

UMCG, lijkt me te gek. Vooral als je vader een goed woordje voor me... Hé, Richard, jongen! Vermaak je je een beetje?'

Kittana durft bijna niet te kijken, maar de drankwalm die ze ruikt, laat haar weten dat Richard niet ver van haar verwijderd is.

'Wawel,' hoort ze Richard lallen. Hij staat naast haar, voor de bank en maakt aanstalten om te gaan zitten. Voor hij goed en wel neerploft op de bank lijkt zijn gezicht nog witter te worden dan het al was. Zijn ogen worden groot en hij slaat zijn hand voor zijn mond. Voordat Kittana in de gaten heeft wat er gebeurt, klapt Richard voorover en sproeit er een stinkend goedje uit zijn mond. Het belandt half op de tafel en half op haar laarzen.

Kittana knijpt haar ogen dicht en haar lippen samen. Dit gebeurt niet, dit gebeurt niet, dit gebeurt niet. Als ze haar ogen weer opent, is Jack opgesprongen.

'Richard, gaat het?' Hij slaat een arm om Richards schouder. Een andere jongen schiet te hulp en samen helpen ze hem de kamer uit. Kittana trekt haar benen iets naar zich toe om de schade in te schatten. Ze heeft zo'n donkerbruin vermoeden dat ze haar laarzen wel bij het grofvuil kan zetten. Het braaksel druipt van haar voeten op de grond. Op de salontafel ligt een plasje met witte stukjes erin. Ze wil niet eens weten wat dat is.

Geweldig. Een superavond met een supereinde. Ze trekt de pijpen van haar spijkerbroek wat omhoog, loopt naar de keuken in de hoop keukenpapier te kunnen vinden. Stel je voor dat ze ook nog eens braaksel in haar spijkerbroek krijgt. Bah. Ze zou er zelf bijna misselijk van worden.

In de keuken is geen keukenpapier te vinden. Wat had ze ook verwacht in een studentenhuis. In een hoekje van de keuken staan de jongen en het meisje nog steeds uitgebreid elkaars gezicht af te lebberen.

En waar is Jack? Niet echt een vriend, ammehoela! Hij zag

toch dat die dronken malloot over haar heen kotste! Maar aan haar vragen hoe het gaat, ho maar.

'Zoek een slaapkamer op!' roept ze tegen het stel. Ze draait zich om en stampt de keuken uit. Zigzaggend baant ze zich een weg door het vol met mensen gepropte halletje en trekt de voordeur open.

Vrijheid, frisse lucht en, nog beter, haar fiets. Haar fiets die haar hier zo snel mogelijk vandaan zal brengen. Ze heeft het gehad met Jack. Dit is niets voor haar, studentenfeesten. Wat maakt ze zichzelf wijs? Ze is beter af met iemand die wat volwassener is. Iemand zoals Julian bijvoorbeeld.

'Kittana?' Ze werpt een blik over haar schouder. Jack staat achter haar. Zonder iets te zeggen, buigt ze zich over haar fiets en probeert het slot open te maken.

'Waarom loop je nu ineens weg?'

Ze rammelt woest aan het slot. Als dat stomme ding nu meewerkt, kan ze tenminste vertrekken.

'Omdat jouw vriend die niet echt een vriend is over mijn schoenen heen heeft gekotst,' zegt ze uiteindelijk, terwijl ze het fietsslot even laat voor wat het is.

Er verschijnt een grote grijns op Jacks gezicht. 'Als dat alles is. Die schoenen maak je toch zo weer schoon? Richard zal zich morgen de hele dag beroerd voelen.'

'Zo weer schoon. ZO WEER SCHOON! Dat zijn schoenen die meer kosten dan een maand studiefinanciering.' Dat is eruit. En het lucht een beetje op. Helemaal als ze de grijns op Jacks gezicht ziet verstijven.

'O,' zegt hij. 'Dat spijt me.'

'Ja,' zegt Kittana.

Zwijgend staan ze tegenover elkaar. Kittana zoekt wanhopig in haar hoofd naar woorden, zodat die vreselijke stilte ophoudt.

'Het spijt me echt,' zegt Jack dan. 'Ik wilde zo graag dat het vanavond goed zou gaan, dat je een leuke avond zou hebben. Ik vind je echt een leuke meid en ik baal ervan dat het elke keer anders loopt dan ik wil.'

Hij doet een stap dichterbij, raakt haar wang aan met zijn wijsvinger. Het tintelt.

'Jack, misschien is dit niet zo'n goed idee. Misschien zijn het tekenen aan de wand dat het gewoon niet werkt tussen ons.' Ze pakt zijn hand en trekt hem weg van haar wang. Als ze zijn hand los wil laten, grijpt hij de hare stevig beet.

'Geloof je dat echt?'

Kittana haalt haar schouders op. Dan voelt ze zijn lippen op de hare. Warm, maar stevig. Zijn baardstoppels schuren langs haar kin. Ze gaat op in de bewegingen van zijn lippen, drukt haar lichaam dichter tegen hem aan. En op dat moment wil ze graag geloven dat het wel tussen hen zal werken.

Als hij terugwijkt, kan ze maar aan één ding denken. 'Wanneer zie ik je weer?' vraagt ze.

Jack doet een grote stap achteruit. 'Snel. Ik bel je.' Hij zakt door zijn knieën, draait de sleutel van haar fietsslot om en met een zachte knal schiet het slot open.

'Dank je,' zegt Kittana en ze stapt op haar fiets. Ze rijdt de straat uit. Bij de hoek kijkt ze over haar schouder om te zien of hij er nog staat. Ze ziet hem niet meer.

16

Ergens in de verte klinkt muziek. Kittana opent haar ogen en knippert een paar keer. Hoe laat is het? Wie belt er nu zo onmogelijk vroeg? Jack kan het niet zijn, die zal zijn ogen pas opendoen op het moment dat de zon achter de horizon zakt.

En waarom is het al zo licht? De rode cijfers op haar wekkerradio geven antwoord op de laatste vraag. Het is precies veertien minuten over elf. Heeft ze zo lang geslapen? Ze verlegt haar blik naar de muziek makende iPhone op haar nachtkastje, graait ernaar om op te nemen en gaat dan half overeind zitten.

'Jen?'

'Hoi! Ben je er al klaar voor?' Kittana houdt het toestel iets van haar oor af. Zoveel enthousiasme als ze net wakker is kan ze niet aan.

'Klaar? Waarvoor?' vraagt ze.

'Voor vanmiddag. Mijn date met Jos.'

O, nee, niet vanmiddag. Kan ze dan niet gewoon één dagje rust hebben? Geen Jack, geen Julian en al helemaal geen Jos.

'Is dat vanmiddag? Dat heb je helemaal niet verteld.' Ze hoort Jennifer diep zuchten. 'Maar ik zal er zijn. Helemaal klaarwakker en met veel enthousiasme, want ik heb natuurlijk niets beters te doen dan op mijn vrije zondagmiddag een klant te bespieden om te zien of hij zich wel aan de date-regeltjes houdt.'

'Mooi zo. Ik heb met Jos afgesproken om drie uur op het terrasje van dat Italiaanse restaurant bij het museum. Als wij nu even een halfuurtje eerder afspreken?'

'Het is dat je m'n beste vriendin bent, maar anders,' zegt Kittana.

'Oké, genoeg over mij. Hoe was het gisteren?'

Kittana doet een kort verslag van haar avond en vertelt uitgebreid over de overleden Jimmy Choos. Jennifer kreunt luid. In ieder geval begrijpt zij haar leed wel.

'Bekijk het van de positieve kant: nu hebben we een goede reden om te gaan shoppen. Jimmy moet natuurlijk wel vervangen worden.'

Kittana lacht en kan niet anders dan haar vriendin gelijk geven. Ze beëindigt het gesprek en zakt onderuit in haar kussen. Misschien kan ze proberen nog wat te slapen. Ze kan natuurlijk ook eruit gaan en een lekker ontbijtje annex lunch voor zichzelf klaarmaken en dan een bad laten vollopen. Heeft ze niet laatst een lekkere badcrème gekocht bij The Body Shop? Aan de andere kant, haar bed ligt wel heerlijk.

Verdorie! Waarom kan ze niet gewoon een beslissing nemen?

Haar maag rommelt en dat maakt haar beslissing iets makkelijker. Met een zucht gooit ze het dekbed van zich af en stapt uit bed.

Als ze zich een uur later na een uitgebreid ontbijt in het warme badwater laat zakken, sluit ze even haar ogen en laat ze haar hoofd rusten tegen de rand van het bad op een washandje. Heerlijk is dat. Ze opent haar ogen en duwt wat schuim heen en weer in het water. Zal ze alvast haar haar wassen? Nee, spreekt ze met zichzelf af, eerst ontspannen.

Het gekke is dat ze zich op de een of andere manier niet lang kan ontspannen. Niet als ontspannen betekent stilzitten en niets doen. Ook al is het badwater nog zo warm en ruikt het badschuim nog zo lekker.

Ze kijkt om zich heen de badkamer in. Haar mobieltje ligt op het deksel van de wc-bril. Ze zou natuurlijk wat langer kunnen blijven liggen en even een spelletje op haar mobieltje kunnen spelen. Of een sms'je sturen naar Jennifer of Jack.

Of Julian.

Ze schudt haar hoofd en komt overeind. Er verschijnt kippenvel op haar arm als ze deze boven het badwater uitstrekt om haar iPhone te pakken. Hebbes! Ze laat zich weer achteroverzakken. Het water klotst om haar heen en schuift bijna over de rand.

Ze is net op zoek naar haar favoriete spelletje als het ding muziek begint te maken. Hoe het precies gebeurt weet ze niet, waarschijnlijk omdat ze niet de moeite heeft genomen om haar handen af te drogen voordat ze haar mobieltje pakte, maar het apparaatje glibbert uit haar handen en verdwijnt in het badschuim.

Ze staart van haar lege handen naar het opgesprongen badschuim. Waarom heeft zij dit? Ze graait tussen haar benen naar het ding en haalt hem uit het water. Ze blaast het schuim van het touchscreen, laat haar wijsvinger eroverheen glijden, maar het schermpje dat normaal gesproken meteen fanatiek oplicht, laat haar nu in de steek. Ze drukt op de 'aan'-knop, zonder succes. Het scherm blijft zwart. Ze heeft zin om hard te vloeken. Haar mooie iPhone, kapot. En het is haar eigen stomme schuld. Waarom houdt ze haar hoofd er niet beter bij?

Misschien doet hij het weer als ze hem gewoon op laat drogen. Katten hebben negen levens, misschien geldt zoiets ook voor mobieltjes? Ze kan het natuurlijk altijd proberen, besluit ze.

De zomerwarmte omsluit haar op het moment dat ze het portiek van haar appartementencomplex uit loopt. De zon brandt in haar gezicht en op de naakte huid van haar armen. Snel zet ze haar zonnebril op. Scheelt kraaienpootjes.

Ze heeft haar iPhone een plekje gegeven op de keukentafel bij het raam. Niet in de zon, dat leek haar niet zo'n goed idee, maar voldoende in het licht en in de warmte om gezond op te kunnen drogen. Tot die tijd is ze even mobielloos. Een vreemd gevoel. Alsof ze zonder kleren de deur uit gaat. De tijd dat mobieltjes nog geen algemeen goed waren, is toch nog niet zo lang geleden? Waarom kan ze zich dan niet meer voorstellen hoe dat dertien, veertien jaar geleden ging?

Ze drukt op haar autosleutel om de deuren van haar Mini Cooper automatisch te ontgrendelen, als het geronk van een motor weerklinkt. Een Harley Davidson komt dichterbij en stopt precies voor haar voeten. De Harley komt haar bekend voor. De berijder schuift het schermpje van zijn helm omhoog en ze kijkt in de vriendelijke bruine ogen van Julian.

'Wat brengt jou hier als ik vragen mag?' vraagt Kittana als Julian de motor uitzet en zijn helm van zijn hoofd haalt.

'Ik heb je meerdere keren gebeld vandaag, maar ik krijg steeds je voicemail.'

'Ja, ik had wat probleempjes met dat ding.' Ze staart naar de grond, hopend dat hij niet doorvraagt.

'Ik wil je eigenlijk iets laten zien, dus ik vroeg me af of je vanmiddag tijd had om met me mee te gaan,' zegt Julian.

'Je maakt me nieuwsgierig. Wat is het?'

Hij schudt zijn hoofd. 'Zo makkelijk ben ik niet. Eerst meekomen.'

'Ik heb een afspraak met mijn vriendin, maar dat duurt niet zo lang. Ga anders mee, dan kun je mijn dekmantel zijn.'

Hij kijkt haar fronsend aan, maar ze ziet de pretlichtjes in zijn ogen. 'Dekmantel?'

Ze zitten op het terras voor het restaurant en Kittana bestelt een kopje thee. De zon schijnt op haar hoofd. Julian gniffelt als ze de situatie aan hem uitlegt.

'En geloof me, hij is echt perfect voor haar. Ik weet zeker dat ze hem helemaal ziet zitten,' zegt ze als de ober een kop thee voor haar op tafel zet en voor Julian een koffie.

'Ik begrijp niet veel van jullie, vrouwen. Jennifer wil dus dat jij erbij bent om in de gaten te houden dat alles goed gaat?'

Kittana knikt. 'Dat deden we vroeger wel vaker. Als hij tegenvalt, geeft ze me een teken en dan kan ik toevallig langslopen en erbij gaan zitten of, in dit geval, kan ik haar bellen met een zogenaamde noodsituatie. Jij hebt toch wel een mobiel bij je, hè?'

Julian knikt. 'Zoals ik al zei, ik begrijp niet veel van jullie, vrouwen.'

'Kittana!' Over de fietsbrug die voor het terras langsloopt, komt Jennifer op hen af. 'Ik probeer je de hele tijd te bellen. Waarom heb je je mobieltje uitstaan?'

'Eh, ik had wat probleempjes met dat ding,' zegt ze.

'Waarom neem je dan ook geen vaste telefoon?' Jennifer trekt met een ruk een van de vrije stoelen bij de tafel vandaan en ploft neer. Haar handtas belandt met een plof voor haar op tafel.

'Is er iets?' vraagt Kittana. Haar vriendin lijkt Julian niet eens op te merken, dus dit is zeker niet het juiste moment om haar te vertellen dat ze wel degelijk een vaste telefoon heeft.

'En of er iets is,' brandt Jennifer los. 'Die secretaresse van jou, die Marscha, belde dat ze contact had gehad met Jos en dat door onvoorziene omstandigheden onze afspraak niet door kon gaan. Toen ik haar vroeg waarom Jos niet zelf belde en of het de normale gang van zaken was dat het datingbureau zich daarmee bemoeide, zei ze dat ze daar verder niet over uit kon weiden. Sorry hoor, maar dat is toch niet normaal?'

De woorden van Jennifer dringen langzaam tot Kittana door en ze probeert het allemaal te bevatten. Marscha? Jennifer gebeld? Sinds wanneer bellen zij klanten op als een afspraak niet doorgaat?

Julian drinkt zijn koffie op en gaat staan.

'Even naar het toilet,' zegt hij. Jennifer staart hem aan alsof ze hem voor het eerst opmerkt.

'Wie is dat?' vraagt ze terwijl ze allebei naar zijn achterkant kijken als hij het restaurant in loopt.

'Dat is Julian. Maar Marscha belde jou? Raar. En je hebt niets van Jos gehoord?'

Jennifer schudt haar hoofd. 'Zo stom, ik had me er helemaal op verheugd. Het lijkt wel een eeuwigheid geleden dat ik voor het laatst een afspraakje had.'

'Trek het je niet aan. Ik bel Marscha gewoon op en vraag wat er aan de hand is. Ze heeft er vast wel een verklaring voor.' Ze wrijft met haar hand over de rug van haar vriendin. 'En anders zoeken we gewoon een andere lekkere vent voor je op. Er lopen er genoeg rond!'

Jennifer grinnikt en knikt. 'Loopt er hier nog ergens een ober rond bij wie ik een drankje kan bestellen?' vraagt ze. 'En dat is dus Julian? Ziet er niet verkeerd uit, hoor.'

Kittana knikt. 'Gisteravond heb ik weer gezoend met Jack.'

'Waarom vertelde je dat vanochtend niet toen ik je belde? En was dat voor- of nadat er iemand over Jimmy heen had gekotst?'

'Erna. Maar ik weet het echt niet meer, hoor. Toen ik op weg ging hiernaartoe, stond Julian ineens voor m'n neus. Hij is gewoon zo... zo vertrouwd. Ik weet alleen niet wat hij wil.'

'Weet je eigenlijk wel wat jíj wilt?'

'Nog iets te drinken, dames?' De ober staat naast hen. Een jongen met blond haar, veel sproeten en een lach op zijn gezicht.

'Doe mij maar een ijsthee,' zegt Jennifer.

'En ik wil graag een sinas,' zegt Kittana. De ober knikt en wil weglopen. 'Nee, wacht,' zegt ze, 'doe maar nog een kopje thee.' De ober kijkt haar even bedenkelijk aan. 'Of nee, maak er toch maar een ijsthee van.'

De jongen wacht een paar tellen, alsof hij zeker wil weten dat de ijsthee haar definitieve bestelling is, trekt zijn wenkbrauwen op naar Jennifer en loopt daarna weg.

'Ik bedoel maar,' zegt Jennifer.

Kittana zucht en laat haar blik over de voorbijgangers op de fietsbrug glijden. De zon schijnt in haar gezicht en even sluit ze haar ogen.

Dan flitsen haar ogen weer open. Ze zou zweren dat ze... Nee, dat kan niet. Ze schiet overeind in haar stoel. Ze negeert Jennifer, die haar vraagt wat er aan de hand is.

Ze tuurt over de fietsbrug. Daar! Dat is Marscha. Ze ziet alleen maar haar achterkant, maar ze weet het zeker. Heupwiegend loopt Marscha over de fietsbrug langs het terras. Lange bruine benen steken onder het spijkerrokje uit. Haar haren hangen in grove krullen los over haar schouders, een Oilily-tasje beweegt langs haar lichaam heen en weer bij elke stap op haar hoge hakken. Ze houdt stil bij een man. Een lange man met kort donker haar. Hij lijkt verbaasd Marscha te zien. Ze praten even met elkaar, dan lacht hij.

'Dat rotwijf,' mompelt Kittana. Ze kijkt opzij naar haar vriendin, die met opengezakte mond naar het tafereeltje staat te kijken.

'Is dat niet jouw Marscha met mijn Jos?' vraagt Jennifer.

'Ik vermoord haar.' Kittana schuift met een ruk haar stoel naar achteren, gaat staan en draait zich om. Voor haar ogen flitst iets zwart-wits met een blond toefje. Haar hand stoot tegen iets hards. Het glasgerinkel dat daarop volgt is oorverdovend en Kittana krimpt ineen.

Naast haar staat de blonde ober beteuterd om zich heen te kijken. Voor zijn voeten liggen glasscherven tussen vochtige plekken op de grond Op Jennifers witte hemdje zit een donkere, natte plek ter hoogte van haar borsten.

'Het spijt me,' mompelt de ober, 'ik haal even een doekje.'

'Jen, sorry. Ik keek niet goed uit m'n doppen.' Kittana ziet nog net Jos en Marscha in de richting van de rondvaartboten lopen. Hij heeft zijn arm om haar heen geslagen.

'Wat is hier gebeurd?' vraagt Julian als hij aan komt lopen.

'Ongelukje,' zegt Kittana schouderophalend.

'Ben ik blij dat je ijsthee hebt besteld in plaats van gewone! Ik ben trouwens Jennifer. Ik had me nog niet voorgesteld. Erg onbeleefd van mij.' Jennifer steekt haar hand uit naar Julian, die deze met een geamuseerde blik in zijn ogen schudt.

'Denk je echt dat Marscha zo gehaaid is?' vraagt Jennifer. Ze dept haar hemdje nog wat na met een theedoek, nadat ze Kittana voor de zoveelste keer heeft gevraagd of ze echt geen doorkijk heeft. Hoewel Kittana ontkennend heeft geantwoord, blijft ze de theedoek voor de vlek houden.

'Ik weet het wel zeker,' zegt ze.

'Dit is nog beter dan een soap,' zegt Julian terwijl hij achteroverleunt in zijn stoel en zijn armen achter zijn hoofd vouwt.

Kittana kijkt Jennifer aan en zegt geluidloos: 'Negeren.' Afgelopen vrijdag vroeg Marscha haar nog naar de inschrijfformulieren van Jos. Ze moet hebben uitgevogeld dat Jos en Jennifer een date hadden om vervolgens Jennifer namens Jos af te bellen en zelf naar de date te gaan. Kittana vraagt zich af wat voor smoesje ze Jos op de mouw heeft gespeld.

'Alsjeblieft, een ijsthee en een rosé, van mij.' Daar heb je het obertje weer. Hij is niet bij hun tafel weg te slaan. Jennifer kijkt met een lach op haar gezicht naar hem op.

'Wil je me soms dronken voeren?' vraagt ze.

De jongen knikt. 'Dan hoop ik dat je morgen bent vergeten dat ik drinken op je heb gemorst.'

'Waarom kom je niet even bij ons zitten als je klaar bent? Of duurt dat nog lang?'

Kittana valt bijna van haar stoel als ze dat hoort. Wat moet Jennifer met die ober die, naar Kittana's smaak, veel te kort van stuk is en eruitziet als een bespikkelde sinaasappel. De ober zegt dat zijn dienst er over tien minuten op zit en dat hij graag van Jennifers aanbod gebruikmaakt.

'Wat moet je met die ober?' vraagt Kittana zodra hij buiten gehoorsafstand is.

Jennifer haalt haar schouders op. 'Hij is leuk.'

Kittana doet haar mond open om minstens tien redenen op te noemen waarom sproetenkop helemaal niet leuk is.

'Ho, wacht even, is het hoofdstuk Jos nu alweer afgesloten?' vraagt Julian voordat Kittana kans krijgt om haar verhaal af te steken.

'Voor mij niet!' zegt Kittana. 'Die Marscha krijgt nog een zware dobber aan mij. Kantoorbeleid is dat omgang met klanten niet is toegestaan. Zal ik haar ontslaan? Je zegt het maar, Jen, dan ontsla ik haar. Ik heb reden genoeg. En dan bel ik morgen Jos op en leg alles uit. Dan kunnen jullie misschien volgend weekend op date gaan.'

Jennifer bijt op haar lip. 'Ik weet het niet. Iemand die zo makkelijk met een ander aanpapt... Ik weet niet of dat wel de man voor mij is.'

'Je moet het zelf weten. Hij scoorde megahoog op onze toptien en volgens mij past hij goed bij je.'

'Ach ja,' zegt Jennifer alleen maar.

De zon staat niet meer zo hoog aan de hemel als Julian zijn motor parkeert in een zijstraatje van de Grote Markt. Kittana steunt op zijn schouders als ze van de motor af stapt, friemelt met de sluiting van de helm en zet deze daarna af. Ze strijkt een paar keer met haar vrije hand door haar haar en hoopt dat het natuurlijk in model valt.

Wie houdt ze voor de gek? Dat gebeurt alleen in reclames.

Julian pakt de helm van haar aan en ze draait zich om naar het restaurant waar ze voor staan. Op zich niets bijzonders. Wat wil hij haar hier nu laten zien? Wil hij haar mee uit eten nemen? Dan hoeft hij niet zo geheimzinnig te doen. En zo bijzonder lijkt het restaurant haar nu ook weer niet.

Julian gaat naast haar staan en kijkt een paar tellen naar het pand boven het restaurant. Kittana volgt zijn blik. Het ziet eruit alsof het leegstaat. Ze ziet in ieder geval geen gordijnen voor de ramen.

'Kun je je nog herinneren wat je tegen mij zei in Parijs?' vraagt Julian.

'Tuurlijk. Woord voor woord.'

'Weet je nog dat we het hadden over spiegelmoe?'

'Ja...' zegt Kittana. Ze herinnert zich vaag dat ze Julian tijdens de beklimming van de Eiffeltoren verteld heeft dat ze nooit naar de sportschool ging omdat ze spiegelmoe was.

Julian pakt haar hand en zegt haar mee te komen. Hij loopt het restaurant binnen en overlegt kort met een man met een brede Mussolinisnor die hem vervolgens een sleutel overhandigt. Hij geeft Kittana een knipoog als hij de sleutel in zijn zak laat glijden en het restaurantje weer uit loopt. Nog steeds heeft hij haar hand vast, geeft er zelfs even een kneepje in, als hij naar de zijkant van het pand loopt en de sleutel in het slot van de groene houten deur steekt die zich daar bevindt. Achter de deur is een brede, stenen trap. Ze volgt Julian naar boven. Haar nieuwsgierigheid groeit met elke trede. Heeft hij een romantisch diner voorbereid? Wil hij haar een nieuwe woonruimte laten zien die hij heeft gehuurd of gekocht?

De trap komt uit in een hal met grote ramen. Het geluid van haar schoenzolen galmt tegen de muren als ze achter Julian aan de hal uit loopt. Dan staan ze in een grote open ruimte met ovale ramen aan de achterzijde.

'Wauw,' zegt Kittana. Het dak loopt een beetje schuin af, wat de ruimte bij voorbaat een knusse uitstraling geeft. 'Mooie ruimte.'

'Denk je dat je hier vaker naartoe zou gaan om te sporten?' vraagt hij.

Sporten? Waarom zou ik hier gaan sporten, denkt Kittana. Ze ziet de gespannen uitdrukking op zijn gezicht en ze beseft dat hij zenuwachtig is om wat zij ervan denkt. Dan valt het kwartje. Zij hier sporten, het woord spiegelmoe.

'Jij wilt hier een sportschool beginnen?' vraagt ze.

Julian knikt. 'Wat vind je ervan? Vind je het een dom idee? Er komen geen spiegels in de sportruimte. Het moet een knusse sfeer worden en ik wil luxe kleedkamers laten bouwen met een sauna.'

Hij heeft haar hand losgelaten en loopt wat in het rond. Met zijn armen wijst hij aan waar de kleedkamers moeten komen.

'Je vindt het niets,' zegt hij als Kittana niets zegt.

Ze doet een stapje in zijn richting. 'Ben je gek! Ik vind het super! Komt dat echt alleen maar door wat ik gezegd heb in Parijs?'

Julian haalt zijn schouders op. 'Ik wil weer iets gaan doen. Voor het geld hoef ik het niet te doen, maar ik kan er niet goed tegen als ik niets om handen heb, als ik geen doel heb om na te streven. Ik had alleen geen flauw benul wat ik wilde. Wat ik wel wist, was dat ik niet zo'n stressvolle baan wilde als voorheen. En toen jij die opmerking maakte over spiegel-moe, bedacht ik ineens dat het leuk zou zijn om een sport-school op te zetten zonder spiegels, waar een sfeer heerst zonder die druk van presteren, er goed uitzien, afvallen.'

Kittana doet een stap naar hem toe. 'Ik denk dat jij in ieder geval al drie klanten hebt. Ik weet zeker dat Jennifer en Sylvia dit ook geweldig zullen vinden.'

Julian grijnst. Kittana bijt op haar onderlip. Nu ze hem zo blij ziet, wil ze het liefst haar armen om hem heen slaan en hem dicht tegen zich aan houden. In plaats daarvan blijft ze staan waar ze staat en beantwoordt ze zijn grijns met een wedergrijns.

17

De man met de Mussolinisnor van het restaurant blijkt Pedro te heten. Hij begeleidt hen naar 'het beste plekje' van zijn zaak, zoals hij het zelf zegt. Bij een tafeltje aan het raam schuift hij de stoel voor Kittana naar achteren en complimenteert Julian met zijn goede smaak. Kittana voelt dat ze een kleur krijgt en wrijft met haar handen over haar wangen.

'Doe dat toch niet steeds,' zegt Julian. 'Het staat zo leuk als je bloost.'

Pedro brengt hun de menukaarten en Kittana laat haar vinger glijden langs de gerechten. Wat zal ze nemen? De zalmfilet of toch maar een varkenshaasje? Een biefstukje is natuurlijk ook niet verkeerd.

'Ik ben blij te zien dat je geen vegetariër bent,' zegt Julian.

Kittana kijkt op van de menukaart.

'Er loopt nog net geen kwijl uit je mond,' grinnikt hij.

'Hmpf,' bromt Kittana en richt haar aandacht weer op de menukaart.

'Heerlijk als vrouwen gewoon een normale maaltijd bestellen in plaats van salade,' gaat Julian verder. 'Niet dat ik daar veel ervaring mee heb.'

'Wacht maar tot je je sportschool opent. Al die vrouwen in

strakke aerobicspakjes. Keus genoeg,' zegt Kittana, ondertussen nog steeds het menu bestuderend.

'Ik val niet op vrouwen in aerobicspakjes. Ik val op vrouwen in korte spijkerbroek met een roze hemdje met bloemetjes erop.' Julians stem klinkt zachter. De spot die ze meestal in de ondertoon van zijn woorden hoort, is verdwenen. Haar blik valt op haar korte spijkerbroek. Met haar hand wrijft ze over de rozenprint op haar roze hemdje. Dan kijkt ze Julian aan. Zijn ogen lijken nog bruiner in de namiddagzon. Zijn huid is licht gebruind, zijn haar zit plat op zijn hoofd door het dragen van de motorhelm. Misschien is het een combinatie van zijn woorden en het ingedeukte kapsel, maar op dat moment vindt ze Julian onweerstaanbaar.

'Hebben jullie een keus kunnen maken?' Pedro duikt bij hun tafeltje op, kladblokje in de aanslag. Hij lijkt zich er niet van bewust dat hij het romantische moment heeft verstoord.

Kittana kijkt naar het menu en bedenkt dat het eigenlijk helemaal niet zo moeilijk is.

'Ja!' zegt ze, 'ik weet precies wat ik wil hebben.'

Het valt Kittana op dat tijdens het diner het gesprek niet eenmaal stilvalt. Ze kletsen over Buffy en Angel, over Julians plannen voor de sportschool en Kittana hoort hem voorzichtig uit over zijn jeugd. Het blijkt dat zijn ouders zijn gescheiden. Zijn vader heeft weer een relatie en woont in Canada. Zijn moeder is nooit hertrouwd en Julian zoekt haar trouw iedere week op.

'Wat vindt je moeder van je sportschoolplannen?' vraagt Kittana.

Julian haalt zijn schouders op. 'Ik moet het haar nog vertellen. Jij bent de eerste die het weet.'

'Echt waar? Waarom ik?' vraagt Kittana.

Een moment staart Julian haar zwijgend aan, alsof hij goed nadenkt over wat hij gaat zeggen. 'Ik wilde graag het advies van iemand die het ondernemen in haar bloed heeft zitten.' Hij prikt met zijn vork in een stukje patat. 'Dat is de enige reden, hoor.'

'Oké,' zegt Kittana. Ze probeert niet te laten merken dat het haar heeft geraakt. Het feit dat hij haar mening op prijs stelt geeft haar het gevoel dat hij haar bijzonder vindt.

Pedro nadert hun tafel. 'Heeft het gesmaakt?' vraagt hij. Hij pakt de lege borden van de tafel en balanceert ze op zijn arm. Julian en Kittana knikken beiden.

Het restaurant is inmiddels langzaam volgedruppeld. Kittana heeft een goed uitzicht op de ingang en werpt af en toe een blik op de deur om te peilen wat voor volk er binnenkomt.

'Zo leuk, mensen kijken,' zegt ze.

'Jij ook al? Zet mij een dag op een terrasje bij zonnig weer en je hebt geen kind aan me.'

'We kunnen straks wel even ruilen van plek als je wilt,' zegt Kittana.

Julian schudt lachend zijn hoofd. Hij leunt achterover in zijn stoel en wrijft over zijn buik. 'Wat zeg je ervan, hebben' we nog ruimte voor een toetje?'

Kittana knikt. 'Altijd.'

'Je bent een meisje naar m'n hart.'

'Dat zeg je vast tegen alle meisjes.'

'Alleen tegen jou, echt waar.'

Kittana bestelt een dame blanche en Julian kiest een vruchtensorbet. In stilte genieten ze van het ijs. Het is een aangename stilte tussen twee mensen die volkomen bij elkaar op hun gemak zijn. Een soort stilte die Kittana bevalt.

'Maar vertel eens, hoe zit het nu tussen jou en Jack? Is dat nog steeds ingewikkeld?' vraagt Julian. Hij schraapt het laatste restje ijs uit het glas en bestudeert dit aandachtig voor hij het in zijn mond steekt.

'Jack is inderdaad nog steeds... Jack!'

Julian antwoordt iets, maar Kittana hoort niet goed wat hij zegt. Haar hersens zijn te druk met registreren wat ze net heeft gezien.

Jack is daar! Buiten, voor het restaurant. Hij staat bij de deur een sigaretje te roken. O nee, waarom overkomt háár dit?

Oké, Kittana, geen paniek. Hij staat gewoon buiten. Julian zit met zijn rug naar hem toe, dus hij zal hem niet zien. Misschien komt hij niet eens naar binnen.

'Gaat het wel?' vraagt Julian. 'Je lijkt een beetje afwezig.'

'Ja, natuurlijk gaat het wel.' Er ontsnapt haar een lachje dat zelfs haar zenuwachtig in de oren klinkt.

'Zullen we zo gaan? Dan vraag ik Pedro de rekening.'

'Nee!' roept ze. De mensen aan het tafeltje naast hen kijken verstoord opzij. 'Nee,' vervolgt Kittana op gedempte toon, 'laten we nog een kopje koffie drinken.'

Tegen de tijd dat ze dat op hebben, is Jack vast wel vertrokken. Zie je, hij staat er niet meer. Hij is gewoon doorgelopen. Kittana zakt achterover in haar stoel. Dat was op het nippertje. Ze zou niet weten hoe ze moest reageren als ze Jack tegenkwam terwijl ze met Julian uit is. Wat zouden ze zeggen? Ze wil er niet aan denken.

De deur van het restaurant zwaait open. Nog voor ze ziet wie er binnenkomt, hoort ze een bekende stem hard lachen. Op dat moment heeft ze haar rechterbeen ervoor over om gewoon te verdampen. Opgaan in de lucht.

'Kittana, is alles goed? Je ziet eruit alsof je een geest gezien hebt,' zegt Julian.

Ze piept nog net een 'ja' en duikt dan onder de tafel. De houten vloer doet zeer aan haar knieën. Ze negeert het en probeert onder het tafelkleed door te zien of Jack uit het zicht is.

Nee, die vertrapte sportschoenen zijn onmiskenbaar van hem. En daarnaast ziet ze twee perfect gemanicuurde voeten in open schoentjes. Is Jack met een andere vrouw? En waarom blijft hij daar steeds staan? Julian! Hij heeft Julian al een keer eerder gezien. Als hij hem maar niet herkent. Ze kruist haar vingers en blijft de gedachte als een mantra in haar hoofd herhalen.

Het tafelkleed schuift een stukje omhoog en Julians gezicht verschijnt vlak voor het hare. 'Ik vind je echt een heel leuke meid, maar denk je niet dat het hier nog een beetje vroeg voor is? De mensen beginnen me een beetje vreemd aan te staren.'

Kittana beseft hoe het eruit moet zien. Een jong stel uit eten, de vrouw duikt onder de tafel. De mensen om hen heen geloven vast niet dat dat is om haar veters te strikken.

'Ik ben m'n contactlens verloren?' probeert ze nog.

'Je doet wel een beetje vreemd,' merkt Julian op. 'Kom je er nog onder weg?'

Kittana kijkt langs hem heen. De sportschoenen zijn weg. Op goed geluk kruipt ze weer op haar stoel en probeert onopvallend om zich heen te kijken of ze Jack ergens ziet zitten. Ze negeert de blikken van de eters om haar heen. Haar oog blijft rusten op een brede rug, gehuld in een simpel wit T-shirt, waar ze zonder enige twijfel de rug van Jack Cole in herkent. Hij en zijn date hebben plaatsgenomen aan het tafeltje voor haar. Kittana schuift wat heen en weer op haar stoel en probeert langs Jack heen te kijken om te zien met wie hij aan tafel zit. Ze kan het niet goed zien. Alsof Jack voelt dat er iemand naar hem kijkt, draait hij zich half om. Kittana maakt zich zo klein mogelijk en probeert zich te verschuilen achter Julian. Nog een keer onder de tafel duiken lijkt haar geen goed idee. Jack lijkt haar niet op te merken en hij concentreert zich weer op zijn tafelgenote.

'Alles goed met je?' vraagt Julian. 'Zie je een bekende?' Hij kijkt haar onderzoekend aan.

'Natuurlijk is alles goed,' zegt ze. Haar stem klinkt niet

overtuigend. Hoe redt ze zich hieruit? Ze moet langs Jack heen om het restaurant te verlaten.

'Julian, mag ik alvast de motorhelm?'

'Die heb ik bij Pedro achter de bar gelegd.' Hij kijkt haar aan, een diepe frons vormt zich op zijn voorhoofd. 'Ik vraag wel even of hij de helmen wil brengen samen met de rekening.'

'Goed,' zegt Kittana. Haar benen willen niet ophouden met trillen en ze kauwt op haar duimnagel. Pedro komt langzaam aangekuierd. Tuurlijk, Pedro, we hebben alle tijd van de wereld, denkt Kittana. Hij zet de motorhelmen op tafel. Ze kan alleen maar hopen dat Jack zich niet toevallig omdraait. Ze grist de helm weg en trekt het ding over haar hoofd.

'Scheelt tijd,' zegt ze.

Hoofdschuddend trekt Julian zijn portemonnee en laat drie briefjes van twintig achter op tafel. 'Je bent echt een beetje vreemd.'

Kittana zwijgt. De helm drukt op haar schedel en ze voelt zweetdruppeltjes op haar bovenlip.

'Ik houd wel van een beetje vreemd.' Julian geeft haar een knipoog, staat dan op. 'Ga je mee?'

Voordat Julian haar stoel naar achteren kan trekken om haar te helpen op te staan, komt ze zelf overeind. Ze zet er flink de pas in om zo snel mogelijk bij de deur te komen. Nog een paar stappen. Is ze al langs Jack gelopen? Niet kijken, gewoon doorlopen, gewoon doorlopen. Ze grijpt de deurklink, trekt de deur open. Ze heeft het gehaald, ze is veilig. Jack heeft haar niet gezien.

'Fijne avond nog, Julian!' Bij het horen van de zware stem van Pedro krimpt ze in elkaar. Zeg het niet, zeg het niet, flitst het door haar hoofd. 'Jij ook, Kittana,' vervolgt Pedro.

Ze durft niet te kijken. Ze steekt haar hand omhoog, loopt dan de deur uit, het trottoir op. Pas als ze de deur achter zich

211

dicht hoort vallen, durft ze een blik over haar schouder te werpen. Julian staat achter haar en kijkt haar aan alsof ze van een andere planeet komt.

'Wat?' vraagt ze.

'Niks hoor,' zegt Julian terwijl hij de motorhelm op zijn hoofd zet en het riempje onder zijn kin vastmaakt. 'Zo, nu sta je niet meer alleen voor gek.' Hij loopt naar zijn motor toe en start hem. Kittana blijft op haar plek staan, vlak bij de deur. Zo weet ze tenminste zeker dat Jack haar niet kan zien. Ze kan alleen maar hopen dat hij haar naam niet heeft horen vallen. Het is nu eenmaal niet de meest voorkomende naam en als haar naam in één adem wordt genoemd met die van Julian, zou er bij Jack weleens een belletje kunnen gaan rinkelen.

De motor komt met luid gebrul tot leven. Iets wat zeker Jacks aandacht zal trekken.

'Kom je nog?' vraagt Julian. Er zit niets anders op. Gedraag je cool. Er is niets aan de hand. Ze haalt diep adem en loopt op Julian af, steunt op zijn schouders en laat zich achter hem op de motor zakken. Vlak voordat hij optrekt, ziet ze vanuit haar ooghoek een bekende gestalte voor het raam van het restaurant staan. Als Julian de straat uit rijdt, voelt ze Jacks ogen in haar rug branden.

Julian had haar best mogen vertellen dat het geen slim idee is om in de avonduren met blote benen achter op een motor te gaan zitten. Om de haverklap voelt ze minuscule speldenprikjes. Op haar knieën, schenen en bovenbenen ziet ze allemaal groene en zwarte spetters. Een nadere inspectie leert haar dat het insecten zijn die in botsing zijn gekomen met haar benen. Benen die ze die ochtend nog zo zorgvuldig heeft onthaard. Bij elke volgende speldenprik die ze voelt, knijpt ze haar ogen dicht. Niet aan denken wat er daarbeneden allemaal gebeurt.

Het is een heel stuk koeler buiten en het ritje achter op de motor is heerlijk, ondanks de muggenbotsingen. Het zweet op haar bovenlip droogt op en haar benen trillen niet meer. Dat was op het nippertje.

Waar is ze aan begonnen? Dit moet echt ophouden. Ze wil er niet aan denken zoiets nog een keer mee te maken.

Julian parkeert de motor voor de deur van haar appartement en ze stapt af. Ze klungelt wat met de sluiting van het riempje bij haar hals, krijgt het los en sprint naar de deur.

'Ik zie je zo boven!' roept ze in de loop. Eenmaal in haar appartement veegt ze met wat keukenpapier de geplette muggenlijkjes van haar benen. De zoemer klinkt. In haar hal drukt ze op de knop om Julian binnen te laten.

'Waarom rende je er nu zo snel vandoor?' vraagt hij als hij vijf minuten later binnen komt wandelen. Hij ritst zijn jack los en legt de helm onder haar kapstok op de grond, alsof hij er al jaren woont.

'Jij had me wel mogen vertellen dat blote benen en motor-rijden niet samengaan. En blote armen trouwens ook niet.' Ze wrijft nog wat met het inmiddels klef geworden stukje keukenpapier over haar armen. 'Ik spring even onder de dou-che, ben zo klaar.'

Ze opent de deur naar de badkamer, ondertussen haar roze hemdje al half over haar hoofd trekkend. Shit, Julian staat nog steeds in de hal.

'Schenk alvast maar wat te drinken in, ik kom zo,' zegt ze terwijl ze het hemdje snel weer naar beneden trekt. Ze kijkt over haar schouder en ziet Julian staan, in het midden van haar hal, zijn mondhoeken gekruld in een glimlach, zijn ogen strak op haar lichaam gericht.

Ze trekt de deur achter zich dicht en leunt er een paar seconden tegen aan. Diep ademhalen, Kittana. Heel diep ademhalen. Haar ogen dwalen van de douchecabine naar het

213

bad. Een bad zou ze ook kunnen nemen. Of toch maar liever de douche?

Nee, ze heeft genoeg van dilemma's. Besluiteloosheid komt vanaf nu niet meer in haar woordenboek voor. Ze trekt haar hemdje over haar hoofd, sjort de broek van haar benen en gooit ze samen met haar ondergoed in de wasmand. Resoluut draait ze de kraan open en stapt onder de koele stralen van de douche.

*

Met een handdoek droogt ze haar haren nog wat na als ze de kamer binnenloopt. Julian zit op de bank in een tijdschrift te bladeren. Op de salontafel staat een flesje bier.

'Ik ben onder de indruk,' zegt Kittana. 'Je hebt zelfs een onderzetter gebruikt.'

Julian grinnikt en legt het blad weg. 'Ik wist niet wat jij wilde, dus ik heb even op je gewacht.'

'Wacht maar, ik schenk mezelf wat in. Per slot van rekening ben ik degene die hier woont.' Kittana loopt door de hal naar haar keuken en pakt de fles rosé uit de koelkast. Ze schenkt zichzelf een glas in. Ze zouden natuurlijk ook op het balkon kunnen gaan zitten. Ze duwt de deur naar het balkon open en voelt een koele avondbries langs haar benen strijken. Ze heeft even getwijfeld toen ze vijf minuten geleden voor haar kledingkast stond, maar uiteindelijk koos ze voor een rokje net op de knie van een luchtige stof met daarop een zwart shirtje.

'Het koelt snel af,' zegt Julian achter haar. Hij leunt tegen de deurpost, flesje bier in zijn hand.

'Ja, ik dacht dat we misschien buiten konden zitten.' Kittana legt de handdoek op een stoel bij de keukentafel en strijkt met haar hand door haar haren. Vochtig nog. Haar haar droogt raar op als ze het niet föhnt, maar het is haar te warm om nog onder zo'n heet apparaat te gaan hangen. Dan maar een avondje raar haar.

'We kunnen natuurlijk ook...' Hij maakt zijn zin niet af, neemt een slokje bier.

We kunnen natuurlijk wat? Kittana neemt in gedachten haar slaapkamer nog eens door. Was het er netjes? Geen vuile kleren of ondergoed op de grond? Wanneer heeft ze voor het laatst haar bed verschoond?

'Buffy kijken,' maakt Julian zijn zin af.

'Natuurlijk, wat anders,' zegt Kittana. Ze zet de fles rosé in de koelkast en pakt haar glas in de loop van het aanrecht. Ze volgt Julian naar haar huiskamer en onderdrukt een diepe zucht. Als ze haar zouden vragen waar ze haar midden in de nacht voor wakker kunnen maken, zou ze zonder enige twijfel hebben gezegd: een aflevering van Buffy. Maar op dit moment is het wel het allerlaatste waar ze zin in heeft.

Ze zet haar glas op de salontafel en bukt zich voor haar dressoir om een dvd uit te zoeken.

'Voorkeur voor een aflevering?' vraagt ze.

'Wat dacht je van "Surprise" en daarna "Innocence"?'

'Zo, ken jij alle afleveringen bij naam?' Kittana haalt de dvd van het tweede seizoen uit de kast. Hij wil zelfs twee afleveringen zien.

'Het is een dubbele aflevering,' zegt Julian. 'Weet je nog, Buffy wordt zestien en zij en Angel worden intiem.'

'Waarna Angel zijn ziel verliest,' maakt Kittana zijn zin af. Ze doet de dvd in de dvd-speler en gaat naast Julian zitten. 'Ik ken de afleveringen uit mijn hoofd. Ik heb ze al zo vaak gezien.'

'O, als je liever iets anders doet?'

Ik doe liever iets heel anders, denkt Kittana. Ze kan natuurlijk een poging wagen. Hoe zou hij reageren als ze hem zou zoenen? Ze duwt de gedachte weg. Straks loopt ze een blauwtje. Blijkbaar wil hij echt alleen maar vrienden met haar zijn. En als ze iets probeert, verpest ze straks een mooie vriendschap. Daar zit ze niet op te wachten.

Zwijgend kijkt ze de aflevering en drinkt haar rosé. Ze kan de beelden wel dromen, zo vaak heeft ze ze al gezien. Vanuit haar ooghoek werpt ze een blik op Julian. Hij staart gebiologeerd naar het scherm, lacht af en toe om een grap in de serie.

Bij de tweede aflevering die ze kijken, voelt Kittana zich een beetje licht in haar hoofd. Ze geeft de schuld aan de rosé. Hoeveel glazen heeft ze al gehad? Twee of drie? Ze weet het niet. Het maakt ook niet uit.

Kittana schuift wat heen en weer op de bank. Ze weet wat er komen gaat: de liefdesscène. Voor de zoveelste keer gluurt ze vanuit haar ooghoek naar Julian. Wel een beetje vreemd om daar met hem naar te kijken.

De deurbel gaat en Julian kijkt haar aan. 'Verwacht je bezoek?'

Ze schudt haar hoofd. 'Ik kan natuurlijk gewoon niet opendoen.'

Het gebons op de deur en de heldere stem van haar moeder maakt dat moeilijk.

'Kittana, ben je thuis? Pap en man hier.'

Kittana rolt met haar ogen en zet de dvd op pauze. 'Ik moet toch echt iets zien te veranderen aan het feit dat blijkbaar Jan en alleman maar ongevraagd mijn flatgebouw in en uit kunnen lopen.'

Julian pakt haar hand vast als ze op wil staan. 'Doe dan niet open,' zegt hij.

'Ze hebben een sleutel. De kans is groot dat ze gewoon naar binnen stappen.' Hij laat haar hand los en ze leest teleurstelling in zijn blik.

'Zal ik weggaan?' vraagt hij.

'Nee, ben je gek. Ze gaan vast zo weer weg, maak je geen zorgen.'

Kittana loopt naar de voordeur en net als ze deze wil openen, hoort ze een sleutel in het slot en zwaait de deur open. Ze probeert een glimlach op te zetten voor haar ouders en hoopt dat ze niet al te lang blijven als ze zien dat ze bezoek heeft.

'Hoi lieverd,' zegt haar moeder en drukt een zoen op haar wang. 'Hoe is het? Je vader en ik waren in de buurt en we dachten: kom, laten we eens koffie gaan drinken bij onze dochter. Het is alweer veel te lang geleden.'

Haar vader loopt achter haar moeder aan en knikt Kittana toe.

'Ik heb bezoek,' zegt Kittana als ze haar moeder naar de woonkamer ziet lopen.

Haar moeder blijft staan en draait zich naar haar om. Haar glimlach bevriest op haar gezicht en met haar ogen smeekt ze Kittana bijna om hen niet weg te sturen. Haar vader staat tegenover haar en zijn donkere ogen kijken met een onpeilbare blik op haar neer.

'We wilden net koffie gaan drinken. Misschien willen jullie ook,' zegt Kittana met een zucht.

Zeg alsjeblieft nee, schiet het door haar hoofd.

'Lekker, ik help je wel even,' zegt haar moeder en loopt langs Kittana de keuken in.

'Van wie heb je bezoek?' vraagt haar vader. 'Jack?'

Kittana schudt haar hoofd. 'Nee, hij heet Julian. Je kent hem niet. Ik zal je even voorstellen.'

Haar vader fronst zijn voorhoofd, maar volgt haar als ze de huiskamer in loopt. Julian komt overeind van de bank als haar vader binnenkomt en Kittana stelt ze aan elkaar voor. Dan valt haar blik op de televisie. Het beeld van Buffy en Angel in een compromitterende positie staat bevroren op het flat-screen. Oké, het is allemaal nog vrij kuis, maar als haar vader een blik op de televisie werpt, zal hij er zeker het zijne van denken.

'En waar ken jij mijn dochter van, als ik vragen mag?' vraagt haar vader.

Het zal niet lang duren voor haar vader het beeld op de televisie opmerkt. Stapje voor stapje schuifelt Kittana opzij, terwijl Julian met zijn rustige stem vertelt dat ze elkaar in Parijs hebben leren kennen. Hij bespaart haar de vernedering van het verhaal in de lift. Gelukkig. Ze kan het sowieso nooit goed doen bij haar vader. En haar liftangst zal hij opvatten als een teken van zwakheid. Haar vaders grootste ergernis bij anderen is zwakte.

Ze schuiftelt verder en wisselt een snelle blik met Julian.

'Ik hoor van Kittana dat u neurochirurg bent geweest?' Julian lijkt te begrijpen waar ze mee bezig is en probeert het gesprek op gang te houden. Kittana is inmiddels dicht genoeg bij de televisie om die uit te drukken. Als ze haar hand uitsteekt naar de flatscreen, draait haar vader zijn hoofd haar kant uit. Zijn ogen blijven hangen bij het haarscherpe beeld. Hij perst zijn lippen in een afkeurende houding op elkaar en schudt bijna onmerkbaar zijn hoofd. Snel drukt Kittana de televisie uit. Weg Buffy. Weg Angel. En het ziet ernaar uit dat dat nog wel even zo blijft. Haar vader laat zich zakken op een van de fauteuils.

'Ik mag dan gepensioneerd zijn,' zegt hij, 'maar chirurg zal ik altijd blijven.' Hij vouwt zijn armen over elkaar en kijkt Julian recht aan. 'Ik zie dat jullie naar een leuke film aan het kijken zijn,' gaat hij verder. Julian schraapt zijn keel en gaat met zijn wijsvinger langs de kraag van zijn poloshirt, alsof hij het plotseling erg warm heeft en de kraag hem irriteert.

'Ik ga mam nog even helpen met de koffie,' zegt Kittana snel en negeert Julians smekende blik. Het is ieder voor zich als haar vader er is.

'Kittana,' zegt haar vader vlak voor ze de kamer uit is, 'hoe is het met Jack?' Ze draait zich half naar hem om en werpt hem een, naar ze hoopt, vernietigende blik toe.

'Vast wel goed,' zegt ze en loopt door naar de keuken.

Haar moeder is druk in de weer met kopjes en schoteltjes. Ze heeft zelfs ergens uit de kast een pak koekjes opgedoken waarvan Kittana niet eens wist dat ze die nog had.

'Hoe is het?' vraagt Kittana terwijl ze tegen het aanrecht leunt.

'Goed, goed. Druk, druk. Het bal is al heel binnenkort. Zo spannend. Maar vertel eens, wie heb je op bezoek? Is het niet Jack?'

'Nee mam, niet Jack. Dit is Julian. Ik heb hem in Parijs ontmoet terwijl Jack ergens in een nachtclub wild aan het feesten was.'

Haar moeder zet twee koffiekopjes onder het Senseo-apparaat en laat ze volstromen met koffie. 'We blijven niet lang, beloofd. Dan kunnen jullie de rest van de avond samen doorbrengen. Het is alleen dat je vader het ineens in zijn hoofd had gehaald om bij je langs te gaan en als hij zich eenmaal iets in zijn hoofd haalt…'

'Alles moet gaan zoals hij het wil,' mompelt Kittana terwijl ze haar hand in de rol koekjes steekt, er eentje uitvist en een hapje neemt.

'Wat zeg je, lieverd?'

'Niks hoor,' zegt ze met volle mond. Een paar kruimels vallen op de grond. Haar moeder bukt zich om ze met een vaatdoekje op te vegen.

'Laat toch,' zegt Kittana meteen. Haar moeder loopt naar de keukenstoel waar Kittana eerder haar natte handdoek overheen had gedrapeerd. Ze grist de handdoek van de rugleuning en loopt naar de badkamer. Hoofdschuddend haalt Kittana de twee volgelopen kopjes koffie onder de Senseo vandaan en zet de volgende twee eronder. Ze gaat op haar tenen staan om het dienblad, dat boven op de koelkast staat, te pakken.

'Mam, ga jij nou in de kamer zitten, je bent op visite, hoor,' zegt Kittana als haar moeder de keuken binnenkomt. Haar moeder negeert haar. Ze pakt het dienblad uit Kittana's handen en zet de koffie erop.

'Ik heb het allemaal al, neem jij de melk en de suiker maar mee. En de koekjes natuurlijk,' zegt haar moeder.

Kittana doet wat ze haar heeft opgedragen. Als haar moeder erop heeft toegezien dat iedereen is voorzien van koffie en een klef koekje, stelt ze zich voor aan Julian. Kittana gaat naast hem op de bank zitten. Het zou haar niet verbazen als hij er straks tussenuit probeert te knijpen.

Haar vader strooit de halve suikerpot in zijn koffie en roert het lepeltje hardhandig door het kopje. Het doet pijn aan Kittana's oren.

'Ik vertelde Julian net dat Jack medicijnen studeert en dat hij zijn coschappen gaat lopen in het UMCG. Daar heb ik altijd gewerkt.' Kittana ziet de trotse blik in zijn ogen en concentreert zich op haar koffie.

'Waar werk jij, als ik vragen mag?' vraagt hij aan Julian.

Nee pap, dat mag je niet, denkt Kittana bij zichzelf. Maar Julian lijkt zichzelf te hebben hervonden. Had hij haar een paar minuten geleden praktisch met zijn blik gesmeekt hem niet alleen te laten met haar vader, nu zit hij rustig en kalm naast haar en trotseert hij zonder problemen de neerbuigende blik in haar vaders ogen. Hij neemt een slok van zijn koffie en buigt zich iets voorover om haar vader recht aan te kijken.

'Op dit moment zit ik eigenlijk tussen twee banen in. Zo zou je het wel kunnen noemen, denk ik.'

Haar vader haalt zijn neus op, zijn mondhoeken trekken naar beneden. 'O,' zegt hij, 'ik kan dus veronderstellen dat je werkloos bent.'

Er verschijnt een grijns op Julians gezicht. 'Dat zou u kunnen veronderstellen.'

'Lijkt me toch niet iets om trots op te zijn,' mompelt haar

220

vader. Kittana moet op haar wang bijten om haar lachen in te houden. Hij moest eens weten.

Ze veert op bij het horen van de deurbel. Het is niet te geloven dat iedereen blijkbaar zomaar haar flatgebouw in kan lopen.

'Ben zo terug,' zegt ze en probeert Julian zo bemoedigend mogelijk aan te kijken. Hij knipoogt naar haar alsof hij wil zeggen: maak je geen zorgen.

Zonder door het kijkgaatje te kijken, trekt ze de deur open. En slaat deze van schrik bijna weer dicht.

18

'Jack,' zegt ze zachtjes en werpt een blik over haar schouder. Ze heeft de kamerdeur open laten staan en even is ze bang dat Julian haar kan zien vanaf de bank, maar dat is niet zo. Om het zekere voor het onzekere te nemen stapt ze snel de galerij op en laat de voordeur op een kier staan.

'Mag ik niet binnenkomen?' vraagt Jack. Ze hoort verontwaardiging in zijn stem.

'Ik heb visite.'

'O. Ik dacht dat ik je zag vanmiddag. Bij iemand achter op een motor. Ik bleef aan je denken, dus ik dacht: ik ga even langs. Ik heb je nog wel gebeld, maar ik kreeg steeds je voicemail.'

'Ik heb sinds vandaag wat probleempjes met mijn mobiel.'

Jack knikt alleen maar. Kittana hoopt dat hij niet doorvraagt of het klopt dat hij haar gezien heeft afgelopen middag. Aan de andere kant, met wie was hij eigenlijk op stap? Ze kan zich de roodgelakte teennagels in de open schoentjes zo weer voor de geest halen.

Hij blijft zwijgen en ze zoekt wanhopig naar woorden om de stilte te verbreken. Ze kan ook niet te lang blijven staan, want haar ouders en Julian alleen in één kamer lijkt haar op dit moment niet zo'n goed idee.

'Zullen we iets afspreken? Morgen of zo,' zegt Jack.

Kittana opent haar mond om 'ja' te zeggen, maar bedenkt zich dan. Ze kijkt hem enkele ogenblikken aan. Hij ziet er geweldig uit. Zijn haar goed gestyled, volle lippen, blauwe ogen, strakke spijkerbroek, strak shirt.

'Jack, waarschijnlijk word ik op een dag wakker en heb ik spijt als haren op mijn hoofd van wat ik nu ga zeggen, maar nee. Ik wil niets met je afspreken.'

Verbijstering op zijn gezicht. Hij haalt een hand door zijn haar, dat natuurlijk meteen weer perfect in model valt. 'Wat is er dan?'

'Alles. Niets. Ik denk gewoon niet dat het iets kan worden tussen jou en mij. We willen beiden andere dingen.' Kittana loopt een stukje de galerij op, Jack grijpt haar hand.

'We hoeven ook niet meteen zo serieus te doen, toch? We kunnen uitgaan, lol hebben,' zegt hij.

Kittana schudt haar hoofd. 'Wie zegt dat lol hebben en een serieuze relatie niet samengaan?'

Jack blijft haar hand vasthouden. 'Denk er dan nog even over na. Goed?' Zijn stem klinkt dwingend. 'Goed?' vraagt hij nog een keer.

'Jack, ik... Oké, ik denk er nog even over na,' zegt ze als ze de smekende blik in zijn ogen ziet. Waarom kan ze hem niets weigeren?

Hij laat haar hand los en loopt naar de lift. 'Bel me als je eruit bent. Wel doen, hè?'

Ze knikt en wacht tot hij in de lift is gestapt. Ze draait zich om en wil de deur van haar appartement openduwen.

'Doe je je vader de groeten?' hoort ze over de galerij galmen. Ze kijkt om en ziet Jacks hoofd om het hoekje van de liftdeuren steken. Ze knikt nog een keer naar hem, stapt dan haar appartement weer binnen.

'Onverwacht bezoek?' vraagt haar moeder. Kittana schrikt

ervan. Haar moeder staat in de keuken te wachten tot de Senseo zijn werk heeft gedaan.

'Het was niemand. Collecte,' stamelt Kittana. Haar moeder kijkt haar onderzoekend aan, maar zegt verder niets.

*

'Doei mam! Doei pap!' Kittana kijkt haar ouders na als ze over de galerij lopen, wacht tot ze in de lift zijn gestapt en duwt dan langzaam haar voordeur dicht.

'Dus dat waren je ouders,' zegt Julian. 'Leuk.'

'Je enthousiasme spat eraf,' zegt Kittana terwijl ze naar de woonkamer loopt en de lege glazen verzamelt. Julian helpt haar mee en samen lopen ze naar de keuken om de vaatwasser in te ruimen.

'Mijn moeder zag je helemaal zitten,' zegt Kittana.

'Denk je?' Hij pakt een longdrinkglas van haar aan en plaatst het in het bovenste gedeelte van de afwasmachine. Kittana ziet de pretlichtjes in zijn ogen.

'Wacht maar tot dat bal, dan pak ik je vader wel in.'

Het bal. Haar moeder raakte er bijna niet over uitgepraat en Kittana merkt dat ze er steeds meer zin in begint te krijgen.

'Weinig hoop. Zelfs mij lukt het niet mijn vader in te pakken.'

'Hoezo?' vraagt Julian.

'Gewoon. Hij is altijd zo met zichzelf bezig. De chirurg aan het uithangen. Ik heb het gevoel dat ik nooit voldoe aan zijn verwachtingen.' Ze speelt wat met een koffielepeltje op het aanrecht.

'Het ligt niet aan jou. Je bent een geweldige vrouw, Kittana. Kijk eens wat je allemaal bereikt hebt. Hij ís trots op je, geloof me. Hij behoort gewoon tot het soort mensen dat dat niet vaak laat zien.'

224

Kittana voelt een glimlach op haar gezicht verschijnen en haar wangen gloeien.

'Vond je het niet vervelend dat hij steeds over Jack begon?' vraagt ze dan.

Een van de longdrinkglazen glipt bijna uit Julians vingers en hij kan nog net voorkomen dat het op de plavuizen in duizend stukjes valt.

'Nee, hoor,' zegt hij. Hij schuift de vaatwasser dicht. 'Ik denk trouwens dat ik maar ga. Het wordt al laat.'

'Jij als werkloze kunt morgen uitslapen.'

Er verschijnt een lach op Julians gezicht. Hij staat zo dicht bij haar nu, dat ze bang is dat hij haar hart kan horen kloppen. Ze bijt op haar lip.

'Dank je dat je niet bent weggegaan.'

'Daar hoef je me toch niet voor te bedanken. Waarom zou ik weggaan? Omdat je ouders toevallig langskwamen? Dat zal in de toekomst waarschijnlijk wel vaker gebeuren. Helemaal omdat ze zelf een sleutel hebben.' Julian loopt de keuken uit en blijft in de hal bij de voordeur staan.

Kittana neemt zich voor haar moeder binnenkort duidelijk te maken dat de sleutel alleen voor noodgevallen is.

Ze doet een paar stappen dichterbij om de deur voor hem te openen. 'Jammer dat je gaat,' zegt ze.

'Vind ik ook,' zegt hij. Hij legt zijn hand tegen haar wang en wrijft met zijn duim over haar gezicht. Hij buigt zich naar voren, ze doet haar ogen dicht. Zijn lippen raken de hare. Heel even maar. Hij laat haar gezicht los en glimlacht.

'Ik heb een heel leuke dag gehad,' zegt hij.

'Ik ook.' Ze trekt de deur verder open en laat hem uit. Vlak voordat hij in de lift verdwijnt, kijkt hij haar een laatste keer aan, lacht en steekt dan zijn hand op. 'Ik bel je,' roept hij nog.

Kittana sluit haar voordeur en loopt langzaam terug naar de woonkamer, waar ze onderuitzakt op de bank. Automatisch raakt ze haar onderlip aan met haar wijsvinger. Een gedachte spookt door haar hoofd en ze weet dat die haar voorlopig niet meer los zal laten: zoenen vrienden elkaar op die manier op de mond?

*

Kittana schrikt zich bijna een ongeluk als ze in haar Mini naar haar werk rijdt en een bekend gezicht naar haar grijnst vanuit een bushokje. Als ze doorrijdt, ziet ze bij het volgende bushokje weer haar eigen smoelwerk teruggrijnzen. Natuurlijk wist ze wel dat de posters vanaf vandaag in de abri's zouden hangen, maar nu ze het daadwerkelijk ziet, is het allemaal wel heel echt. De vernieuwde website is inmiddels ook in de lucht en ze is zeer tevreden met het resultaat. Het herinnert haar eraan dat ze Sylvia moet bellen om wat met haar af te spreken.

Eenmaal op haar werk besluit ze dat meteen te doen. Van uitstel komt afstel en ze zou het jammer vinden als de hernieuwde vriendschap opnieuw zou verwateren. Daar komt bij dat ze benieuwd is naar de Ben-geschiedenis. Zou hij haar advies hebben opgevolgd en hebben verteld wat hij voor Sylvia voelt? Kittana betwijfelt het, maar desondanks is ze nieuwsgierig.

Ze toetst Sylvia's nummer in, maar ze krijgt haar voicemail. Als ze naar haar werk belt, deelt de secretaresse haar mee dat ze in bespreking zit. Jammer dan. Straks nog maar eens proberen.

Na een korte klop op de deur komt Marscha binnen met een stapel papieren en een kop koffie in haar handen.

'Ik heb deze intakeformulieren allemaal al verwerkt. Zal ik ze hier neerleggen?' vraagt ze. Zonder haar antwoord af te wachten legt ze de stapel op een hoek van Kittana's bureau. 'En een kop koffie voor jou.'

'Dank je,' zegt Kittana terwijl ze naar haar beeldscherm

blijft kijken. Die poeslieve houding van Marscha hangt haar de keel uit.

'Ik zag de poster vanochtend in een bushokje. Ziet er goed uit. Hangt die nu in alle vestigingsplaatsen in de bushokjes?'

'Ja,' zegt Kittana.

Marscha giechelt. 'Leuk. Je wordt nog beroemd.'

Kittana onderdrukt de neiging om als een puber met haar ogen te rollen. 'Was dat het?' vraagt ze als Marscha er nog steeds staat.

Marscha knikt en loopt haar kantoor uit. Kittana weet niet zo goed wat ze met haar secretaresse aan moet. Ze heeft zichzelf nog geen tijd gegund om erover na te denken en Marscha zelf zwijgt in alle talen. Als het bal achter de rug is, besluit ze. Dan zal ze een hartig woordje met Marscha moeten wisselen.

Kittana pakt haar werk op, houdt zich bezig met de gebruikelijke dingen. Tussendoor ontvangt ze een sms van Julian. Haar iPhone heeft het levenslicht nog niet weer gezien en ze heeft haar oude mobiel opgeduikeld. Julian heeft de posters al gespot en hij complimenteert haar met de mooie foto. Dat is attent van hem. En niet te vergeten lief.

Al snel slokt haar werk haar helemaal op en pas als ze aan het einde van de dag haar computer uitzet, bedenkt ze dat ze Sylvia niet nogmaals heeft geprobeerd te bellen. Meteen steekt ze haar hand uit naar de telefoon en toetst haar nummer in. Hij gaat eindeloos over, totdat ze Sylvia's voicemail krijgt. Ze vraagt of Sylvia haar terug wil bellen en verbreekt dan de verbinding. Het is tijd om naar huis te gaan. Ze sluit haar kantoor af, loopt via de trap naar beneden, stelt het alarm in en stapt naar buiten.

'Verrassing!' klinkt het luid. Kittana staat op de stoep en trekt net de deur achter zich dicht. Voor haar staan Jennifer en Sylvia met een grote fles champagne.

'Om te vieren dat je hoofd door de hele stad staat aangeplakt,' zegt Jennifer.

'Voel je je nu ook erg Carrie Bradshaw?' vraagt Sylvia.

Kittana weet even niet wat ze moet zeggen. Dit had ze totaal niet verwacht. 'Meiden, wat ontzettend lief van jullie,' stamelt ze. 'En nee, ik voel me niet Carrie Bradshaw. Zij stond op een bus afgebeeld, weet je nog?'

Sylvia grijnst. 'Je bent in ieder geval nog even goed gebekt als altijd. Niet naast je schoenen gaan lopen, hè, nu je gezicht in alle bushokjes hangt.'

Zíj, naast haar schoenen lopen? Dat zal niet snel gebeuren.

'Wat zouden jullie ervan zeggen om die fles champagne bij mij thuis leeg te drinken?' stelt Kittana voor.

Met een luide plop schiet de kurk van de champagnefles en belandt tegen het plafond van Kittana's kleine keuken.

'Kijk nou uit!' zegt Kittana tegen Jennifer. 'Straks heb ik een gat in mijn plafond.'

'Niet zo aanstellen,' zegt Jennifer en schenkt drie glazen champagne in. Ze zet de aangebroken fles in de koeler. Samen lopen ze met de glazen en de koeler naar de woonkamer. Het is er schemerig. Kittana heeft waxinelichtjes aangestoken en op zo veel mogelijk plekken neergezet. Om de salontafel liggen dikke kussens op de vloer. Sylvia zit op een ervan en kijkt verlekkerd naar de champagne.

Op weg naar Kittana's appartement hebben ze een korte tussenstop gemaakt om Chinees te halen. Ze hebben natuurlijk veel te veel besteld, dus Kittana hoeft zich de komende dagen niet af te vragen wat ze zal eten. Het overgebleven Chinese eten staat keurig in plastic bakken opgestapeld in de keuken.

Zodra iedereen een plekje heeft gevonden, heft Jennifer haar glas. 'Op de volgende vijf jaar,' zegt ze.

'Op de volgende vijftig,' zegt Sylvia.

Er staan nootjes en chips op tafel en Jennifer graait een handvol chips uit de bak.

'Hoe kun je aan chips denken als je net al dat Chinees hebt weggewerkt?' vraagt Sylvia.

'Ik denk er ook niet aan, ik eet ze op.'

'Ja, dat is me duidelijk. Lekkere champagne.'

'Zeg dat wel,' zegt Kittana. De vraag over Ben brandt de hele avond al op haar lippen, maar ze weet niet zo goed hoe ze erover moet beginnen.

'Heb jij al een date voor het bal?' vraagt Jennifer aan Sylvia.

Sylvia haalt haar schouders op. 'Eigenlijk niet. Jij?'

Jennifer knikt en is blij dat ze van de gelegenheid gebruik kan maken om uitgebreid over Pieter te vertellen. Het obertje. Kittana snapt nog steeds niet wat ze nu precies in hem ziet. Ze zou hem nooit als match zien voor Jennifer. Misschien is ze haar *mojo* kwijt. Het is haar niet gelukt om Jennifer te koppelen en voor Ben kon ze ook al niets doen.

'Hij speelt in een bandje,' zegt Jennifer. Ze kijkt vol trots van Kittana naar Sylvia. 'Hij is gitarist én hij schrijft nummers.' Zwijmelend leunt ze iets achterover en neemt een slok champagne. 'Hij is zó leuk.'

Kittana glimlacht.

'Jij bent verliefd,' zegt Sylvia.

Jennifer haalt haar schouders op. 'Misschien. En jij, is er dan niemand die je interesse heeft?' Ondertussen schenkt Jennifer iedereen nog een keertje bij.

'Ik weet het niet. Ik heb het gewoon zo druk met m'n werk dat ik bijna geen tijd heb om op zoek te gaan naar een leuke man,' zegt Sylvia. Haar lange blonde haren vallen losjes over haar schouders. Ze ziet er moe uit. En hoewel Kittana er niet precies de vinger op kan leggen, is er iets aan haar veranderd sinds de laatste keer dat ze haar zag.

'Ken je dan geen leuke mannen via je werk?' vraagt Kittana.

Sylvia staart naar haar halfvolle glas champagne. 'Het is gewoon… lastig.'

'Wat is lastig?' vraagt Kittana.

Sylvia zucht diep. 'Ik zal je een voorbeeld geven. Weet je nog die Ben, die opeens op kwam duiken bij de fotoshoot?'

Kittana knikt heftig.

'Ik heb steeds het gevoel dat hij iets van me wil. Hij komt iedere dag wel even bij mijn kantoor langs voor een praatje. Maar het is net of hij altijd op het verkeerde moment komt. Dan heb ik het zo druk en dan heb ik gewoon geen tijd voor hem. En ik snap het niet. Wil hij nou iets? Als hij iets wil, laat hij het dan gewoon vragen. Zie ik eruit als een bidsprinkhaan die z'n hoofd eraf wil bijten?'

'Misschien vindt hij je leuk, maar durft hij dat niet te zeggen,' oppert Kittana.

Sylvia schudt haar hoofd. 'Wat moet zo'n cijfertjesman nu met mij?'

'Wat moet jij met zo'n cijfertjesman,' zegt Jennifer. Kittana strekt haar been uit en probeert haar een schop onder de tafel te verkopen, wat jammerlijk mislukt. Het enige wat ze ermee bereikt is dat ze haar knie pijnlijk stoot aan de onderkant van de tafel.

Sylvia neemt nog een slok van haar champagne. 'Hij is totaal niet het type waar ik op val, maar wie weet is dat helemaal niet zo verkeerd. Met mijn type heb ik in het verleden niet veel succes behaald.'

'Anders vraag jij hem mee naar het bal,' zegt Kittana. Ze wrijft over haar knie. Dat gaat een blauwe plek worden, zeker weten.

Sylvia lijkt daar even over na te denken. 'Wie weet,' zegt ze dan. 'Als hij nee zegt, weet ik meteen waar ik aan toe ben.'

Kittana voelt een klein schokje door zich heen trekken. Ze wiebelt heen en weer op haar kussen. 'Ga je dat echt doen? Ga je hem meevragen?'

'Zo, wat een enthousiasme ineens,' zegt Sylvia, die haar met een verwonderde blik aankijkt.

'Ik ben gewoon blij voor je. En het lijkt me leuk als we alle drie een date hebben voor het bal.'

'Een tripledate,' grinnikt Jennifer. 'Gezellig met z'n drie-en. Vinden die mannen vast erg leuk.'

'Over een date voor het bal gesproken, hoe gaat het met Julian? Ik heb hem al in tijden niet gezien,' zegt Sylvia.

'Goed,' zegt Kittana. 'Jennifer heeft hem inmiddels ook ontmoet.'

'Julian is lief,' zegt Jennifer.

'Volgens mij kun je beter even rustig aan doen met die champagne,' zegt Kittana.

'Nee hoor,' zegt Jennifer.

'Zelf weten,' mompelt Kittana.

'Julian is zeker lief,' zegt Sylvia. 'Hebben jullie wat?'

'Op dit moment zijn we een paar keer uit geweest, maar verder is er weinig actie.'

'Het lijkt of je dat jammer vindt.' Sylvia's champagneglas is inmiddels leeg en ze schenkt zichzelf en Jennifer – op haar eigen, 'ik duld geen tegenspraak', verzoek – weer bij. Kittana's glas is halfvol en zij houdt haar hand op haar glas ten teken dat ze geen bijvulling hoeft.

'Ik weet het niet,' zegt Kittana.

Jennifer laat een gefrustreerde kreet horen. 'Kittana, houd op. Je wilt niets liever dan eens wat actie met Julian, geef nou maar toe.'

'Ik heb het mezelf weer eens lastig gemaakt,' richt Kittana zich tot Sylvia. 'Ik was net als jij. Te druk met m'n werk om ook maar op zoek te gaan naar een leuke man. Ik had er ook geen behoefte aan en als ik eens iemand tegenkwam die ik leuk vond, bleef het altijd bij wat los/vaste relaties. Niets serieus. En nu zijn er Julian en Jack. Je hebt Jack gezien, je weet wat voor type het is.'

Sylvia knikt. 'Een aantrekkelijke jongen.'

'Aantrekkelijke jongen is een understatement als ik Kittana mag geloven,' merkt Jennifer grijnzend op.

'Maar dat niet alleen,' gaat Kittana verder, 'hij is vijf jaar jonger dan ik. Als ik ergens in stap dan wil ik iets serieus. Ik wil alles of niets. Dat heb ik ook tegen Jack gezegd.'

'Dat heb je helemaal nog niet verteld! Hoe reageerde hij?' Jennifer praat te hard en Kittana wijt dat aan de champagne.

'Hij vond dat ik erover na moest denken.'

'En heb je dat inmiddels gedaan?' vraagt Sylvia.

'Ik dacht dat ik eruit was, maar nu ben ik weer gaan twijfelen. Julian is er ook nog. Ik wist eerst niet zeker wat hij precies van mij wou. Ik dacht alleen maar vriendschap, maar soms zegt hij dingen of doet hij dingen...' Ze kan zijn zachte kus nog voelen op haar lippen.

'Er is maar een manier om daarachter te komen,' zegt Sylvia.

'Je moet hem gewoon eens even lekker zoenen. Met tong en al!' zegt Jennifer terwijl ze haar derde glas champagne bijna in een teug achterover gooit.

'Dat is nog eens een geweldig advies, dat ga ik zeker doen,' zegt Kittana. Ze rolt met haar ogen naar Sylvia. 'Ze kan niet zo goed tegen alcohol.'

'Hé, dat hoorde ik.'

'Vraag hem gewoon hoe hij erin staat. Dan is het duidelijk,' zegt Sylvia.

'Mijn advies vind ik toch beter,' zegt Jennifer. 'En Jack is een Mister Wrong, Kittana, begrijp dat nou.'

'Mister Wrong?' vraagt Sylvia.

'Ik heb het idee dat hij het wel fijn vindt dat mijn vader vroeger neurochirurg was. Hij hoopt hem als kruiwagen te kunnen gebruiken als hij zijn coschappen gaat lopen,' legt Kittana uit.

Sylvia haalt haar schouders op. 'Je moet jezelf niet tekortdoen. Misschien komt het Jack inderdaad goed uit wie je vader is, maar als hij je echt niet leuk vond, had hij je meteen al links laten liggen.'

Kittana staart door het raam naar buiten zonder daadwerkelijk iets te zien. De woorden van Sylvia moeten even bezinken.

'Ik bedenk me ineens wat,' onderbreekt Jennifer haar gedachten, 'waar staat C&C eigenlijk voor?'

'Cool & Cool.'

Jennifer rimpelt haar voorhoofd. 'Echt waar?'

Sylvia knikt. 'Echt waar.'

'Erg... origineel. Vind je niet, Kit?'

Kittana knikt eveneens. 'Erg cool,' zegt ze. Ze drinkt haar champagne op en zet het lege glas voor zich op tafel. Buiten is het helemaal donker geworden en de woonkamer wordt alleen verlicht door de waxinelichtjes. Ze kletsen tot diep in de nacht door, tot de champagne allang op is en de chips en nootjes voornamelijk door Jennifer zijn opgegeten.

19

Kittana zit onderuitgezakt op de bank. Het *Dagblad van het Noorden* ligt voor haar op tafel, maar ze kan zich er niet toe zetten de krant open te slaan en te lezen. De drukke werkweek die achter haar ligt heeft zijn sporen nagelaten. De wallen die ze vanochtend onder haar ogen ontdekte, zijn daar het overduidelijke bewijs van. Het vriendinnenavondje van een paar dagen geleden met Sylvia en Jennifer zou natuurlijk evengoed de oorzaak kunnen zijn van haar vermoeide uiterlijk.

Ze laat de overleden iPhone door haar vingers glijden, probeert op hoop van zegen nogmaals het ding aan te zetten. Zonder succes. Hij is officieel overleden. Misschien valt hij te repareren? Ver weg hoort ze haar oude mobiel rinkelen. Hoog tijd om de bank te verlaten en iets te gaan doen. Ze moet nog boodschappen doen, stofzuigen, een was van twee weken wegwerken. Eerst maar eens de telefoon opnemen.

'Hé, Kit, met Jennifer.'

'Jen,' zegt ze. 'Wat leuk dat je belt. Ben je weer nuchter?'

'Zo erg was ik toch niet?'

'Nee hoor. Behalve dan dat je mijn kamerplant aanzag voor een krokodil en de wasbak in de badkamer voor de wc.'

'Nietes!' roept Jennifer en Kittana houdt haar toestel een paar centimeter van haar oor af. Oké, dat was niet helemaal waar, maar Jennifer had veel lol gehad een paar avonden geleden en dan voornamelijk om haar eigen opmerkingen.

'Nog wat van Julian gehoord?'

Kittana voelt een glimlach op haar gezicht komen bij het horen van zijn naam. 'Ja, hij komt me vanavond ophalen. Ik kan haast niet wachten. Ga jij nog steeds met je ober?'

Ze opent een van de laden in haar dressoir, vist er een lijst uit en laat zich weer op de bank zakken. Ze kijkt naar de Mister Right-lijst die zij en Jennifer ooit zo zorgvuldig hebben opgesteld toen ze zestien waren.

'Kit, zijn naam is Pieter.'

O, ja. Ze moet erop letten dat ze hem niet de hele tijd obertje blijft noemen. Vindt hij vast niet leuk. Ze hoort Jennifer doorkletsen over hoe leuk hij wel niet is, terwijl ze het lijstje langsloopt.

Mister Right
1. *heeft het uiterlijk van een fotomodel;*
2. *is waanzinnig in bed;*
3. *heeft een topbaan;*
4. *is eerlijk, maar tactisch;*
5. *is betrouwbaar;*
6. *is attent;*
7. *is geen moederskindje, maar heeft wel respect voor zijn moeder. Respect voor moeder betekent respect voor vrouwen, betekent respect voor mij;*
8. *is heel lief, op een stoere manier;*
9. *heeft gevoel voor humor;*
10. *durft over zijn gevoelens te praten, zonder een kwijlebal te zijn.*

Obertje, o pardon, Pieter, heeft in ieder geval niet het uiterlijk van een fotomodel en ze kan zich niet voorstellen dat hij waanzinnig in bed is, maar ja, daar kan ze natuurlijk niet over oordelen. Een topbaan als ober? Dat lijkt haar niet. Om eerlijk te zijn kent ze hem niet goed genoeg om met de lijst over hem te oordelen.

Hoe scoort Julian eigenlijk op het lijstje? Hij ziet er niet uit als een fotomodel, maar lelijk is hij zeker niet. Waanzinnig in bed? Daar zou ze wel achter willen komen. Een topbaan heeft hij gehad, dat telt ook. En tot nu toe is hij altijd eerlijk tegen haar geweest. Betrouwbaar? Ze probeert een reden te bedenken om hem op dat punt een onvoldoende te geven. Nee, afspraken die hij maakt, is hij nagekomen in de tijd die ze hem nu kent. Hij gaat wekelijks bij zijn moeder op bezoek, maar hij is zeker geen moederskindje. Anders had hij haar wel als eerste over zijn sportschoolplannen verteld. Lief is hij zeker en gevoel voor humor heeft hij ook. Over zijn gevoelens praten doet hij niet echt. Tenminste niet over zijn gevoelens voor haar, en die zou ze graag willen weten.

'Kit, ben je er nog?' Jennifers stem brengt haar terug in de werkelijkheid.

'Ja, ja natuurlijk.'

'Ik zeg je dat je gewoon mijn advies op moet volgen vanavond,' gaat Jennifer verder.

'Jouw advies?'

'Het heeft te maken met Julian en lekker zoenen.'

'Dat advies bedoel je. Van toen je dronken was.'

'Ik was niet dronken! Neem nu maar van mij aan dat dat het beste is wat je kunt doen. Een wijze vrouw zei ooit dat als je wilt weten of hij van je houdt, dan vind je dat in zijn kus.'

'Een wijze vrouw? Volgens mij zong Cher dat in de *Shoop shoop song*. En wat als Julian me nou niet wil? Dan sta ik gigantisch voor paal.' En heb ik misschien ook een mooie vriendschap verpest, denkt ze erachteraan.

'Kittana, maak je geen zorgen. Ik zag hoe hij naar je keek die zondagmiddag toen ik Pieter ontmoette. Maar ik moet hangen, ik moet nog boodschappen doen. Tot vanavond.'

Voordat ze kan vragen hoe Julian precies naar haar keek, hangt Jennifer op. Mooi is dat! Ze denkt aan zijn zachte kus van een week geleden. Sindsdien heeft ze hem nog niet weer gezien. Wel gesproken en ge-sms't, voornamelijk om af te spreken hoe laat hij haar voor het bal zou ophalen en wat voor kleren hij het beste aan zou kunnen doen.

Ze weet dat ze Jack ooit onder ogen zal moeten komen. Waarom heeft ze zich ook laten overhalen om erover na te denken? Ze is toch duidelijk geweest? Dat hele dategebeuren is eigenlijk niets voor haar. Laat haar maar lekker dates voor andere mensen regelen, dat gaat haar een heel stuk beter af dan het zelf doen. Misschien moet ze Julian en Jack laten voor wat ze zijn en zich in haar werk begraven. Dat heeft ze altijd gedaan en het beviel haar uitstekend.

Alhoewel?

Ze denkt aan de uitnodiging voor een contactdag voor jonge ondernemers die ze afgelopen week heeft ontvangen. Klinkt interessant en het is een goede mogelijkheid om te netwerken. Ze kan Julian vragen of hij zin heeft om mee te gaan. Dat is een voordeel van het hebben van een vriend. De gedachte dat Julian niet háár vriend is, maar gewoon een vriend, bekruipt haar.

Ze trekt haar benen onder zich op de bank en zakt achterover in de kussens. Waarom voelt ze zich nu down? Ze blaast een pluk haar uit haar gezicht en vraagt zich af hoe ze in deze situatie terecht is gekomen. Was het niet haar tante Sophie die haar een goed advies had gegeven? Ze probeert zich te herinneren wat het was. Het had iets met lef en zelfvertrouwen te maken. En een beetje geld in de pocket hebben was ook niet verkeerd. Wie weet hoever een beetje lef en zelfvertrouwen haar op het bal kunnen brengen. Ze kan natuurlijk Julian op de man af vragen wat hij voor haar voelt. De gedachte alleen al maakt haar zenuwachtig. Straks is hij totaal niet van haar onder de indruk. Een blauwtje lopen is nu niet bepaald iets waar ze op zit te wachten.

Ze werpt een blik op haar horloge. Bijna halftwaalf. De dag lijkt voorbij te kruipen. Haar mobiel heeft ze nog steeds in haar hand geklemd als deze begint te trillen en te rinkelen.

'Hoi mam!' zegt ze als ze heeft opgenomen. Meer kans om iets te zeggen krijgt ze niet. Haar moeder stort als een waterval woorden over haar uit.

'Mam, doe nou even rustig,' probeert Kittana ertussen te komen. Uit de wirwar van woorden begrijpt ze in ieder geval dat de band die vanavond zou spelen heeft afgezegd in verband met ziekte en dat ze de eettafels wil versieren met roze rozen, maar dat de bloemist heeft gebeld dat er iets mis is gegaan met de bestelling en dat hij nu over te weinig rozen beschikt.

'Wat voor soort band moet het zijn?' vraagt Kittana.

'Maakt niet uit, als er maar muziek uitkomt!' zegt haar moeder, terwijl ze praat zonder adem te halen.

'Ik denk dat ik wel iets weet. Ik ga dat regelen, probeer jij nog iets voor die rozen te regelen. Ik bel je zo terug.'

Ze drukt haar moeder weg en belt Jennifer. 'Wat voor soort muziek maakt Pieter eigenlijk?' vraagt ze.

*

Met haar wijsvinger brengt Kittana wat lipgloss aan op haar lippen. Ze bekijkt zichzelf in de spiegel. Haar make-up zit goed, haar haar heeft ze laten opsteken, haar jurk valt soepel om haar lichaam. En de wallen zijn na een behandeling met schijfjes komkommer en wat concealer zo goed als verdwenen. Wat zou Julian zeggen als hij haar ziet?

Ze loopt naar de huiskamer en kijkt naar de hangklok. Het

duurt nog een kwartier voordat hij er is. De wijzers zullen echt niet sneller verschuiven als ze ernaar kijkt, dus loopt ze naar het raam en staart naar buiten. Het schemert. Een voorzichtig briesje beweegt wat boomtakken aan weerskanten van de straat heen en weer. Koplampen lichten op. Een zwarte limousine rijdt de straat in.

Ze weet niet wat ze ziet als de limousine stopt bij haar portiek en de chauffeur uitstapt. Hij is gekleed in een zwart of blauw pak – dat kan ze niet precies zien vanaf waar ze staat – en heeft zelfs een pet op. Met een lichte buiging opent hij het portier en haar hart bonst in haar keel als ze een man uit ziet stappen. Is het Julian? Zou hij echt speciaal voor haar een limousine hebben gehuurd?

De figuur beneden kijkt omhoog, alsof hij voelt dat iemand naar hem kijkt. Hij steekt zijn hand naar haar op.

Geen twijfel mogelijk. Het is Julian. Zo snel als haar jurk het toelaat, loopt ze naar het halletje en drukt op de knop om hem binnen te laten. De paar minuten die hij erover doet om naar boven te komen, lijken wel uren.

Kittana, stel je niet zo aan. Het is maar een afspraakje, maak je niet druk. Waarschijnlijk ziet hij het niet eens als een afspraakje, maar als een vriendendienst. Aan de andere kant kan ze zich niet herinneren dat een vriend ooit speciaal voor haar een limo heeft gehuurd als hij haar mee uit nam.

Meer tijd om erover na te denken heeft ze niet. Het geluid van de deurbel vult de hal en galmt nog na als ze de voordeur opent.

'Jij bent snel,' is het eerste wat hij zegt. Zijn woorden verstommen als ze de deur verder opentrekt en hij fluit tussen zijn tanden.

'Die jurk mag zich vereerd voelen dat jij hem draagt,' zegt hij. 'Je ziet er prachtig uit.'

'Dank je,' zegt ze terwijl ze over haar wangen wrijft. Dan pas valt haar het boeket rozen op dat hij in zijn handen heeft.

'Voor mij?' vraagt ze.

'Eigenlijk voor je buurvrouw, maar ik geloof dat ze niet thuis is.'

'Lolbroek.' Ze pakt de rozen van hem aan en loopt naar de keuken om ze in het water te zetten. 'Leuk autootje heb je meegenomen.'

'Ja, het was deze of een Lelijke Eend.'

'Ah, wat jammer. Ik heb nog nooit in een Lelijke Eend gezeten,' zegt ze terwijl ze in een keukenkastje zoekt naar een geschikte vaas. Ze vindt er een, laat deze vollopen met water en zet de rozen erin.

'Vanavond doe ik het beter en zal ik een mooi plaatsje voor ze zoeken. Ze zijn echt heel mooi. Dank je wel.'

'Graag gedaan,' zegt hij. Hij leunt tegen de deurpost van de keuken en ze moet toegeven dat hij zijn best heeft gedaan op zijn kleding. Hij draagt een donkerbruin pak van linnen, gewaagd, dat wel. Maar het geeft hem een zwoele en zomerse uitstraling.

'Jij ziet er anders ook niet verkeerd uit,' zegt ze terwijl ze haar handen afdroogt aan de keukenhanddoek.

Hij glimlacht en kijkt naar de grond. Verbeeldt ze het zich nu of verschijnt er een rood kleurtje op zijn wangen?

'Ga je mee?' zegt hij en steekt zijn hand naar haar uit. 'Uw wagen wacht.'

Kittana knikt en vergeet de zenuwen in haar maag. Ze neemt zich voor op en top van deze avond te genieten.

Door de getinte ramen van de limousine valt Kittana's oog meteen op de tuin die voor de borg is aangelegd. Petje af voor haar moeder. Wat een geweldige locatie voor het feest.

De limo rijdt het terrein op. In de schemering lijken de buxushagen nog groener. De limo stopt voor het kleine bruggetje dat ze over zullen moeten steken om bij de borg te komen. Ze buigt zich naar voren om de deur te openen.

Julian legt zijn hand op haar arm en schudt zijn hoofd.

'O, ja,' zegt ze. 'Zoveel luxe ben ik niet gewend, hoor.'

Het portier zwaait open. De chauffeur steekt zijn hand naar haar uit om het uitstappen te vergemakkelijken en ze probeert met zo veel mogelijk gratie uit de leren stoel omhoog te komen. Ze tilt haar jurk zo goed en zo kwaad als het kan op, struikelt bijna over haar eigen voeten, maar stapt uiteindelijk uit de limo. Twee sterke handen geven haar een steuntje in de rug en ze kijkt over haar schouder naar Julian.

'Dank je.'

'Voor mij is het gewoon een goed excuus om je even aan te raken,' zegt hij met een knipoog. Kittana kijkt snel voor zich. Zo ziet Julian tenminste niet dat al het bloed naar haar hoofd stroomt.

Ze blijft staan aan het begin van het bruggetje en kijkt naar de koikarpers in de vijver. Glibberige beesten die over elkaar heen krioelen en af en toe een gezicht zonder uitdrukking boven het wateroppervlakte uit steken. Ze leunt iets over de balken van het houten hekwerk als ze twee handen in haar zij voelt. 'Pas op, niet vallen,' zegt Julian.

'Hmm, ik val heus niet. Je zocht zeker weer een goed excuus.'

'Wat ken je mij toch goed,' zegt Julian terwijl hij haar weer loslaat. 'Ga je mee naar binnen? Straks beginnen ze zonder ons.'

Hij steekt haar zijn arm toe en ze pakt deze aan. Heerlijk ouderwets, maar geheel in de stijl van het feest, denkt ze bij zichzelf. Samen lopen ze over het bruggetje naar de halfronde deuren die uitnodigend openstaan. Als Kittana achteromkijkt, ziet ze pas hoe goed de tuin tot zijn recht komt. Lage en hoge buxushagen vormen lijnen door de tuin. In het midden een tinnen beeld van een vrouw met een kind op de arm, omringd door een zee van gras. Verder naar achteren ziet ze fruitbloesems aan de bomen. De geur van pasgemaaid gras dringt haar neus binnen. Ze zou hier nog uren buiten kunnen blijven, genietend van het uitzicht en de geur van het platteland. Waarom ruikt het in de stad nooit zo lekker?

'Ga je nog mee? Of blijf je in dromenland?'

'Dromenland heb ik wel gezien,' zegt ze. 'Soms is het echte leven veel leuker.'

In het restaurant dat zich op het terrein achter de borg bevindt, druppelen steeds meer mensen binnen. Kittana bestudeert het servies op de ronde tafel waar zes mensen aan kunnen zitten. Aan de naambordjes te lezen heeft haar moeder de overige plekken gereserveerd voor haarzelf, Kittana's vader en die vreselijke *vrinden* van haar ouders, Frits en Moniek. Kittana huivert bij de gedachte dat ze met hen een heel etentje moet doorbrengen. Ze had liever bij Jennifer aan tafel gezeten. Waar zou zij zitten? Kittana werpt een blik door het restaurant in de hoop haar vriendin te zien, maar ze heeft geen geluk. Wel ziet ze haar moeder bij de ingang staan die iedereen persoonlijk van harte welkom heet.

'Ik ben onder de indruk,' zegt Julian.

'Van mijn moeder?' vraagt Kittana als ze zijn gebiologeerde blik ziet.

'Ja.'

Kittana spert haar ogen wijd open. Het is niet te geloven! Leuke man nummer een papte met haar aan om in een goed blaadje bij haar vader te komen en leuke man nummer twee is onder de indruk van haar moeder.

Julian blijft naar haar moeder kijken. 'Ik vind het knap hoe ze dit feest heeft georganiseerd, al die mensen heeft opgetrommeld en ze ook nog eens zo ver heeft gekregen om hun portemonnee te trekken. Ik kan wel zien waar jij je organisatietalent vandaan hebt.' Dan kijkt hij Kittana aan en knipoogt.

Ze glimlacht en wendt haar blik af, maar kijkt op als ze

haar naam hoort. Haar vader komt in vol ornaat op haar af
lopen. Het doet haar bijna pijn om te zien dat zijn smoking
hem nog steviger doet lijken dan hij al is. Ze vraagt zich af
waarom hij altijd met zoveel geweld dat ding tijdens deze
gelegenheden moet dragen. Ze zal haar moeder er eens op
aanspreken. Het tegen haar vader zeggen lijkt haar niet zo'n
goed idee.

'Alles goed?' zegt hij als hij bij haar staat.

Kittana komt overeind van haar stoel om hem te begroeten. Julian volgt haar voorbeeld.

'Mooi, ah, daar heb je Frits en Moniek. Ik ga ze even
begroeten. Tot zo.'

Met opgetrokken wenkbrauwen kijkt ze hem na als hij
wegloopt. Ze zucht en laat zich op de stoel zakken.

'Dus zo voelt dat,' zegt Julian, die ook weer is gaan zitten.

'Wat?'

'Om compleet genegeerd te worden.'

Kittana kijkt naar zijn quasi-beteuterde gezicht en onderdrukt een proestlach.

'Wat is er zo komisch?' vraagt Sylvia. Bijna ongemerkt is
ze bij Kittana's tafeltje komen staan en het ontgaat haar niet
dat ze alleen is.

'Niets bijzonders. Leuk dat je er bent.'

Sylvia knikt. 'Het kost wat, maar dan heb je ook wat. Of
niet?'

'Het gaat allemaal naar een goed doel,' mengt Julian zich
in het gesprek.

'Waar is je date?' vraagt Kittana.

'Die komt eraan. Hij moest even naar de wc. Kijk, daar heb
je hem al.'

Kittana volgt haar blik door de menigte en kijkt naar de
wat oudere man die op hen af komt lopen. Hij draagt een
smoking en heeft het kleine beetje grijze haar dat hij nog

heeft zo over zijn schedel gekamd dat het zijn kale hoofd bedekt.

'Heb je je vader meegenomen?' vraagt Kittana. Julian grinnikt.

'Mijn vader?' Sylvia kijkt haar niet-begrijpend aan. De man die wanhopig probeert zijn kaalheid te verbergen komt dichterbij.

En loopt hun tafel voorbij. Vlak achter hem loopt een bekende man, gekleed in een goed zittend streepjespak. Voor de gelegenheid heeft hij zijn bril thuisgelaten. Zijn haar is in een wat losser model gekamd en om zijn mond ligt een stralende glimlach.

'Wat ontzettend leuk om jou te zien, Ben,' zegt Kittana terwijl ze hem de hand schudt. Als hij en Sylvia een paar minuten later doorlopen naar hun tafel, geeft Julian haar een kneepje in haar hand.

'Goed gedaan,' zegt hij.

Kittana schudt haar hoofd. 'Ze hebben het helemaal aan zichzelf te danken.'

'Maar jij hebt ze een duwtje in de goede richting gegeven.'

Kittana wil hem tegenspreken, maar bedenkt zich. Misschien heeft hij wel gelijk. En misschien wordt het hoog tijd dat ze zichzelf een duwtje in de goede richting geeft. Haar blik blijft rusten op zijn lippen. Zou ze het durven? Hem zoenen? Ze moet wel het juiste moment afwachten, natuurlijk.

'Wat is er?' vraagt Julian.

Ze is hem aan het aanstaren. 'Niets hoor,' zegt ze. Snel kijkt ze voor zich uit, terwijl ze voelt hoe het bloed haar voor de zoveelste keer die avond naar de wangen stijgt.

Het geroezemoes en serviesgerinkel doet gemoedelijk aan. Kittana probeert de bulderlach van Frits en haar vader te negeren. Ze verbergt een gaap achter haar handpalm.

Tijdens het voorgerecht werden de krantenkoppen van de afgelopen dagen tot in detail besproken, tijdens het hoofdgerecht waren de onderwerpen sport en politiek aan de beurt. Precies alle onderwerpen waar Kittana graag over praat. Niet dus! Haar ogen zoeken Jennifer. Samen met Pieter haalt ze de gemiddelde leeftijd van haar tafelgenoten toch zeker twintig jaar naar beneden. Ze ziet aan het gemaakte lachje dat ze het erg naar haar zin heeft en als ze haar blik vangt, rolt ze met haar ogen. Hun geheime teken voor 'even naar het toilet'. 'Straks,' mimet Kittana. Jennifer knikt.

'Ik eis dat je me volgend jaar bij Jennifer aan tafel laat zitten,' fluistert ze in haar moeders oor.

Haar moeder werpt haar een blik toe alsof ze niet goed wijs is. 'En ik de hele avond met die Moniek opgescheept zitten, zeker.'

Kittana besluit er niet op te reageren. Ze weet hoeveel moeite haar moeder ieder jaar doet voor haar feesten en als ze haar een klein pleziertje kan doen door aan haar tafel te zitten, doet ze dat graag.

'Ik heb Sophie trouwens nog niet gezien. Komt ze wel?' vraagt ze. Haar moeder knikt en vertelt haar dat ze iets later komt vanwege haar drukke schema. Kittana trekt een gezicht en vraagt zich af hoe druk een schema van een vrijgezelle en rijke weduwe kan zijn.

'Wanneer wordt het nu leuk?' onderbreekt Julian haar gedachten.

'Dat ligt eraan hoe goed je kunt dansen,' zegt Kittana. De gedachte aan het bal dat straks volgt veroorzaakt meteen een knoop in haar maag. Ze hoopt dat Pieters band leuk is en in de smaak valt. Anders vergeeft ze het zichzelf nooit.

Als het nagerecht wordt geserveerd – een vruchtensorbet met zoveel slagroom dat Kittana er spontaan misselijk van wordt – hoort ze tussen de brallerige woorden van Frits door haar naam vallen.

'Sorry?' zegt ze terwijl ze de slagroom van het ronde koekje in de sorbet likt. Haar vader trekt een gezicht en ze weet dat, als er niemand anders bij was geweest, hij haar een standje had gegeven alsof ze een kind is.

Eet je koekje op een normale manier op, Kittana. Ze kan het hem zo horen zeggen.

Ze likt het laatste restje slagroom van het koekje en werpt een blik op haar vader. Heerlijk, zo'n verlate puberteit.

'Ik vroeg net aan je vader of je misschien een afspraakje kunt regelen voor mijn neef. Dat kun jij toch zo goed? Noemen ze dat tegenwoordig niet daten?' zegt Frits.

'Volgens mij is dat een term die al wat langer bestaat,' merkt Kittana op. 'Maar u kunt uw neef altijd langssturen. Dan kunnen we hem inschrijven.'

'Dat zal ik zeker doen,' zegt Frits en neemt een slok van zijn espresso. Hij houdt het oor van het kopje tussen duim en wijsvinger geklemd terwijl zijn pink omhoog steekt. 'Lijkt me leuk werk. Een beetje afspraakjes regelen voor mensen die te lui zijn om het zelf te doen. Wat jij, George?' Hij gooit zijn hoofd een tikje achterover en lacht hard om zijn eigen grapje. Kittana perst haar lippen op elkaar, maar zegt niets.

'Ik denk dat u Kittana's werk behoorlijk onderschat,' zegt Julian. Frits houdt op met lachen en kijkt Julian aan. Kittana moet bijna lachen als ze de irritatie in zijn ogen ziet. Het gebeurt vast niet vaak dat Frits wordt tegengesproken.

'Hoezo?' vraagt hij, waarschijnlijk meer uit beleefdheid dan omdat hij het echt wil weten.

'Nou,' zegt Julian en hij leunt met zijn ellebogen op tafel, 'sommige mensen kunnen heel eenzaam zijn en weten zelf niet goed hoe ze contact moeten maken met anderen. Kittana helpt hen daarbij, zoekt voor ieder potje het juiste dekseltje. Ze zorgt ervoor dat mensen niet langer eenzaam zijn. En is dat niet het mooiste wat je voor iemand kunt doen?'

Frits kijkt een beetje minzaam. Kittana's blik blijft rusten op Julian. Een warm gevoel stroomt van haar borst naar haar buik en barst daar uit elkaar in honderden kleine kriebelvlinders. Hij heeft het voor haar opgenomen tegenover die vreselijke Frits.

Even valt er een stilte aan tafel. Kittana voelt haar moeder verstijven. Moniek lepelt de vruchten van haar sorbet in haar mond alsof het hele gesprek haar ontgaan is.

'Zeg George,' zegt Frits dan, 'wanneer was dat concert nou waar je met mij naartoe wilde? Hoe heet die band ook alweer?'

Kittana's vader bromt iets onverstaanbaars. Hij kijkt Kittana niet aan.

'Wat zeg je nu?'

'U2,' zegt George iets duidelijker. 'Die band heet U2.'

Kittana voelt een steek door haar lichaam gaan en kijkt de zaal rond. Ze vangt Jennifers blik en rolt met haar ogen. Ze excuseert zich, schuift haar stoel naar achteren en loopt naar de wc's.

20

'Aan je gezicht te zien is het erg gezellig aan jullie tafel,' zegt Jennifer als ze naast elkaar hun handen onder de koude kraan steken en via de spiegel oogcontact maken.

'Niet bepaald. Die Frits werkt op mijn zenuwen.' Ze verbaast zich erover dat hij precies de vinger op de zere plek wist te leggen en daarbij meteen het gevoel dat Julians woorden in haar losmaakten tenietdeed.

'Kom dan bij ons zitten. Daar is het erg gezellig. Ik weet nu alles over buikwandcorrecties, liposucties en borstvergrotingen.'

Kittana trekt haar wenkbrauwen op. Ze draait de koude kraan dicht en schudt haar handen uit.

'Laat me raden. Je zat naast mevrouw Van Zwieten-Boogaerd?'

Jennifer knikt. Kittana krult haar mond tot een glimlach. 'Dan heb je het inderdaad erger getroffen dan ik.' Ze kan zich nog een feestje herinneren waarop ze de pech had met mevrouw Van Zwieten-Boogaerd aan de praat te raken. Al snel kwam het gesprek op het favoriete onderwerp van mevrouw Van Zwieten-Boogaerd: schoonheidsoperaties. Voor Kittana het goed en wel in de gaten had, was ze verplicht haar platte buik te bewonderen, aan haar nepborsten te voelen en haar gezicht te controleren op littekentjes om te bevestigen dat deze er echt niet waren.

'Komt je tante Sophie niet? Ik heb haar nog nergens kunnen ontdekken,' zegt Jennifer terwijl ze papieren handdoekjes uit de houder trekt en haar handen dept.

'Jawel, ze heeft het iets beter bekeken dan wij. Ze slaat het diner over en gaat alleen naar het bal.'

'Doen wij volgend jaar ook.' Ze geeft Kittana een stootje met haar elleboog. 'Ik ben benieuwd naar haar scharrel voor dit feest.'

Kittana knikt. 'Ze belde me nog afgelopen week. Volgens haar was de jongen die haar deze keer begeleidt het neusje van de zalm.'

'Zegt ze dat niet elk jaar?' zegt Jennifer lachend.

Ze kijken allebei op als de deur van het damestoilet opengaat. Even denkt Kittana dat hun onderonsje is afgelopen door de binnenkomst van een vreemde, maar het valt mee.

'Alles goed, lieverd?' vraagt haar moeder met een bezorgde blik op haar gezicht terwijl ze dichterbij komt.

'Ja, hoor. Waarom zou het niet goed gaan?'

Haar moeder haalt haar schouders op. 'Ik heb je vader geprobeerd uit te leggen dat jij graag met hem naar het concert wilde, maar ik ben bang dat het hem niet duidelijk is geworden.' Ze legt haar hand op Kittana's arm.

'Het geeft niet, mam. Het was toch ook zijn cadeau? Hij mag ermee doen wat hij wil.'

Haar moeder kijkt haar aan met een blik alsof ze het niet gelooft.

'Heb je Pieter trouwens al horen spelen?' vraagt Kittana.

Jennifer en haar moeder schudden tegelijkertijd hun hoofd. Kittana slikt een niet-bestaand brok in haar keel weg. Als dat maar goed gaat.

'Hij doet het vast heel goed,' zegt Jennifer. 'Hij is heel blij dat zijn band vanavond mag spelen. Wie weet hoeveel andere optredens het hem oplevert.'

Haar moeder glimlacht. 'Natuurlijk doet hij het goed. Hij laat ons vast allemaal swingen.'

'Over swingen gesproken, wordt het daar niet eens tijd voor?' zegt Kittana met een blik op haar horloge. Tot haar grote opluchting geeft haar moeder haar gelijk en ze biedt meteen aan mee te helpen de gasten naar de zaal naast het restaurant te begeleiden. Een goed excuus om niet meer bij Frits aan tafel te hoeven zitten.

'Kan ik iets te drinken voor je halen?' zegt Julian in haar oor.

'Lekker! Rode wijn graag.' Julian verdwijnt tussen de gasten en Kittana geniet van de muziek die Pieters band ten gehore brengt. Ze kan opgelucht ademhalen. Vanaf het moment dat de gasten langzaam de danszaal binnenkwamen, speelde de band rustige muziek als achtergrond. Toen iedereen binnen was, speelden ze meer up-tempo nummers, af en toe afgewisseld met iets rustigere muziek. Aan de drukke dansvloer te zien is Pieter een succes.

Zelf heeft ze er nog geen voet op gezet, maar ze besluit dat het hoog tijd wordt. Als Julian terug is met haar drankje moeten ze toch maar eens een poging wagen.

'Wanneer ga je nu eens dansen!' roept Jennifer haar vanaf de dansvloer toe, alsof ze Kittana's gedachten heeft gehoord. Kittana kan haar nauwelijks verstaan door de harde muziek, maar in liplezen is ze altijd vrij goed geweest.

'Straks,' roept ze terug. Hoofdschuddend draait Jennifer zich om en werkt zich een weg naar voren. Haar vriendje speelt in de band en er is natuurlijk niets leukers dan helemaal vooraan staan te juichen.

Sophie heeft ze nog niet gezien. Ze zal toch niet hun jaarlijkse traditie gaan verbreken? Een traditie die inhoudt dat zij, Kittana en Jennifer op de dansvloer keihard meezingen met de muziek en uitgebreid de nieuwe lover van Sophie bespreken. Ze zal straks even een rondje door de zaal lopen. Misschien is Sophie er allang en heeft ze haar door de drukte niet opgemerkt.

'Een wijntje voor mevrouw,' zegt Julian terwijl hij het glas voor haar neerzet. Zelf heeft hij een colaatje meegenomen.

'Geen drank voor jou?'

Hij schudt zijn hoofd, kijkt haar indringend aan. 'Ik blijf graag nuchter als ik nog iets belangrijks te doen heb.'

'Iets belangrijks?'

'Heb je zin om even met mij een frisse neus te halen?'

'Ga je me dan vertellen wat voor belangrijks je moet doen?'

Julian slaat zijn ogen neer. Hij zet het colaatje naast haar glas wijn op de tafel en steekt zijn hand naar haar uit. 'Kom nu maar gewoon mee.'

Zijn hand voelt klam aan. Kittana vraagt zich af of hij zenuwachtig is. Als hij zenuwachtig is, werkt dat in ieder geval aanstekelijk.

Zonder iets te zeggen loopt ze naast hem naar buiten. Een koele wind blaast de loshangende strengen haar uit haar gezicht. De zon is achter de horizon gezakt en de volle maan geeft genoeg verlichting om de geheimen van de tuin van de borg prijs te geven.

Julian houdt haar hand stevig vast als ze over het bruggetje lopen. De stilte is een verademing na de harde muziek en dansende menigte binnen. Hier hoort Kittana niets anders dan het ruisen van de wind en het geklots van het water. Ze herinnert zich de vissen en buigt zich over de houten reling om naar het water te kijken. In de zwarte poel kan ze geen vormen onderscheiden.

'Houd je van vissen?' Julians stem verbreekt de stilte en ze kijkt naar hem op als hij naast haar komt staan.

'Nou, nee. Ik vind ze eng en glibberig. Ze zijn wel lekker om te eten.'

'Waarom wil je er dan naar kijken?'

'Gewoon. Soms is het leuk om de rillingen te hebben.' Ze draait zich half om en leunt met haar heup tegen de reling. Julian doet hetzelfde zodat ze precies tegenover elkaar staan.

'Ik wil je trouwens nog bedanken voor wat je tijdens het eten tegen Frits zei.'

'Dat was niets. Soms moeten die blaaskaken gewoon op hun nummer worden gezet.'

'Inderdaad. Alleen een beetje jammer dat hij precies weet waar bij mij de zere plek zit.' Ze vertelt Julian over de U2-kaartjes en haar vaders reactie.

'Trek het je niet aan. Hij snapt blijkbaar niet goed dat jij met hem daarnaartoe wilde. Mannen houden nu eenmaal van duidelijkheid en dat was hem blijkbaar niet duidelijk.'

'Misschien heb je gelijk.' Ze zegt er maar niet bij dat ze amper de kans had om te zeggen dat ze samen met hem wilde gaan. Helemaal nu Julian haar recht aankijkt met die bruine ogen van hem, waar constant een geamuseerde twinkeling in ligt.

'Je wilde me toch iets belangrijks vertellen?' Het schiet haar ineens te binnen. Wat zou het kunnen zijn? Als hij maar niet stiekem getrouwd is en drie kinderen heeft.

'Les twee over mannen: ze houden niet van nieuwsgierige meisjes.' Hij staat nu zo dichtbij dat ze zijn geur kan opsnuiven. Hij ruikt lekker.

'En volwassen vrouwen houden er niet van om meisje genoemd te worden.'

Hij knijpt zijn ogen tot spleetjes en kijkt bedenkelijk. 'Waar houden ze dan wel van?'

Of het door zijn opmerking komt of door de spanning, ze weet het niet, maar ze schiet in de lach.

'Vrouwen houden ook van duidelijkheid,' zegt ze dan.

'In dat geval.' Voor ze goed en wel beseft wat er gebeurt, voelt ze zijn lippen op de hare. Zacht en warm. Zijn lippen duwen de hare iets van elkaar en hij zoent haar inniger. Het bloed stijgt naar haar hoofd en haar wangen gloeien. Ze heeft het gevoel of ze de hele wereld aankan. *Queen of the world.*

Ze hijgt als hij haar loslaat. 'Dat,' zegt ze, 'had je veel eerder moeten doen.'

'Zou ik ook gedaan hebben, als jij wat duidelijker was geweest,' zegt hij met een grijns.

'Soms moet je de gok wagen. Daar houden vrouwen ook van.'

In de feestzaal is het warm. Het kan ook aan Kittana liggen, daar is ze nog niet helemaal uit. Julian baant zich een weg naar de bar en ze volgt hem.

'Hé! Wat zie jij er verhit uit.' Jennifer klampt haar aan en Kittana blijft staan. 'En wat heb je een ongelooflijke grijns op je gezicht.'

'Is dat zo?' Kittana trekt meteen haar gezicht in de plooi. Jennifer knijpt haar ogen tot spleetjes, kijkt dan speurend in het rond. Kittana volgt haar blik. Bij de bar staat Julian naar hen te grijnzen.

'Jij smiecht!' zegt Jennifer. 'Jullie hebben gezoend!'

'Rustig aan, niet iedereen hoeft het te weten.'

'Dus je gaat voor Julian? Jack is voltooid verleden tijd?'

'Ja,' zegt Kittana. Ze heeft de hele avond niet aan Jack gedacht. Het was gewoon uitstelgedrag toen ze erin toestemde nog eens over het idee van haar en Jack samen na te denken. Uitstel van Jacks executie. Ze lacht naar Julian. Ze zal Jack binnenkort de waarheid moeten vertellen.

'Even wat anders, heb je Sophie al gezien?' vraagt Jennifer. Kittana schudt haar hoofd.

'Ik wel. En geloof me, haar nieuwe aanwinst slaat echt

alles. Al haar toyboys van voorgaande jaren vallen bij deze in het niet.'

Kittana zoekt met haar ogen de dansvloer af. Ze ziet veel mensen, die eigenlijk niet zouden moeten dansen omdat het er gewoonweg niet uitziet, helemaal losgaan. Sophie ziet ze nergens.

'Ik zal ze straks wel zien. Heb jij Sylvia en Ben gezien, dan?' vraagt Kittana.

Jennifer knikt met een veelzeggende uitdrukking op haar gezicht. 'En hoe. Cijfertjes-Ben heeft het voor elkaar volgens mij. Ik zag ze net met z'n tweeën naar buiten lopen en ze keken allebei erg vrolijk.'

Kittana voelt het gelukkige gevoel vanbinnen toenemen. Perfecter dan dit kan deze avond niet worden. Alhoewel. Ze neemt Julian van top tot teen in zich op. Hij kan zijn ogen niet van haar af houden en de blik die erin ligt zegt Kittana genoeg. De vlinders in haar buik vermenigvuldigen zich spontaan.

'Ik ga even wat drinken. Wil je ook?'

'Nee, ik ga de groupie uithangen. Doei!' Jennifer draait zich om en verdwijnt tussen de mensen op de dansvloer. Hoofdschuddend kijkt Kittana haar na. Gek mens.

Nu eerst wat drinken. Ze besluit voorlopig geen drank meer te drinken en bestelt een jus d'orange bij de barman.

'Zo,' zegt ze tegen Julian, 'daar staan we dan.'

'Ja.' Hij trekt zijn wenkbrauwen op.

'Weet je dat dit echt een geweldige avond is?' zegt ze.

Julian knikt. 'Ik ben het helemaal met je eens.'

'Bedankt.'

'Daar hoef je me toch niet voor te bedanken,' zegt hij.

'Jawel. Het is lang geleden dat ik me zo heb gevoeld.'

Julian komt een tikkeltje dichterbij en brengt zijn lippen bij haar oorschelp. Het kriebelt, maar voelt tegelijkertijd sexy.

'Hoe voel je je dan?' klinkt zijn zachte stem in haar oor.

Op dat moment zet de band een rustig nummer in. Het komt Kittana vaag bekend voor, maar ze weet niet precies welk liedje het is.

'Als je me ten dans vraagt, zal ik het je vertellen,' zegt ze.

'Oké,' zegt Julian, 'het zijn jouw tenen. Zeg niet dat ik je niet gewaarschuwd heb.' Hij pakt haar glas jus d'orange van haar over en zet het op de bar. Dan voelt ze zijn hand in de hare en begeleidt hij haar naar de dansvloer. Ze vinden een plekje ergens in het midden. Hij slaat zijn arm om haar middel en drukt haar dicht tegen zich aan. Het pak dat hij aanheeft verbergt een slank, maar stevig lichaam, merkt ze nu ze tegen hem aan leunt. Ze legt haar hoofd op zijn schouder en sluit haar ogen. De muziek klinkt ver weg, het geroezemoes om haar heen verstomt.

'Gelukkig,' fluistert ze in zijn oor. 'Echt gelukkig. Zo voel ik me nu.'

Julian zwijgt, maar als ze haar ogen opent om zijn gezichtsuitdrukking te zien, ziet ze dat hij lacht. Ze doet haar ogen weer dicht om het moment in zich op te zuigen, zodat ze het nog heel lang in haar dromen kan herbeleven.

Met een spijtig gevoel opent ze haar ogen als de laatste tonen van het liedje wegsterven. De zanger van de band mompelt iets over pauze.

'Jammer hoor,' zegt Kittana terwijl ze zich losmaakt uit Julians omarming. Ze kijkt naar haar voeten. 'Mijn tenen zijn nog heel.'

'Daar ben ik blij om.'

De mensen die een paar seconden geleden nog aan het dansen waren, beginnen hun weg naar de bar te vinden. Een paar meter verderop ziet ze haar ouders naar een tafeltje lopen. Haar moeder steekt haar hand op.

'Dus dit is wat jij verstaat onder tijd nodig hebben om na

te denken?' Bij het horen van Jacks stem bevriezen al haar ledematen. Dit kan niet waar zijn, denkt ze. Dit gebeurt niet. Ze kijkt op naar Julian, die tegenover haar staat. Zijn blik is gericht op de persoon achter haar en aan zijn gezichtsuitdrukking te zien, is hij niet blij. Ze draait zich om.

'Jack,' zegt ze.

Tot haar verbazing ziet ze Sophie aan zijn arm vastgeklampt. Blijkbaar is haar laatste botoxinjectie al enige tijd geleden, gezien de rimpel die op haar voorhoofd verschijnt.

'Ik zie dat je een keuze hebt gemaakt.' Jack verheft zijn stem en vanuit haar ooghoeken ziet Kittana een paar mensen verstoord naar hen kijken. 'Was dat de reden waarom je ineens zo afstandelijk deed? Om hem? Die bleekneus die we in Parijs hebben ontmoet?'

Sophie laat Jacks arm los en doet een stap achteruit.

'Kittana?' vraagt Julian. 'Wat is er aan de hand?' Als ze de blik in zijn ogen ziet, kan ze wel huilen. Hij begrijpt er natuurlijk niets van. Maar waarom doet Jack alsof er zich veel meer tussen hen heeft afgespeeld? Het moet op iedereen overkomen alsof ze van twee walletjes eet.

'Ja, dat zou ik ook weleens willen weten.' De zware bromstem van haar vader schalt over de dansvloer terwijl hij dichterbij komt.

Nu wordt het helemaal mooi! Kittana voelt al het bloed naar haar wangen stijgen. Ze onderdrukt de neiging om ze te bedekken met haar handen. Ze moet hier weg. Dit kan nooit goed aflopen.

'We hadden het zo mooi, samen in Parijs. Ik begrijp er niets van,' zegt Jack, terwijl hij een stap dichterbij doet. 'Ik dacht dat je tijd nodig had, dus ik heb je met rust gelaten. Als ik had geweten dat je met een ander...' Hij maakt zijn zin niet af en wrijft in zijn ogen.

Gaat hij een potje staan janken? Dat recht heeft hij niet. Zíj zou juist een potje moeten gaan janken. Ze werpt een blik op Julian. Hij heeft een paar stappen achteruit gedaan, de blik in zijn ogen kan ze niet peilen. De afstand die hij tussen hen heeft gecreëerd is niet meer dan een paar meter, maar het voelt als een voetbalveld zo groot.

'Julian...' begint ze. Maar wat moet ze zeggen? Mannen houden van duidelijkheid. Zij is niet duidelijk geweest. En niet eerlijk, beseft ze. Ze wil Julian zeggen dat het haar spijt. Ze wil tegen Jack zeggen dat hij zijn kop moet houden. Dat hij haar in Parijs heeft laten stikken door hoofdpijn te *faken* om daarna zonder haar naar alle trendy clubs te gaan. En tegen haar vader wil ze zeggen dat hij een eikel is. Dat ze met hém naar U2 wil, zodat ze eindelijk eens iets als vader en dochter kunnen doen. Iets wat niets met haar bedrijf te maken heeft.

Als ze haar mond opent om haar gal te spuwen, hoort ze iemand kuchen. Ze kijkt om zich heen. Alle ogen zijn op hen gericht. Iedereen kijkt. Naar haar. Wat zouden ze denken?

De blik van haar vader brandt op haar gezicht. De onschuldige puppyblik in Jacks ogen zou ze het liefst uit zijn gezicht willen slaan en Julian... Hoe legt ze dit ooit aan hem uit?

Achter Julian, vooraan tussen de andere gasten, ziet ze Frits. Met een grijns op zijn gezicht stoot hij de man naast hem aan en fluistert iets in zijn oor, waarop deze in de lach schiet.

Dit is te erg. Kittana houdt haar kaken stijf op elkaar geklemd, draait zich om en rent de zaal uit. Als ze bij de deur is, is de wereld om haar heen veranderd in een wazig geheel. Pas als ze over het bruggetje door de tuin van de borg rent, durft ze haar tranen de vrije loop te laten.

21

Kittana's keel voelt dik en pijnlijk aan. Ze trekt haar dekbed verder over haar hoofd en veegt haar tranen eraan af. Ze wil slapen en het liefst nooit meer wakker worden. Dan hoeft ze niet meer te denken aan die hopeloze avond. In de verte hoort ze een zoemend geluid. Ze duwt het dekbed van zich af en graait haar mobieltje van haar nachtkastje. Een sms'je. Voor ze erover na kan denken van wie het zou kunnen zijn, opent ze het berichtje. Het is van Jennifer. Ze drukt haar op het hart goed te slapen en zich niet te veel aan te trekken van wat er de afgelopen avond is gebeurd.

'Jij hebt makkelijk praten,' zegt Kittana hardop. Ze drukt haar mobieltje uit en gooit het van zich af. Met een zachte plof belandt het apparaatje in een hoek op de vloerbedekking. Ze trekt het dekbed weer over zich heen. Al snel krijgt ze het benauwd en duwt ze het weer van zich af. In haar slaapkamer is het donker en ze kijkt op de wekker. Nog maar vier uur. Ze gaat op haar zij liggen. Gelukkig is het weekend. Ze moet er niet aan denken om naar haar werk te gaan, niet nu ze zich zo voelt.

Wat zou Julian van haar denken? Hij wil haar vast nooit meer zien. Ze ziet zichzelf nog staan op het bruggetje, waar ze met hem zoende. Toen ze de feestzaal uitgerend was, stond ze er te janken als een klein kind. Tot haar grote opluchting kwam Jennifer achter haar en bracht haar naar huis.

Ze gaat op haar andere zij liggen en doet haar ogen dicht. Ze probeert haar hoofd zo leeg mogelijk te maken in de hoop wat te kunnen slapen.

Dat moet haar toch gelukt zijn, want als ze haar ogen opendoet is het licht. Het zware gevoel op haar maag herinnert haar meteen aan het fiasco van de avond ervoor. Ze probeert de blikken van haar vader en Julian van zich af te schudden, uit haar hoofd te bannen. Het lukt niet.

Ze gooit het dekbed van zich af en drukt de televisie aan die in een hoek van haar slaapkamer staat. Zo. Ze blijft lekker de hele dag in bed. Alleen om iets te eten komt ze eruit. Nu moet ze daar nog even niet aan denken.

Ze gaat weer liggen en zapt langs de kanalen. Er is niets op. Ze kan natuurlijk een Buffy-dvd'tje in de dvd-speler doen. De gedachte aan Julian dringt zich aan haar op. Hoe groot was de kans dat ze iemand zou vinden die eenzelfde zwak voor de serie heeft als zij? Niet heel groot, moet ze toegeven. Ze denkt aan de lach op zijn gezicht toen ze samen op haar bank ernaar keken.

Nee, besluit ze. Geen Buffy vandaag. Het doet haar te veel aan Julian denken. Ze zapt nog maar eens langs de kanalen en blijft hangen bij een of andere zoetsappige film op RTL4. Buiten stort een hevige regenbui tegen haar ramen. In de verte onweert het.

*

De telefoon gaat. Haar hersens registreren de irritante beltoon, maar het wil niet goed tot haar doordringen.

'Ga toch weg,' mompelt ze terwijl ze haar kussen over haar hoofd trekt. Het geluid blijft aanhouden. 'Oké, oké, ik kom al,' roept ze naar de telefoon die in de huiskamer staat. Ze zwaait haar benen van het bed, staat op en loopt erheen. Vlak voordat ze opneemt is er nog even de twijfel. Straks is het Julian. Of nog erger: Jack. Die wil ze absoluut niet spreken. Het feit dat er ook iets ernstigs aan de hand kan zijn met haar ouders – je weet natuurlijk maar nooit – maakt dat ze opneemt.

'Hallo?' Ze heeft een hekel aan mensen die op die manier de telefoon opnemen, maar nu kan ze altijd nog zeggen dat de beller verkeerd verbonden is als hij of zij haar niet aanstaat.

'Kit? Met Jen. Heb je je mobiel weer in bad laten vallen?'

'Nee, hoezo?'

'Waarom heb je 'm dan uitstaan?'

'Omdat ik niemand wil spreken, oké? Mag een mens niet gewoon een dag in bed liggen en zwelgen in zelfmedelijden?' Kittana laat zich vallen op de bank en legt haar blote voeten op tafel.

'Ik wil alleen maar even weten hoe het met je gaat.'

Kittana haalt haar schouders op.

'Ben je er nog?' vraagt Jennifer.

'Ja, ik ben er nog en het gaat wel.'

'Trek het je niet zo aan. Zo erg was het niet.'

'Dat was het wel, Jen. Ik ben gewoon bang dat ik hem kwijt ben.'

'Wie?'

'Julian, natuurlijk. Wie anders?' Ze hoort hoe snibbig haar stem klinkt.

'Wie anders? Je bent nu al weken aan het twijfelen. Zo gek is het toch niet dat ik dat vraag.'

'O, Jen, je had moeten horen wat Jack zei. Hij liet het overkomen alsof hij en ik bijna getrouwd waren.'

'Echt?'

'Kon je niet horen wat hij zei?'

'Nee, die irritante Frits hield al het geluid tegen met zijn omvang.'

Kittana schiet in de lach. In gedachten ziet ze Jennifer haar uiterste best doen om langs Frits heen te kijken om maar iets van het gesprek op te vangen.

'Alsof hij recht van spreken heeft. Hij was daar toch ook met een ander,' zegt Jennifer

'Hmm. Heb jij nog iets van Sophie gehoord?'

'Nope. Hoe kan het ook, dat nu net zij met Jack aan komt zetten.'

Het beeld van Sophie aan Jacks arm schiet door haar hoofd. Jack, met die nep-onschuldige puppyblik van hem. De gedachte alleen al doet haar walgen.

'Hé, ik moet ophangen. Ik spreek je nog,' zegt Kittana.

Voordat Jennifer nog iets kan zeggen verbreekt ze de verbinding. Ze plaatst het toestel in de houder die op de hoektafel staat. De lege zondag strekt zich voor haar uit. Haar maag knort. Misschien is het tijd om te ontbijten.

Op het moment dat ze een hap van haar geroosterde broodje wil nemen, klinkt de schelle toon van de telefoon door de kamer. Ze neemt zich stellig voor de melodie te veranderen in een vrolijk liedje. Dit is ook niets.

Ze laat de boterham zakken op haar bord en loopt naar de telefoon toe. In plaats van op te nemen, trekt ze de hoektafel iets naar voren en trekt de stekker eruit. Geen telefoon meer vandaag. Ze heeft besloten vandaag precies te doen waar zíj zin in heeft zonder met iemand rekening te houden. Op de keukentafel ligt de geroosterde boterham op haar te wachten. Ze heeft er flink wat bruine suiker overheen gestrooid. Dat heeft ze wel verdiend, al zegt ze het zelf. Ondanks dat weet ze dat zelfs de lekkerste geroosterde broodjes de baksteen in haar maag niet kunnen doen verdwijnen. Met een zucht neemt ze een hap. Het smaakt niet zo lekker als anders.

Eens kijken of er iets op televisie is. Ze laat de boel de boel in de keuken en zakt onderuit op de bank. Voor de tigste keer die ochtend zapt ze langs de zenders. Ze blijft bij een of andere serie op Animal Planet hangen, over de Amerikaanse dierenbescherming. Het zien van zielige, mishandelde dieren vrolijkt haar niet erg op.

In het dressoir vindt ze een oude dvd van Keanu Reeves. *Bill & Ted's Bogus Journey*. Een beetje droge humor, dat kan ze wel gebruiken. Misschien kan Keanu haar op blijere gedachten brengen. Ze drukt het schijfje in de dvd-speler en ploft neer op de bank.

Haar gedachten dwalen af naar de avond ervoor. De starende blikken van de mensen. Julian. Ze kijkt naar de telefoon. Ze zou hem natuurlijk kunnen bellen. Nee. Geen goed idee. Ze weet precies wat hij denkt: dat ze een leugenaarster is, dat ze van twee walletjes wil eten, dat ze hem aan het lijntje heeft gehouden.

Zo is het niet gegaan, toch? Ze heeft Jack verteld dat ze niets met hem wilde. Waarom heeft ze er ook in toegestemd dat ze erover na zou denken? Als ze de tijd terug kon draaien zou ze het heel anders aanpakken. Maar ze kan de tijd niet terugdraaien. Bij die gedachte voelt ze de tranen in haar ogen prikken. Het besef dat ze het helemaal verknald heeft, dringt in volle hevigheid tot haar door.

Sukkel, denkt ze. Wat ben je ook een sukkel!

Ze trekt een van de kussens die op de bank liggen tegen zich aan en verbergt haar gezicht erin. In de verte hoort ze Bill en Ted lachen om hun eigen grappen en de dingen die ze uithalen. Wat een puberhumor is het ook.

Als de zoemer van de voordeur klinkt, verroert ze zich niet. Het mag een wonder heten dat het de zoemer van de intercom is. Blijkbaar waren er geen vriendelijke buren buiten om haar bezoeker binnen te laten. Ze laat niets van zich horen, dan gaat de ongewenste gast vanzelf weg.

Een nieuwe regenbui klettert tegen haar ramen en bijna krijgt ze medelijden met haar hardnekkige bezoeker. Ze staat op van de bank en loopt op haar tenen naar het raam. Voorzichtig schuift ze de *in between* gordijnen een stukje opzij en ze kijkt naar beneden. Op de straat onder haar ziet ze een bekende kale kruin die aanhoudend zijn wijsvinger op de deurbel gedrukt houdt. Haar medelijden wint het van haar verlangen om niemand te spreken en ze loopt naar de hal. Zonder iets te zeggen drukt ze op de knop om de deur beneden in het gebouw te openen. Een paar minuten later trekt ze de voordeur van haar appartement open.

Haar vader veegt zijn voeten op de mat. 'Mag ik binnenkomen?' vraagt hij.

Als antwoord trekt ze de deur verder open en maakt een uitnodigend gebaar. Hij stapt naar binnen en trekt zijn druipende jas uit. Op dat moment beseft Kittana dat ze nog steeds haar nachtpon aanheeft en ze pakt snel haar badjas van het haakje achter haar slaapkamerdeur.

'Koffie?' vraagt ze terwijl ze de badjas dichtknoopt. Haar vader knikt en volgt haar de keuken in.

'Mag ik gaan zitten?'

Kittana weet niet wat ze hoort. Haar vader is niet iemand die toestemming vraagt. Ze probeert haar verbazing niet te laten merken en knikt. Hij zal toch niet zijn gekomen om haar de les te lezen? Ze vreest het ergste. Met opgeheven wijsvinger zal hij haar vertellen hoe dom ze is geweest en dat ze hem en haar moeder compleet voor schut heeft gezet op het feest. Ze had hem nooit binnen moeten laten. Gewoon laten verrekken in de koude regen. Hij was vanzelf weggegaan.

'Wat kom je doen?' vraagt ze. De Senseo pruttelt op de

achtergrond en ze leunt met haar rug tegen het aanrecht.

'Ik wilde met je praten over gisteravond,' begint haar vader.

Zoiets vermoedde ze al.

'Je moeder en ik... Toen jij weg was...' Hij zwijgt en veegt met zijn handpalm over zijn mond.

Wat zullen we nu beleven, denkt Kittana bij zichzelf. Haar vader die niet uit zijn woorden kan komen? Dat is nog nooit gebeurd.

'Ik denk dat ik je mijn excuses moet maken,' weet hij er uiteindelijk uit te persen.

Ze vraagt zich af hoeveel moeite hem dit kost. Zolang ze haar vader kent, heeft ze hem nog nooit zijn verontschuldigingen horen aanbieden.

'En waarvoor denk je dat je mij je excuses moet aanbieden?'

'In de eerste plaats voor het feit dat ik niet in de gaten had dat het je bedoeling was om samen met mij naar U2 te gaan. Dat je de kaartjes voor ons samen had gekocht.' Hij kucht, schraapt zijn keel. 'En in de tweede plaats omdat ik vind dat ik gisteravond voor je op had moeten komen. Dat heb ik niet gedaan en dat spijt me.'

Kittana slikt. Ze voelt een huilbui opkomen. Ze kan zich niet herinneren dat haar vader eerder zoiets tegen haar heeft gezegd. Snel wrijft ze met haar vingers over haar oogleden.

'Ik heb iets in mijn oog,' mompelt ze.

Haar vader glimlacht. Verbeeldt ze het zich of heeft hij ook rode oogjes? Nee, haar vader en huilen? Dat bestaat niet. Hij vertelt haar dat nadat ze er tussenuit was geknepen, Jack met hem wilde praten. Hij vertelde hoe geschokt hij was om haar met iemand anders te zien. Hij hoopte echt dat haar vader een goed woordje voor hem zou doen bij het ziekenhuis, hem misschien al voor wilde stellen aan zijn oud-collega's. Zijn

werk en studie waren het enige waar hij zich met volle over-
gave op kon storten. Hij was in ieder geval blij dat hij Kittana
met een ander had gezien, dan wist hij tenminste waar hij aan
toe was. Toevallig had een goede vriendin hem gesmeekt mee
te komen naar het feest – zijn hoofd had er helemaal niet
naar gestaan – anders was hij nooit gegaan.

'Op dat moment kreeg ik een beetje argwaan,' zegt haar
vader. 'Er was iets aan zijn manier van vertellen, ik kon er
niet precies mijn vinger op leggen. Toen Sophie bij ons
kwam staan en bleek dat ze jouw tante is, kreeg hij een mooi
rood kleurtje op zijn wangen. Sophie vertelde dat hij pizza's
bij haar had bezorgd. En je kent Sophie. Die laat er geen gras
over groeien.'

Kittana weet inderdaad precies hoe Sophie is. Ze ziet een
mooie man en slaat gelijk haar klauwen uit. Maar Kittana
realiseert zich dat ze daar niet over mag oordelen. Heeft zij
niet exact hetzelfde gedaan toen ze Jack voor het eerst ontmoette?

Haar vader schudt zijn hoofd. 'Ik kan nog steeds niet geloven dat ik in die mooie praatjes van hem ben getrapt.'

'Dat geeft niets,' zegt Kittana, die op de keukenstoel
tegenover haar vader gaat zitten. 'Je bent niet de enige. Ik
heb van het begin af aan gedacht dat hij meer geïnteresseerd
was in jou en in je connecties in het ziekenhuis dan in mij.
Nu weet ik het zeker.'

Zwijgend kijken ze elkaar aan. Het gepruttel van het koffiezetapparaat houdt op en Kittana gaat staan om de kopjes
te pakken. Als ze weer zit, vertelt ze voorzichtig dat Jack
gedeeltelijk gelijk had. Ze had hem inderdaad gezegd dat ze
er nog over na zou denken. Op dat moment was er tussen
haar en Julian niet meer dan vriendschap.

'Echte liefde is het waard om je best voor te doen,' zegt
haar vader. 'Geloof me, ik kan het weten. Je moeder houdt
het niet voor niets zo lang vol met een blaaskaak zoals ik. Leg

het hem uit. Als hij van je houdt, zal hij zijn best doen om het te begrijpen.' Hij neemt een slok van zijn koffie en glimlacht. 'Ik heb trouwens twee kaartjes voor een concert van U2 gekregen. Heb je zin om met me mee te gaan?'

Kittana haalt haar schouders op. 'Och,' zegt ze. 'Lijkt me wel leuk.'

22

Kittana parkeert haar Mini Cooper vooraan in de straat en stapt uit. Ze heeft besloten het laatste stukje te lopen, in de hoop dat de harde wind haar hoofd leeg zal blazen en haar zal helpen haar gedachten op een rijtje te zetten. Vanuit haar ooghoeken ziet ze de huizen in de straat, maar ze schenkt er weinig aandacht aan. Af en toe werpt ze een blik op de huisnummers. Ze passeert nummer vierendertig. Julian woont op nummer achtendertig. Ze probeert haar ademhaling onder controle te krijgen en ze laat de koele wind haar handpalmen strelen. Hopelijk drogen de zweetdruppeltjes dan snel. Tot haar spijt weet ze geen trucje om de zenuwen in haar buik te doen verdwijnen.

Een zucht verlaat haar lippen als ze langs een groen geschilderd hekwerk loopt. Haar blik glijdt over het huis dat erachter staat. Nummer achtendertig is een villa met een donkere steen, een inpandige garage, hoge ramen, een uitbouw aan de zijkant. Poeh, daar is niets verkeerds aan.

Ze loopt verder langs het hek en probeert niet al te opvallend naar het huis te gluren. Als ze voor de oprit staat, ziet ze dat het hek gesloten is. Ze bijt op haar lip. Misschien is hij niet thuis. Er is maar een manier om daarachter te komen.

Haar hand glijdt over het kastje in de stenen pilaar naast het hek. Haar wijsvinger glijdt al over het knopje van de intercom. Bijna drukt ze het in. Ze aarzelt. Wat wilde ze ook alweer zeggen? Nadat haar vader was vertrokken, heeft ze de hele middag geoefend voor de spiegel.

Hij begrijpt het vast niet. Toen ze hem de allereerste keer zag in de lift, straalden zijn ogen wantrouwen uit. In haar achterhoofd heeft ze altijd geweten dat het voor hem moeilijk zou zijn iemand te vertrouwen, nadat zijn ex-vriendin hem bedrogen had.

De woede voor Jack borrelt langzaam in haar op. Ze had op haar intuïtie moeten vertrouwen toen ze vermoedde dat hij meer in haar vader was geïnteresseerd dan in haar. Hij heeft zand in haar ogen gestrooid met zijn mooie praatjes en knappe uiterlijk.

Haar vinger verkrampt omdat ze die secondenlang in dezelfde positie houdt.

Druk gewoon die bel in, Kit, spreekt ze zichzelf toe.

Wat moeten de buren wel niet denken als ze haar zien staan.

Druk-die-bel-in!

Haar wijsvinger gehoorzaamt niet. Ze draait zich om en loopt over het trottoir terug naar haar auto.

De dagen kruipen voorbij. Kittana gaat naar kantoor, doet daar wat ze moet doen om vervolgens naar huis te gaan. Daar eet ze haar avondeten, zapt wat langs de televisiekanalen en zoekt dan haar bed op, om de volgende dag alles in precies dezelfde volgorde te herhalen. Als de telefoon gaat, neemt ze niet op. Haar mobieltje ligt nog steeds zielig in een hoekje te wachten tot het eindelijk weer wordt gebruikt.

*

Kittana gaapt uitgebreid. Ze strekt haar armen achter zich uit en drukt haar rug in de leuning van haar bureaustoel. De afgelopen week heeft ze zich zo goed en zo kwaad als dat ging op haar werk gestort en ze heeft het gevoel dat het haar op begint te breken. Ze zou er heel wat voor overhebben om te weten hoe het met Julian gaat. Wat hij denkt, wat hij voelt. Een gevoel van spijt bekruipt haar als ze bedenkt dat er iets moois tussen hen was, maar dat het al in de kiem is gesmoord voordat het kon beginnen.

Ze kijkt naar haar beeldscherm, bladert door een stapeltje ingevulde inschrijfformulieren dat voor haar ligt en checkt daarna haar e-mail. Ze kijkt op als ze hoge stemmen hoort. Haar deur zwaait open en Jennifer stormt naar binnen met Marscha in haar kielzog. Voordat Kittana een woord uit kan brengen, leunt Jennifer over haar bureau heen.

'Jij gaat nú met mij mee voor een lekker ontbijtje,' zegt ze op een toon waaruit Kittana opmaakt dat ze geen tegenspraak duldt. Marscha druipt af, ondertussen een verontschuldiging mompelend voor het feit dat ze Jennifer zonder aankondiging door liet banjeren naar haar kantoor.

'Je belt me niet, je mailt me niet, je sms't me niet. En als ik jou probeer te bereiken krijg ik je voicemail of ik krijg Marscha aan de telefoon met de mededeling dat jij niemand wilt spreken.' Jennifer loopt met driftige stappen voor haar bureau heen en weer. 'Is het dan zo gek dat ik me zorgen maak? Daarom gaan we nu samen ontbijten en even uitgebreid bijpraten. Mee eens?' Ze blijft staan en kijkt Kittana aan.

'Alsof ik nu nog nee durf te zeggen.'

Bij de V&D is het rustig. Ze hebben een plekje gezocht op het dakterras en Kittana werpt af en toe een stuk van haar broodje met kruidenboter naar een van de duiven die er rondscharrelen.

'Sorry,' zegt Kittana voor de zoveelste keer. 'Ik had inderdaad iets van me kunnen laten horen.'

'Het is al goed. Ik maakte me gewoon een beetje zorgen. Ik dacht dat je misschien met Julian had gepraat en dat het niet zo goed was afgelopen.'

Kittana schudt haar hoofd. Ze ziet zichzelf weer staan bij zijn oprit met haar vinger op de knop van de intercom. 'Ik ben naar zijn huis gegaan,' vertelt ze. 'Maar toen ik er eenmaal was, durfde ik niet meer.'

Jennifer rolt met haar ogen. 'Waarom niet?'

Kittana haalt haar schouders op. 'Maar vertel eens, hoe is het met jou?'

'Goed. Heel goed eigenlijk.'

'En heb je nog iets van Sylvia gehoord? Ik schaam me dood dat ik niets meer van me heb laten horen.'

'Met haar gaat ook alles goed en ik denk dat zij op dit moment wel iets anders aan haar hoofd heeft.'

Ondanks haar rothumeur glimlacht Kittana. 'Sylvia en Cijfertjes-Ben. Mooi voor ze.'

Jennifer knikt.

Het zou Kittana een goed gevoel moeten geven. Dat gevoel dat ze altijd krijgt als ze mensen heeft gekoppeld. Oké, ze heeft Ben en Sylvia niet echt gekoppeld, maar ze heeft er wel iets mee van doen gehad. Het herinnert haar aan wat ze zelf had kunnen hebben.

'En hoe is het met Pieter?'

Kittana ziet de twinkeling in Jennifers ogen. 'O nee, hè, die blik heb ik niet vaak gezien, maar ik herken 'm wel. Jij bent verliefd!'

Er verschijnt een glimlach op Jennifers gezicht. 'Ja, ik denk dat je weleens gelijk kunt hebben.'

'Is het serieus?'

Jennifers glimlach wordt breder en ze knikt.

'Wauw,' zegt Kittana. Ze weet niet zo goed wat ze moet

zeggen. Ze is blij voor haar vriendin, dat zeker, maar Pieter is gewoon zo... zo... zo vreselijk niet Mister Right.

'Jennifer, ik wil je iets vragen, maar je moet me beloven dat je niet boos wordt.'

Jennifer kijkt bedenkelijk. 'Waar gaat dit heen?'

'Ik vind Pieter heel erg aardig en zo, maar...' Kittana aarzelt. Ze probeert haar woorden zo zorgvuldig mogelijk te kiezen. 'Hij scoort zo slecht op onze Mister Right-lijst.' Zo, dat is eruit. Ze heeft het gezegd. Sinds de middag dat ze Pieter ontmoetten, heeft het haar in haar achterhoofd beziggehouden. Wat ziet haar beste vriendin in zo'n studentikoos type met sproeten?

Jennifer glimlacht hoofdschuddend. 'Die lijst hebben we bedacht toen we een jaar of zestien waren. We waren kinderen. De lijst is nu niet bijzonder actueel meer te noemen. En daar komt bij, het moet hier goed voelen.' Ze legt haar hand op haar borst ter hoogte van haar hart. 'Ik ben erachter gekomen dat die hele lijst niets voorstelt, niets betekent, als het hier niet goed voelt.'

Kittana knippert een paar keer met haar ogen. 'Is het echt zo simpel?' vraagt ze.

Jennifer haalt haar schouders op en kijkt haar aan met een blik alsof ze wil zeggen: waarom zou het niet zo simpel zijn?

Kittana's gedachten dwalen af naar Julian. Naar het bal. Naar hun zoen, de kriebels in haar onderbuik, hoe hij met haar danste, hoe ze zich voelde. Gelukkig, had ze tegen hem gezegd. Ze voelde zich gelukkig. Een vage echo van dat gevoel komt naar boven drijven en ze realiseert zich dat ze geen echo wil. Ze wil de herinnering niet de rest van haar leven blijven herbeleven en zich afvragen hoe het had kunnen zijn. Ze haalt diep adem voor ze de laatste hap van haar broodje naar binnen werkt. Niemand heeft ooit gezegd dat de liefde gemakkelijk is.

Deze keer staan de hekken open. Ze heeft haar auto recht voor zijn huis geparkeerd en zonder zich om de intercom te bekommeren loopt ze naar de voordeur. Nog voordat ze op de deurbel kan drukken, zwaait de voordeur open. Als ze in zijn ogen kijkt, is haar hoofd leeg en heeft ze geen woorden klaar. Haar bovenlip trilt als ze hem begroet met een simpel 'hoi'.

Hij kijkt haar onderzoekend aan. Ze probeert in zijn blik iets te vinden van de warmte waarmee hij haar aan kon kijken. Ze slaagt er niet in.

'Wil je binnenkomen?' vraagt hij.

Ze knikt en volgt hem door de vierkante hal met een kunstwerk van Brood aan een van de wanden. In het midden is een houten trap die naar boven leidt.

'Je hebt een mooi huis.'

'Dank je, maar je bent vast niet gekomen om mijn huis te bewonderen.'

Ze schrikt van de kilte in zijn stem. Laat je er niet van weerhouden te zeggen wat je op je hart hebt, piept een stemmetje in haar oor. Anders krijg je er eeuwig spijt van!

Ze slikt een niet-bestaand brok in haar keel weg en volgt hem tot in de huiskamer. Hij wijst haar een leren fauteuil naast de open haard, waar hij tegenover haar plaatsneemt en haar met een afwachtende blik in zijn ogen opneemt.

Ze bijt op haar lip en steekt dan van wal.

'Ik wil je graag iets uitleggen over de avond van het feest.'

Julian steunt met zijn ellebogen op de leuningen van de stoel en vouwt zijn vingers tegen elkaar aan. Er ligt een diepe frons op zijn voorhoofd.

'Wat Jack zei klopte niet helemaal. Of eigenlijk ook weer wel. Maar niet echt.' Dit gaat niet de goede kant op, denkt Kittana als ze zichzelf hoort hakkelen. 'Ik bedoel dat ik Jack inderdaad heb gezegd dat ik meer tijd nodig had, maar alleen op zijn aandringen. Ik vertelde hem dat ik het niet met hem zag zitten. Hij was degene die wilde dat ik erover na zou denken.'

'En daar heb jij geen nee op gezegd,' zegt Julian.

Kittana schudt haar hoofd. Dat had ze inderdaad niet.

'Het punt is dat Jack het deed voorkomen alsof hij en ik een serieuze relatie hadden, maar dat is helemaal niet zo.' Haar stem klinkt haar schril in de oren. Als hij haar nu maar gelooft.

'Er was niets tussen ons! Toen ik jou ontmoette kende ik Jack nog maar een blauwe maandag en je hebt zelf gezien hoe het was in Parijs met Jack. Hij liet mij zitten! Niet andersom. Jack toonde pas echt interesse toen hij mijn vader ontmoette. Hij vond het handig om een kruiwagentje te hebben omdat hij zijn coschappen wil lopen in het ziekenhuis waar mijn vader altijd heeft gewerkt.'

Oké, nu praat ze veel te snel. Rustig aan, straks kan Julian er niets van volgen.

'Dat vermoeden had ik,' gaat ze verder, 'maar zeker weten deed ik het niet. En jij, jij was zo leuk en lief en grappig. Maar ik dacht dat je niet meer voor me voelde dan vriendschap. Ik bedoel: wie neemt z'n afspraakje nu mee naar een patatzaak?' Ze zucht diep, terwijl ze zonder succes Julians stemming probeert te peilen.

'Het neemt niet weg dat ik je had moeten vertellen hoe het precies zat tussen Jack en mij, maar het stelde niets voor. Echt niet. Hij was voornamelijk geïnteresseerd in mijn vader, daarom liet hij het overkomen alsof ik de boeman was op het bal, in de hoop mijn vaders medelijden op te wekken. Hij had alleen niet in de gaten dat hij toevallig met mijn tante op stap was. Zijn plannetje viel een beetje in het water.' Kittana schiet bijna in de lach als ze eraan denkt. Ze houdt zich in en probeert haar zenuwen onder controle te krijgen. 'Ik ben zo stom geweest. Ik had duidelijker moeten zijn. Jíj bent degene bij wie ik me goed voel. Jíj bent degene die ik wil. Niet Jack.'

De plotselinge stilte na haar raaskalverhaal kan ze bijna niet verdragen. Zeg iets, Julian, iets! maant ze hem in gedachten aan.

Hij zwijgt. Het is alsof hij de woorden eerst moet laten bezinken, een plaatsje geven in zijn hoofd, voordat hij er iets mee kan. Of misschien zit hij te bedenken hoe hij haar het beste kan vragen om te vertrekken omdat hij haar nooit meer wil zien.

Ze weet genoeg. Ze gaat hier echt niet zitten wachten zodat hij haar nog even fijn kan dumpen.

'Dit was geen goed idee. Sorry. Ik moet gaan. Ik vind mijn weg wel.' Ze staat op, slingert haar tas over haar arm en loopt naar de deur. Haar hakken klikken luid op de natuurstenen vloer in de hal. Ze trekt de voordeur open en loopt naar buiten. Met een zachte dreun valt de deur achter haar in het slot.

Zo snel mogelijk loopt ze de oprit af. De tranen prikken in haar ogen en ze is blij dat ze haar auto recht voor zijn huis heeft geparkeerd, zodat ze zich tenminste kan terugtrekken in de veiligheid van haar Mini. Ze wil hier weg, zo snel mogelijk. Het liefst rijdt ze met haar auto naar Schiphol om daar de eerste de beste vlucht te pakken, zo ver mogelijk hiervandaan. Misschien kan ze dan dit vreselijke hoofdstuk uit haar leven voorgoed achter zich laten.

Ze is bij het ijzeren toegangshek aangekomen. Met een krakend geluid begint dit zich voor haar te sluiten. Wat zal ze nu beleven? Even twijfelt ze nog om ertussendoor te glippen, maar haar voeten willen niet verder. Ze heeft een vreemd gevoel in haar maag als de hekken voor haar neus in het slot glijden. Tussen de spijlen door kijkt ze naar haar Mini, die trouw op haar staat te wachten.

'Kittana!'

Ze draait zich om. Julian loopt gehaast naar haar toe.

'Sorry voor dat.' Hij maakt een handgebaar naar het hek.

'Je liep zo snel. Ik wil niet dat je weggaat.'

Heeft ze dat goed verstaan?

'Ik vind je een geweldige vrouw en het heeft me moeite gekost om me open te stellen. Omdat ik bang was. Toen ik Jack hoorde praten dacht ik alleen maar: zie je wel, ze is precies hetzelfde. Ze heeft je belazerd.'

Kittana snuift en wil protesteren. Hij heft zijn wijsvinger en kijkt haar streng aan. Ze besluit haar mond te houden.

'Ik ben meteen weggegaan. Maar toen ik er later over nadacht, vond ik zijn verhaal inderdaad een beetje vreemd. *Over the top*, als je begrijpt wat ik bedoel.'

Kittana knikt. Ze begrijpt het precies.

'Ik wilde je zo graag vragen hoe het zat, maar ik durfde niet goed. Ik heb zo vaak met de telefoon in mijn handen gestaan om je te bellen.' Hij schudt zijn hoofd. 'Ik was gewoon bang om een blauwtje te lopen.'

'Ik weet wat je bedoelt,' zegt Kittana.

'Wat je daarbinnen tegen me zei, had ik niet verwacht. Je hebt geen idee hoe blij je me daarmee hebt gemaakt. En voor ik wist wat er gebeurde, stoof je weg. Vandaar die hekken.'

'Zo'n ding kan soms handig zijn.'

'Handig om je droomvrouw niet te laten ontsnappen,' zegt Julian. Hij staat heel dicht bij haar nu. Kittana gaat op haar tenen staan en legt haar armen over zijn schouders. Als haar lippen die van hem raken, begint haar hele lichaam te tintelen.

Epiloog

Het eerste wat Kittana 's ochtends heeft gedaan op kantoor is zichzelf een mok sterke koffie inschenken. Die staat voor haar neus te dampen. Ze kijkt naar het telefoontoestel op haar bureau. Aarzelend belt ze Marscha via de interne lijn.

'Ja?' hoort ze Marscha vragen.

'Kun je even op mijn kamer komen?'

'Is er iets aan de hand?' Marscha's stem klinkt twee octaven hoger. Mooi zo, gniffelt Kittana bij zichzelf.

'Kom nu maar gewoon.'

Twee seconden later zwaait de deur open en loopt Marscha naar binnen.

'Doe de deur maar even achter je dicht,' zegt Kittana. Ze kan het niet helpen. Ondanks haar eigen zenuwen geniet ze toch een beetje van de paniek in Marscha's ogen. Ze wijst haar een van de stoelen bij de vergadertafel aan en gaat zelf tegenover haar zitten.

'Mag ik weten waar dit over gaat?' vraagt Marscha. 'Heb ik iets verkeerds gedaan?'

Kittana laat een zucht aan haar lippen ontsnappen. 'Zo zou je het wel kunnen noemen. Ik wil je eigenlijk iets vragen. Hoe gaat het met je nieuwe vriend?'

Op Marscha's voorhoofd verschijnen rimpels. 'Ik snap niet wat mijn privéleven met mijn werk te maken heeft.' Haar stem klinkt pinnig.

Kittana haalt haar schouders op. 'Als jij afspraakjes maakt met klanten heeft jouw privéleven alles met je werk te maken.' Ze kijkt Marscha aan en laat haar blik niet los.

'O,' zegt Marscha.

Kittana zegt niets en neemt een slok van haar koffie, die inmiddels is afgekoeld.

'Hoe ben je erachter gekomen?' vraagt Marscha.

'Dat lijkt me niet belangrijk. Wat wel belangrijk is, is dat ik je erop heb gewezen dat dit geen baantje is om leuke mannen op te pikken. En jij hebt dat toch gedaan. Ik vraag me af of ik je nog wel kan vertrouwen op deze manier.'

Marscha kijkt van haar weg en staart naar de grond. 'Het was eenmalig. Echt, je moet me geloven.' Ze richt haar hoofd op. 'Toen ik Jos zag die middag dat hij hier kwam binnenwandelen, was ik meteen verkocht. Zoiets heb ik nog nooit eerder meegemaakt. Het spijt me als je denkt dat je me niet meer kunt vertrouwen. Misschien zou je het beter begrijpen als jij...' Ze maakt haar zin niet af.

'Als ik wat? Als ik verliefd zou zijn?'

Marscha knikt. 'Als je wilt dat ik ander werk ga zoeken, dan zal ik dat doen. Maar ik zou het erg jammer vinden om hier weg te moeten. Ik weet dat we niet altijd met elkaar overweg kunnen, maar ik vind mijn werk hier erg leuk.'

Kittana tovert een glimlach op haar gezicht. 'Mooi. Ik zou ook niet graag zien dat je vertrekt. Zo'n actie als wat jij gedaan hebt, kan alleen echt niet. Ik wil je woord dat zoiets niet nogmaals gebeurt.' Ze zet haar meest strenge gezicht, wat gelukkig niet veel moeite kost. Het feit dat ze diep vanbinnen bewondering heeft voor Marscha omdat ze zo ver durfde te gaan voor een man blijft op de achtergrond door haar gedachten zweven. Ze kan er alleen maar een voorbeeld

aan nemen. Het hardop toegeven aan haar secretaresse zit er
– helaas voor Marscha – niet in.

'Ik beloof het,' zegt Marscha, waarbij ze Kittana recht in
de ogen kijkt.

'Mooi. Ik zou zeggen, laten we er een kop koffie met een
stuk gebak op nemen. Goed idee?' Marscha knikt. Kittana
roept Anne erbij en loopt naar de keuken om koffie met
gebak te halen. Als ze bezig is de drie gebakjes op schotels te
leggen, merkt ze dat ze staat te neuriën. Iets wat ze niet vaak
doet. Zou dat erbij horen als je verliefd bent?

Ze rijdt haar straat in. Pal voor haar appartementencomplex
is een parkeerplaats vrij. Alles lijkt mee te zitten deze dag,
denkt ze terwijl ze de trap met twee treden tegelijk neemt. In
de hal van haar appartement komt een heerlijke etensgeur
haar tegemoet.

'Schatje, ik ben thuis,' roept ze.

Julian verschijnt in de deuropening van de keuken. Hij
droogt zijn handen af aan een theedoek. Een glimlach krult
zich om zijn lippen. 'Je bent precies op tijd. Het eten is bijna
klaar.'

'Het ruikt in ieder geval heerlijk,' zegt ze. Ze drukt een kus
op zijn lippen. 'Ik kleed me nog even snel om, oké.'

Ze staat voor haar kledingkast en schuift de *little black dress*
die ze vanmiddag nog snel in de stad heeft gekocht van de
hanger. Ze laat het kledingstuk over haar lichaam glijden en
bekijkt zichzelf in de spiegel. Dat ziet er niet verkeerd uit.

Een zwarte gedaante in de hoek van de slaapkamer vlak
achter de spiegel trekt haar aandacht. De rillingen lopen over
haar rug als ze het beter bekijkt. Een spin. Een heel grote
spin. Ze slikt. Geen paniek, spreekt ze zichzelf toe. Een van
de voordelen van een man in huis hebben is dat hij enge,
harige spinnen voor je kan verwijderen.

'Eh, Julian!' roept ze aarzelend naar de keuken. 'Kun je

even komen?' Ze kijkt niet op als ze hem de slaapkamer hoort binnenkomen.

'Wat is e...' Hij maakt zijn zin niet af. In plaats daarvan stoot hij een geluid uit dat het midden houdt tussen een gil en een gebrom. Kittana verplaatst haar aandacht van de spin naar Julian en ziet de uitdrukking van afschuw op zijn gezicht.

'Nee hè,' zegt ze.

Julian haalt zijn schouders op. 'Wat? Ik ben bang voor spinnen. Is dat een misdaad of zo?'

Kittana zucht diep en loopt zonder hem aan te kijken de slaapkamer uit, op zoek naar de stofzuiger.